U0918253

异闻录 民调局

最终篇章——第一卷

耳东水寿 著

② 方师敕令

华龄出版社
HUALING PRESS

责任编辑：李梦娇
责任印制：李未圻

图书在版编目（CIP）数据

方师敕令 / 耳东水寿著 . -- 北京 : 华龄出版社，2021.6
ISBN 978-7-5169-1940-8

Ⅰ . ①方… Ⅱ . ①耳… Ⅲ . ①长篇小说 - 中国 - 当代
Ⅳ . ① I247.5

中国版本图书馆 CIP 数据核字（2021）第 125455 号

书　　名：方师敕令
作　　者：耳东水寿

出版发行：华龄出版社
地　　址：北京市东城区安定门外大街甲 57 号　邮　　编：100011
电　　话：（010）58122255　传　　真：（010）84049572
网　　址：http://www.hualingpress.com

印　　刷：三河市金泰源印务有限公司
版　　次：2021 年 11 月第 1 版　2021 年 11 月第 1 次印刷
开　　本：710mm × 1000mm　1/16　印　　张：18
字　　数：266 千字
定　　价：39.80 元

目录

目录

目录

第一章　黄金没了

车前子恢复得很快，这时候他已经可以喝水进流食了。听了沈辣的话，他翻了翻白眼，说道，“什么种子？你当我车前子是什么人了？我师父那个老登儿吗？我是正经人，不看那些乱七八糟的东西。”

“你知道我说的是什么种子，就是震死合欢五毒蛛的那股力量。”沈辣看了车前子一眼，继续说道，“你是大圣的兄弟，那也就是我的兄弟。有什么事情我们俩给你兜着……”

“我用得着你兜着？我有亲生儿子！”车前子不是善茬，听出来沈辣的语气不对，马上怼了回去。

孙胖子听到气氛不对，急忙过来打圆场说道：“不是我说，辣子你一开口就种子、种子的，是美国的还是日本的？谁听了也会误会的。兄弟，辣子也是好意，他的意思是说，你的力量是谁给的？”

“谁给的？胎里带的！”车前子看了孙胖子一眼，继续说道，“胖子，老子我的本事是一架一架打出来的，你去我老家打听打听，上到县城录像厅，下到我们家道观大门口，老子我打得多少人叫爸爸？沈辣你别不服，有机会……咱们俩练练……”

沈辣被气得直喘粗气，他不再理会车前子，转头对孙胖子说道：“大圣，我不问他了。以后吴主任问起来，你们俩好好想想说辞。吴主任可不是好糊弄的。”

“有我在呢，吴主任问起来，就说种子是哥们儿我给我兄弟的。”孙胖子嘿嘿一笑，继续说道，“你先替我去看看老黄和蒙大小姐，棋棋再不醒过来，张结巴就要哭瞎了——他们俩应该把性别掉换过来，张支言就是个小媳妇儿……”

沈辣知道孙胖子是想支开自己，他们兄弟俩的交情没得说。点了点头，沈辣便离开了病房，只留下孙胖子和杨枭两个人陪着车前子。

看到沈辣离开了病房，孙胖子嘿嘿一笑，说道：“兄弟，辣子是好心。不瞒你说，你这力量和我们吴主任是一路的。他想问清楚点，总不是坏事。”

车前子有些意外地说道：“你说吴仁荻那个小白脸？他也是一路干架干出来的？不能吧？看他细皮嫩肉的，干架也是挨打那一边。这样的人我见得多了。”

车前子这话一出口，杨枭首先变了脸色。他转头看了一眼孙胖子，说道：“我可什么都没听见啊，大圣，你让你兄弟管住嘴——我老婆还小，别牵连到我。”

孙胖子嘿嘿一笑，对杨枭说道：“老杨，把心放回肚子里。我兄弟有什么事情，我孙德胜担了。就算吴主任听到什么了，让他来找我孙德胜。”

听了孙胖子的话，杨枭眨巴眨巴眼睛，随后对他说道：“大圣，你说实话，是不是知道你兄弟的底细——你肯定知道了，要不然的话你也不能这样。咱们认识这么多年了，我还是第一次见你这样，对你媳妇都没有这么上心过吧！”

说到这里的时候，杨枭突然品出来了什么。他古怪地看了孙胖子一眼，低声说道：“这事不对……大圣你这是不把吴主任放在眼里啊，你这兄弟什么来头？后台比他老人家还硬——那就只有在海上……”

“老杨你别胡思乱想了，哥们儿我还有话问你……”看到车前子也竖起了耳朵，等着杨枭说出海上那位是谁，孙胖子嘿嘿一笑，岔开了话题说道，“在洞里面你怎么说的？有高人给你指点迷津了，不过这高人的话说得也不准啊，最后你还是被翻盘了……”

"大圣，你说句公道话，如果不是我最后忍不住露了面，会被翻盘吗？"杨枭说话的时候，轻轻叹了口气，随后继续说道，"我也不瞒你，陪葬坑诈走之后，我一直守在你们身边。好几次暗中替你们解决了问题，可惜了，如果不是最后没忍住。"

"可别说，老杨你最后要是没现身的话，那十有八九能阴了万长洛那个老东西。"孙胖子点了点头，随后继续说道，"是哪位高人给你出的主意？最近也没见你结交什么高人啊。"

杨枭见病房里面只有他们三个人，这才开口说道："这事对别人不能说，不过给你们兄弟俩说说还是可以的。还记得九河鬼市吗？左判彭何在想让我替他办事……他说我是最合适的人选，除了因为我背后有吴主任这个靠山之外，还有就是论起刺杀的本事来，我也足可以办成他指派的那件事。那次和他聊过之后，我便茅塞顿开。我学的是纵神弄鬼的暗杀之法，不是杨军那种大开大合的决斗之术。我本来就应该躲在什么地方，出其不意将目标置于死地。大圣你回忆回忆，是不是之前我每次被翻盘，都是一大帮人，我傻乎乎地冲在最前面，和对方单打独斗去了？按理说我是个刺客，却去冲锋陷阵了，那我不被翻盘还等什么？"

孙胖子细细品了品杨枭的话，随后点了点头，说道："难怪彭何在能坐上左判的位置，看人的角度就是不一样。别说还真被他说中了，前几年我们家吴主任说过你，说论起来明面上的争斗，你不如杨军；不过如果遇上生死局的话，大杨必定死在你手上。"

"你们俩别越说越远，说点近的。"车前子对他们俩的话题不感兴趣，直接开口打断了二人的对话，随后问道，"说说眼前的事情，姓万的老登儿最后怎么样了？是被关起来了？还是被你们悄悄弄死了？"

"他自己死的，辣子他们冲进来之后不久，万长洛自己把自己气死了。"孙胖子笑嘻嘻地讲述着车前子昏迷之后发生的事情，顿了一下，他继续说道，"不是我说，那只合欢五毒蛛和老万的心意相通。旱螃蟹死后，他也开始一口一口地吐血。看见辣子他们冲进来，将他梦寐以求的合欢蛊带走，老万受不了这打击，自己把自己气死了。"

说到这里，孙胖子脸上出现了一丝古怪的表情，随后继续说道："兄弟，哥哥我还得和你说件事，你可千万别激动——那什么，辣子带着熊玩意儿他们冲进洞里之后，老熊把金台的事情上报了。那啥，那座黄金台真得归国家——兄弟你怎么了？别吓唬哥哥啊，你这年纪轻轻的不能脑溢血吧……大夫！救命啊！"

听到十几吨的黄金改姓国了，自己连点金末子都没有捞着，车前子急火攻心之下，勾起来身上的伤势，随后一翻白眼，晕倒在病床上。吓得孙胖子连连大喊大叫，叫来大夫救治自己的兄弟。

车前子昏迷的时候，隐隐约约听到了孙胖子的话："你倒是让哥哥我说完啊——按照咱们民调局的规矩，十成里面有一成要纳入民调局的办公费用。一成！不少了，哥哥我想办法转给你。"

车前子再睁眼的时候，已经不是医院的ICU病房了，竟然身处万米高空的飞机上，孙胖子和杨枭、沈辣他们都在这架飞机上。

孙胖子就坐在车前子身边，见他苏醒过来，马上让人端来了温水，一边扶着小道士喝水，一边笑呵呵地说道："不是我说，兄弟你太心急了。回头我和杨书记把话说清楚，十分之一的金台，还有里面的其他珍宝，不少了。"

车前子缓了一阵，见古墓里面的事情已经成了定局，这才无奈地接受了现实。看了一眼飞机上的这些人，向孙胖子问道："你这是带我回首都？那黄胖子他们呢？"

孙胖子嘿嘿一笑，说道："他们晚一班飞机飞首都，兄弟，不是哥哥我说你，刚刚醒过来就惦记别人，好人哪。"

"我惦记他个老勺子！"车前子说了一句，在孙胖子的搀扶下坐了起来，随后继续说道，"算起来咱们都是被黄胖子算计进局子里的，事情解决了，他黑不提白不提的就算完了？怎么也该有个说法吧？对了，那什么合欢蛊最后归谁了？"

"合欢蛊让老黄带走了，他就要这么一个物件。还不是他本人要……"说到这里，孙胖子嘿嘿笑了一下，看了一眼对面正在打瞌睡的沈辣，继续说道，"合欢蛊是黄然背后大靠山要的东西，这个就是杨书记也不敢拦。不过你想找老黄要说法，这个哥哥我是支持的。他说好了，回首都之后请我们几个吃顿便饭，到时候你再提，哥哥我给你敲敲边鼓，多了不敢说，三五百万应该能拿下来。”

那边丢了十几吨黄金，现在就指望这三五百万缓解一下心情了。车前子还想再和孙胖子说点什么的时候，飞机开始降落，不多时便降落在了首都机场。

此时，民调局的汽车已经在停机坪等候多时了。下了飞机，孙胖子拉上沈辣和车前子单独上了一辆商务车，随后跟着其他车辆缓缓出了机场。出了机场高速之后，他们这辆商务车便离开了民调局的车队，独自向京西方向驶去。

这时候天色已近黄昏，车前子向孙胖子问道：“胖子，你这是要把我带到哪儿去？先说好了，别带我去乱七八糟的地方。什么天上人间、地上人间的，我不是那种人。”

“都多少年的老皇历了？兄弟，别看哥哥我去过那种地方几次，可都是带着批判的态度去的。实话实说，哥哥我也不是那种人。”孙胖子嘿嘿一笑，继续说道，“你身体还没有复原，哥哥我打算带你去我家住几天。你嫂子也说要见见兄弟，你的家虽然都弄好了，不过家里没有人气，这几天还是住我那儿好……”

“你让我住你家？”车前子愣了一下，继续说道，“别闹了，我一个老爷们儿住你们家算怎么回事？再说你家里还有老婆孩子，不方便……”

“咱们亲哥俩，弟弟住哥哥家有什么不方便的？”孙胖子笑了一下，继续说道，“常言道老嫂比母，就把你嫂子当妈妈看待。想吃什么就让你嫂子做，能做就做，不能做大不了点外卖嘛。辣子，今晚你也住我家，晚上咱们哥仨一醉方休。不是我说，咱哥俩也有日子没聚在一起喝酒了吧……”

“今晚上不行……”沈辣苦笑了一声，掏出来手机，转到微信的页面，随后指着手机对孙胖子说道，“我三叔托人给我介绍的对象，让我今晚务必相看相看，相亲的地方就在我家楼下。”

“哟……这个比上次那个好。”孙胖子抢过手机看了几眼，随后笑嘻嘻地继续说道，“这是大事，哥们儿我不拦你。要是这次对上了眼，下次老黄请吃饭的时候带上啊——让人家姑娘也看看咱们的实力。”

“黄然请客吃饭，我有什么实力？看黄然的实力？”沈辣苦笑了一声，对司机说道，“师父，前面的发型屋门口停下，我就那里下车了——大圣，还有一个多小时，我得先去染个发。兄弟，明天局里见了。”

和孙胖子、车前子打了个招呼，沈辣提前下了车。商务车继续往前行驶，不管小道士愿不愿意，孙胖子还是将他拉到了自己家。

孙胖子的家在首都一个中等偏上的小区，直接从车库上了电梯之后，孙胖子领着车前子到了顶层。小道士原本以为像孙胖子这样的人，就算不住别墅，也会买下一整层供自己居住。没想到的是，这个胖子的家只是顶层的一套房子而已。

孙胖子按了门铃，片刻之后，一个年轻的女人开了门。见到自己男人带着个半大小子回来，先是冲车前子笑了一下，说道：“这就是咱弟弟吧，赶紧进来……胖子，你给弟弟找双拖鞋。弟弟，你哥下午才告诉我，你要来家住，也没准备什么，你别介意啊。”

对车前子说完，女人回头朝屋里喊道：“小五，你爸爸回来了，来跟你爸爸问好！”

话音未落，一个坐着学步车的女童从房间里面冲了出来。她直接扑到了车前子怀里，也没看清人，便奶声奶气地说道：“爸爸你回来了啊……你怎么瘦了，妈妈说你下台了，是不是杨叔叔不给你饭吃？”

说到一半才发现旁边的胖子才是自己的爸爸，当下她有些害羞地扑到了孙胖子的怀里，偷眼去看有些尴尬的车前子。小道士这时候心里想：这是拿我当成沈辣了……

女人也有些尴尬，笑骂了自己女儿一句，随后将她抱回房间里。趁这个工夫，车前子换鞋进了房间。这房子也就一百二三十平，看孙胖子平时花钱办事都大手大脚的，一张嘴都是几亿几亿的，敢情住的也跟寻常老百姓一样。

孙胖子看出来车前子的心思，他打了个哈哈，说道：“当初哥哥我也想给你嫂子置办个大房子，可是你嫂子说什么都不干。你嫂子是南京人，小时候跟着孩子姥姥住在南京的大宅子里。几进几出的大宅子就她们娘儿俩住，从小到大住那么大的房子怕了，说小房子好，我就置办了这里。”

车前子对孙胖子这几句话还是相信的，这胖子有钱，犯不着为了这个编瞎话。不过他还是有些不明白，趁孙夫人照顾孩子的空隙，他向孙胖子问道：“那你也置办个豪宅啊，胖子，你有多少钱我不知道，不过买座豪宅对你来说不成问题吧？”

“别提了，一开始哥哥我置办的就是豪宅，结果你猜怎么着？楼上楼下的邻居我都认识。”孙胖子苦笑了一声，继续说道，“不是我说，他们有钱人都疑神疑鬼的，家里有点风吹草动就以为有人做法要害他们。我和你嫂子刚住进去那几天，天天晚上都有人敲门。家里的狗叫了都以为家里闹鬼，老婆说梦话就以为被鬼上身了……”

说到这里，孙胖子叹了口气，继续说道：“这些有钱人抬头不见低头见的，得罪了也不好。最后我和你嫂子商量了一下，就搬到这里来了。”

第二章　炖鱼头

孙胖子说话的时候，他老婆邵一一出来招呼道：“胖子，招呼弟弟吃饭。也不知道弟弟爱吃什么，我就随便弄了几个菜，还斩了一只南京口味的鸭子。不是我说，他们北京的春饼鸭还好意思叫烤鸭？弟弟，你尝尝我们南京的鸭子，这个才叫烤鸭。”

孙胖子笑眯眯地站了起来，对自己的老婆说道：“杨军送我的那坛子玉鹭白放哪儿了？今晚上我得和兄弟一醉方休！”

“是你藏起来的，我哪里知道？”邵一一冲车前子笑了一下，继续说道，“你看看是不是在恒温酒柜里，不是说要等到邵舞结婚的时候再打开喝吗？现在就等不及了？”

“什么时候喝不都是喝吗？”孙胖子嘿嘿一笑，又对车前子说道：“大杨送的那坛子酒沉，你帮我抬出来。兄弟你今晚算来着了，大明洪武二年酿造的玉鹭白，世上就这么一坛子了。一会儿看看辣子相亲怎么样了，没成的话赶紧叫过来。咱们哥儿仨一醉方休……”

“大明朝的？到现在有五六百年了吧？别折腾了，这酒喝了折寿！”车前子急忙拉住了孙胖子，继续说道，“咱们别整这么贵的酒，我喝不了老酒，喝了刺嗓子，一般的就行。小烧——二锅头、二锅头就成。”

“家里还真没有二锅头，要不兄弟你凑合喝口茅台吧。”被车前子拖回来之后，孙胖子嘿嘿一笑，随后打开了酒柜，抱出来一箱子，从里面拿出来一瓶商标模糊不清的白瓷酒瓶来，对小道士说道，“五〇年的茅台，哥哥我去美国之前，从马萧林那里讹来的。这酒现在也不多见了，凑合喝一口……一一，怎么少了半箱？”

邵一一正在往餐桌上端菜，听到了自己男人的话，回答道：“你说柜子里的白酒吗？家里的料酒用完了，我懒得买，就拿它炖鱼了。上次我炖的大鱼头你不还说好吃吗？我倒了小半瓶酒，今晚上我又炖了一锅。”

“我就说那次的鱼头够味，敢情你是用五〇年茅台炖的。”孙胖子也不生气，从箱子里拿出来两瓶茅台之后，又将剩下的几瓶酒放回到柜子里面，又对自己的老婆说道，“我给你留了几瓶，留给你继续炖鱼、炖肉的。下次试试炖点肉，多放点冰糖……”

孙胖子交代自己老婆炖肉的时候，车前子偷偷地在手机上查看1950年茅台的价钱。看着手机上一连串的零，他恨不得骂两句，一百多万的茅台酒，你们公婆俩炖鱼用了？不过他转念一想，一会儿自己走的时候，说也想炖鱼吃，问他们两口子要两瓶五〇年的茅台，不会不给吧？

小道士胡思乱想的时候，没有注意到孙胖子在给他对口型——千万别吃鱼头！

车前子还没反应过来，就被孙胖子拉到了餐桌前。邵一一说没怎么准备，却弄出来了一桌子的菜肴。除了中间一大盆的炖鱼头和烤鸭之外，其他都是家常菜。

孙胖子打开了一瓶茅台，给车前子和自己各倒了一杯，笑呵呵地说道：“兄弟，今天就算是到家了。这一桌子都是你嫂子的拿手菜，千万别客气，使劲吃、使劲喝——客房都收拾好了，吃饱喝足之后，你就睡……”

他的话还没有说完，桌子上的手机突然响了起来。孙胖子原本不想接的，不过瞧见来电显示之后，还是接通了电话，说道：“老黄啊，下飞机了？不是我说，怎么刚下飞机就把我想起来了。诶？请客……这都什么时候了？我和我兄弟都吃完了……哦，钓鱼台国宾馆啊……全鲨宴……嗯嗯……你还约了老杨和辣子？辣子说他正过去……”

孙胖子的电话还没有说完，又一个电话打了进来。他看了一眼来电显示，笑嘻嘻地对电话那头的黄然说道：“那就这样了，哥们儿我还有什么说的，我们哥儿俩这就过去，行嘞，一会儿见，哥们儿也见识一下什么叫作全鲨宴。”

说完，孙胖子直接接通了另外一个电话，说道：“辣子，老黄说要请客？你怎么连亲都不相了？哈哈哈……他说我已经快到了是吧？老黄也是这么和我说的，说你已经在路上了。不是我说，老黄最近学坏了！”

说了几句，孙胖子便挂了电话，随后嬉皮笑脸地对自己老婆说道：“一一，收拾一下，带咱们家小五吃酒席去，钓鱼台国宾馆的全鲨宴！”

“行了，要走赶紧的，别废话了，好像我们娘儿俩真会去似的。”邵一一笑骂了一句，又冲车前子说道：“弟弟，你先垫几口。他们说是吃饭其实就是喝酒，哪次回来不是吐得稀里哗啦的？你可别学你哥哥，记得啊，多吃菜少喝酒。”

车前子从来没有这样被人关心过，他从来没有见过父母，是孔大龙将他养大的。在来首都之前，都是车前子伺候师父孔大龙的衣食起居。那老登儿饭来张口、衣来伸手不说，还挑肥拣瘦的。等小道士大了一点，有脾气之后才把孔大龙的毛病改了过来。

邵一一这几句暖心的话，听得车前子眼泪含在眼眶里。也不管什么全鲨宴了，拿起来筷子夹了一筷子鱼肉塞进了嘴里。鱼肉进嘴的一瞬间，一股浓烈的酒气夹杂着鱼腥味直冲脑仁。顶得车前子眼前一黑，差点将嘴里的东西喷了出来。为什么闻着没事，却入不了口，这娘们儿是怎么做到的？

要不是他对邵一一印象很好，加上他从不为难女人，这时候已经脏话连篇了。当着孙胖子女儿的面，车前子不好将嘴里的鱼肉喷出来，只能含在嘴里。因为那酒味夹杂着鱼腥的味道太上头，车前子难受得闭上了眼睛，在他闭上眼的一瞬间，刚才含在眼眶里的眼泪被挤了出来。

“好吃吧！”看着车前子闭上眼睛“享受”的样子，邵一一又夹了一筷子鱼肉放到他面前的碟子里，继续说道，“赶紧吃，多垫一点，要不一会儿黄然他们灌你酒……”

“一一，你不懂，不能吃太多，要不一会儿还得都吐了，得先喝点适应适应。”说话的时候，孙胖子倒了半杯茅台送到车前子的手里，对车前子说道：“先喝点适应适应，一会儿真喝上也就不怕了……来吧。”

孙胖子半送半推地将半杯茅台灌进了车前子的嘴里，好歹将嘴里的鱼肉送了下去。随后他笑嘻嘻地指了指墙上的钟表，对自己老婆说道：“再不走就来不及了，老黄还指不定闹出什么幺蛾子。我们俩得先过去看看，过了十二点就锁门，我去兄弟家凑合一宿。”

说这几句话的工夫，孙胖子和车前子已经穿好了外套，在邵一一的叮嘱下，拉着自己的小兄弟走出了家门。

这边刚刚关上门，车前子便再也忍受不住，将刚刚下肚的那口鱼肉吐了出来。孙胖子冲他竖起了大拇指，说道：“熬到现在才吐出来，兄弟你够意思。”

“胖子，你老婆是不是故意的？一般人能把鱼头做成这个样子也不容易。”车前子缓过来这口气之后，继续说道，“她是怎么做到的？闻着香喷喷的，吃着就不是人味了？她是不是不想让我住你们家，故意整我的吧？”

“兄弟你没看出来吗？你嫂子把你当成亲兄弟了。”孙胖子苦笑了一声，继续说道，“不瞒你说，你嫂子在家基本上不开火。吃饭不是外卖，就是带着孩子去民调局食堂。对了，哥哥我说没说理论上她还是六室的内勤？整个六室不是白头发的，也就你嫂子一个人了。也就是家里来了亲戚，她才会亲自下厨。上次炖的鱼头是吴主任吃的……”

听孙胖子提到了吴主任，车前子来了兴趣，说道：“你老丈杆子真下嘴了？吃完直接就喷出来了吧？”

“他把一整锅鱼头都吃干净了。”回忆起那天的情形，虽然时间久远，孙胖子还是觉得不可思议。顿了一下，他继续说道，“从那天之后，你嫂子就有了一种错觉，她真以为自己炖的鱼头很好吃。她自己不吃淡水鱼，也没有尝过味道。不过这道菜轻易不能吐出来，我还是托了兄弟你的福，今天才又吃到了。”

想到吴仁荻那么尖酸刻薄的人，竟然吃了这么难吃的东西，没有发作不算，还能开口夸好吃？这么昧良心的事情，他那样的大人物也能做得同来？

鱼头好不好吃无所谓了，反正马上就有一顿全鲨宴了。听这名字就和鲨鱼、鱼翅什么的脱不了干系，反正也是去吃黄然的，孙胖子和车前子就当去吃冤家了。

孙胖子亲自驾车，载着车前子向钓鱼台国宾馆驶去。汽车刚开出小区，车前子突然想到了什么事情，向孙胖子问道："胖子，还有件事啊，这个炖鱼头的方子是谁给你老婆的？能做到闻起来香喷喷的，吃起来却又冲又腥的，一般的大厨子可没有这样的手艺。"

一句话点醒了梦中人，听了车前子的话，孙胖子猛地一踩刹车，随后苦笑着对被晃了一下的小道士说道："兄弟你不说，哥哥我还真没想到这个，是啊，这个炖鱼头的方子是谁给你嫂子的……"

这明显是话里有话，不过孙胖子说到这里，后面的话任凭车前子怎么问，他也不开口了。当下只是说些民调局的八卦，把话题岔开了。

等孙胖子、车前子二人赶到钓鱼台国宾馆的时候，已经是晚上九点多了。黄然亲自在大门口迎接，领着他们进到一座小楼的包房里。他们进来的时候，蒙棋祺和身上还裹着纱布的张支言已经在这里了。

"沈辣在路上了，杨枭稍后就过来。我们先坐，正好趁这个机会点菜……"黄然微笑着将菜牌递给了孙胖子，随后继续说道，"今晚上是全鲨宴，我有位朋友在海上遇到了鲨鱼群，他捕获了几只。这就是我们今晚的主菜了，再配几道其他的菜肴也就差不多了。"

"今天我们哥儿俩是客随主便，老黄你赏饭，拿出来什么我们哥儿俩就吃什么。"孙胖子嘿嘿一笑，冲浑身上下裹着纱布的张支言说道："小磕巴，你都这样了还惦记着吃哪？鲨鱼是发物，小心吃了这一顿明早你身上就开始长鱼鳞……"

"那倒不用孙局长您费心，我也就是个陪客而已。倒是你要小心了，鲨鱼肉有毒……"只要不是对蒙棋祺，张支言说话也算利索，话语之间还有挑衅的味道。

见这两个人的对话开始有了火药味，黄然赶紧出来打圆场，他叫过来服务人员，替孙胖子做主叫了几道特色菜，说道："不等了，姑娘，麻烦你和后厨说一下，可以上菜了。不过菜不要上得太快，我们后面还有人要来。"

看在今晚全鲨宴的分上，孙胖子也不打算和张支言一般见识。当下看着黄然，笑嘻嘻地说道："老黄，哥们儿还有件事情不大明白。在古墓里面被你冒充是合欢蛊的玩意儿到底是什么东西？万长洛都没有认出来。"

"那个叫作菩蝉，是当年上善老佛爷在粤南养的一只小妖鬼。"说话的时候，黄然亲手给孙胖子倒了杯茶，随后继续说道，"当年上善老佛爷看它可怜，便将这小妖鬼魄收在身边。后来机缘巧合进了合欢道的古墓，发现合欢蛊已经孵化成了，就把菩蝉安置在合欢蛊身边，指望着它可以沾点合欢蛊的光，也有机会长生不老。

"后来时间一长，他老人家便忘了这件事情。直到前一阵子我说要去合欢道的古墓，老佛爷这才想了起来，让把我这只妖鬼带回去。可惜我还是没能完成老佛爷交代的事情……"

他的话还没有说完，已经有身穿旗袍的服务员进来上菜。服务员将一盘几乎透明的菜肴摆放整齐，随后介绍道："这是红焖鲨鱼口腔的软骨，这道菜已经焖制酥烂，请各位品尝。"

"尝尝这个，当年我在马来西亚的时候，品尝过鲨鱼的软骨，真是世间一等一的美味。"说话的时候，黄然用公筷夹起两块鲨鱼软骨，放到孙胖子、车前子面前的盘子上。随后继续说道，"到底是钓鱼台国宾馆，比我上次吃的味道还要好。"

孙胖子和车前子也不客气，各自吃完自己碟子里的菜肴。孙胖子笑嘻嘻地对小道士说道："兄弟，这个哥哥我也是第一次吃，咋样？"

"比不上你老婆做的鱼头。"车前子古怪地笑了一下，随后对黄然说道："有机会你一定要去胖子家，尝尝他媳妇的手艺。那大鱼头炖的，世界上再找不到和它一样的味道。"

黄然也是个好吃的，当下他笑着说道："没想到孙夫人还有这么高超的厨艺，有机会一定要去尝尝炖鱼头。"

黄然说到这里的时候，服务员再次进到包房里面，走到了黄然面前，欠着身子说道："您有一位客人到了，是直接请进来，还是您亲自去请？"

就差杨枭和沈辣了，他们俩都不是外人，黄然犹豫了一下，还是对服务员说道："你去将他请进来吧，这也是我的贵客，千万不要怠慢。"

服务员答应了一声，转身离开了包间。没过多久，就见她领着一个光头的老和尚走了进来。这老和尚已经看不出来多大年纪了，身上穿着一件僧袍不僧袍、大褂不大褂的衣服，要不是光头上面还有戒疤，也看不出来他是个和尚。

见到这个老和尚，在场众人除了车前子以外，都齐刷刷站了起来。孙胖子和黄然都急忙迎了上去，争着邀请老和尚坐到自己旁边。

"小黄然哪，你小子不够意思，请吃这么好的东西，竟然不叫佛爷我……"老和尚看了看桌子上剩下不多的鲨鱼软骨，随后皱了皱眉头，对车前子说道："小子你饿死鬼……"

一句话还没说完，老和尚突然顿了一下，眼睛一眨不眨地上下打量车前子，脸上露出玩味的笑容，笑嘻嘻地对车前子说道："啧啧……你小子有意思，太有意思了……难怪了，哈哈哈哈……太有意思了。"

这时候，车前子却瞪起了眼睛，盯着老和尚说道："老登儿，你瞅啥？"

第三章　保媒拉纤

听到车前子这句挑衅的话，包间里所有人都被吓了一跳。孙胖子急忙捂住了自己兄弟的嘴巴，赔着笑脸对老和尚说道："大和尚，我兄弟刚刚在家喝酒过来的。酒劲儿还没过，说的都是醉话。不是我说，刚才他还骂我死胖子来着，不信你问黄然……老黄，我兄弟在古墓里可是替你报了仇的。"

黄然见状，也赔着笑脸凑了过来，说道："老佛爷，这孩子就这样没大没小的，您别和他一般见识。您看在我的面子上了……"

"你的面子？小黄然你的胖脸能有多大？佛爷我凭什么要看你的面子？"老和尚怪笑了一声，随后转身又笑嘻嘻地看着云里雾里的车前子，说道："这个面子是要给的，却不能给他小黄然。要给也得给那个人……哈哈哈哈，有趣有趣，想不到他还能留下来你这个种……"

老和尚明显是知道什么，黄然眨巴眨巴眼睛，小心翼翼地问道："老佛爷，您认识这孩子的父母长辈？"

"佛爷我认不认识还得你小子点头？一边去！"老和尚瞥了黄然一眼，随后继续说道，"你请别人在这里下馆子，让佛爷我在家里吃糠咽菜。把那碟子菜拿过来，让佛爷我尝尝咸淡……这是荤菜啊，你小子怎么不早说？不知道佛爷我是出家人吗？罪过啊罪过……有点淡了，小黄然你太没眼力见儿，这玩意儿得配雪里蕻啊！"

老和尚一边说自己是出家人，一边往嘴里塞各种菜肴。除了车前子，其他人都见惯了他这德行，也没人敢说什么。

趁老和尚吃喝的时候，孙胖子凑到车前子耳边，低声说道：“兄弟，千万千万别惹这个老和尚。他可是和咱们家吴主任平起平坐的大人物——给哥哥个面子，有什么你都忍了，吃完这一顿哥哥我带你去杨书记家砸门去，咱们骂他一个通宵。”

车前子再是疯狗脾气，也知道轻重。见所有人都给老和尚赔笑脸，也只能尽量不去招惹他。

这时候，服务员又送上来了一盘子清蒸鱼。将盘子放好之后，介绍道：“这是清蒸幼鲨，鲨鱼成年之后，肉里面有氨气，并不适合烹调，这样只有两三个月的幼鲨肉质十分鲜美……”

听了服务员的介绍，老和尚说道：“姑娘你说这是幼年鲨鱼？阿弥我的陀佛啊……你们太残忍了，拿过来拿过来，佛爷得替你们超度了它……鱼啊鱼，你的福气不小。佛爷我亲自度化了你，下辈子你好好投胎做人……淡了淡了，好好的一条鱼怎么能清蒸？酱焖啊！这么淡怎么吃？太他妈淡了，真是罪孽……”

“麻烦你和厨房说一下，后面的菜都要重口，要是有腌雪菜的话也来一份。”见服务小姐有些蒙，黄然微微一笑，给了小费打发她走了。随后对老和尚说道：“不知道老佛爷您要来，早知道的话就不在这里吃了。”

“别说那些没用的，佛爷我是来拿菩蝉的。好几百年不见那小东西了，佛爷我心里还怪想它的。”老和尚说着，用他身上僧袍不僧袍、大褂不大褂的衣服擦了擦嘴，随后继续说道，“佛爷我就这点事情，小黄然你不会没办好吧？”

黄然脸上露出来尴尬的表情，说道：“我办事不力，菩蝉已经归天了。”

“佛爷我养了那么多年的菩蝉归天了？小黄然你怎么办的事情？”老和尚听到之后直接丢了筷子，随后一脸悲怆地对黄然继续说道，“我可是拿它当儿子养的，普天之下就那么一只菩蝉，说没有就没有了？你知不知道我这白发人送黑发人什么心情——我佛在上，让我跟菩蝉一起走吧！”

说着，老和尚竟然当着众人的面干号了起来。黄然劝也不是，不劝也不是，尴尬地站在老和尚身边。他那么聪明的人，竟然也不知所措起来。黄然身边的蒙棋祺和张支言反应不尽相同，张支言和黄然差不多，对老和尚的举动不知道如何是好，蒙大小姐却完全不理会老和尚，好像觉得有点儿无聊，掏出来手机开始刷朋友圈。

看着这几个人的反应，车前子向孙胖子低声问道："这就是和你老丈杆子平起平坐的高人？亲儿子死了也就这样吧？还是说那个什么菩蝉就是他亲生的？"

"别乱说话，我的小祖宗。"孙胖子赶紧又捂住车前子的嘴巴，说道，"你懂什么？大和尚就是这么游戏人间的。得了，看在刚才黄然帮过你一把的分上，哥哥我也拉他一把。"

随后，孙胖子笑嘻嘻地站了起来，走到了老和尚身边，说道："大和尚，菩蝉死了不能复生。你得想开一点，要不这样，大和尚你找点事情干干转移下注意力。不是我说，不能一直想着菩蝉的事情，伤身体啊！"

听了孙胖子的话，老和尚突然变了个人似的，直截了当地说道："惠比寿麝香葡萄的演唱会，也许看个三四五场的，佛爷我的心情就好点了。"

"没问题。"孙胖子嘿嘿一笑，说道，"这样，我再给大和尚你安排一下后场见面，大家伙儿亲亲热热地合个影。"

车前子在一边听得糊涂，没忍住向孙胖子问道："胖子，什么惠比寿什么葡萄？怎么还开演唱会了？"

孙胖子看了他一眼，低声说道："大人的事，你别瞎打听。听多了不是什么好事。"

听了孙胖子的话，老和尚脸上都兴奋得冒出了红光。他笑了一下，说道："这不太好吧？怎么说我也是个出家人，心里除了我佛之外，再装不下什么了——说好了，就是见个面拍拍照什么，酒店佛爷我是一定不会去的……"

"对了！还有酒店！"孙胖子哈哈一笑，继续说道，"演唱会结束之后，我来安排大和尚你去酒店探班。给你安排个总统套房——不对，应该叫圣僧禅室。”

听了孙胖子的话，老和尚顿时眉开眼笑的，说道：“被你这么一开导，佛爷我不怎么难受了，菩蝉归天就归天了吧。说起来当年好像还是我把它的肉身弄死的，它那张牙舞爪的样子也不怎么可人疼。”

老和尚回头看了黄然一眼，摇了摇头，对他说道：“佛爷我原本还想抬举你一下，收你做我小徒弟的。可惜了，没什么眼力见儿——佛爷我当着你的面，吃了多少天的麝香葡萄，你一点都没看出来？”

没等黄然解释，蒙棋祺终于放下了手机，不服不忿地开口说道：“和尚，你想去就直接说啊，你什么德行大家伙都知道，还有什么不能说的？”

“佛爷我是出家人，怎么能说那种话，罪过啊！”说话的时候，老和尚突然想到了什么，看了一眼蒙棋祺，又看了看车前子，随后笑嘻嘻地说道，“要不佛爷我做个媒，撮合撮合你们俩得了，天底下没有哪一对比你们俩更合适了。”

这句话刚刚说完，车前子、蒙棋祺和张支言三个人同时开口说道：“不行！”

“凭、凭、凭什么！还、还、还有王法吗？”听到老和尚要撮合车前子和蒙棋祺，张支言气得脸色涨红。他追了蒙大小姐十几年了，最近才算见到了一点曙光，凭什么要让给这个半大小子。

没等张支言说完，蒙棋祺一把推开了他，对老和尚说道：“老和尚，平常让你看两眼大腿姑娘我也不说什么了，你还蹬鼻子上脸，开始学人家保媒拉纤了——这是你们出家人干的事儿吗？没事就找家寺庙好好念念经，别净整这些没用的。”

两人还没说完，那边的车前子也不干了。他指着蒙大小姐，对老和尚说道：“可拉倒吧，我妈要是还活着，比她也大不了几岁。你看看她那岁数，大姐你有三十了吧？我还不到十九，她老牛吃……”

“嫩草”两个字还没说出口，恼羞成怒的蒙棋祺已经抓起桌子上的红酒瓶朝车前子砸了过去。小道士急忙闪身躲过，见这女人说动手就动手，也有点儿恼了，虽然他不打女人，也抄起来餐桌上的水瓶泼了蒙大小姐一身。

张支言见自己心仪的女人被欺负了，他怪叫了一声，跳起来朝车前子扑了过去。小道士原本就被蒙棋祺惹得一肚子气，见张结巴朝自己冲过来，于是将这点气都撒到了他身上。

没等张支言近身，车前子反冲过去撞向张支言。“嘭”的一声，直接将张结巴撞到了墙上。张支言原本旧伤未愈，被这一撞撕裂了伤口，疼得半天都没有从地上爬起来。

见两边真动上了手，黄然、孙胖子分别拉住了蒙棋祺和车前子。分别劝说自己这边的人，黄然对蒙棋祺说道：“老佛爷也就说说，他老人家开玩笑的，你怎么还当真了？再说了，你和支言的事情也差不多了——支言，你怎么还吐血了？”

这边孙胖子也在劝车前子，说道：“兄弟，不是哥哥我说你，大和尚说的也是好话啊。你今年十九，蒙大小姐二十八，才大九岁，女大三抱金砖，一下给你抱了三块金砖，别不知足——呀，张结巴是不是不行了？你可别想碰瓷，我们不吃你这一套……”

这些人乱作一团，老和尚却看得津津有味、眉开眼笑的，他吃了一口鲨鱼肉，说道：“可不就是西门庆一脚怒踹武大郎吗？现在就等不及了？你们俩假装不乐意，然后把小磕巴拉进来弄死——佛爷我什么不明白？”

老和尚的身份太高，黄然和孙胖子都不敢得罪他。两个人对了一下眼神，打算这顿饭就吃到这里，连拉带劝自己这边的人准备离开。刚打开包房大门，就见一头黑发的沈辣带着一个二十多岁的女人正向包房走过来。

见包房里面的人乱成一团，沈辣愣了一下，随后向孙胖子问道：“大圣，怎么个情况？不是说老黄请吃饭吗？怎么还打起来了？闹着闹着就恼了？上善大师父您也在啊？你们在大师父面前这么没规矩，好意思吗？”

这时候，包房里面的人，除了老和尚、沈辣以及跟沈辣一起的女人，所有人心里就一句话：没有这个和尚，还真打不起来！

不用问也知道，这个女人是沈辣的相亲对象。辣子既然能把人家带过来，那就说明互相看对眼了。孙胖子哈哈一笑，一只手死死拉着车前子，一只手拍了拍沈辣的肩膀，冲他带来的女人挤了挤眼，说道：“辣子，这位美女是谁啊？介绍一下，兴许以后还能成个亲戚什么的。”

这女人也就二十四五岁的样子，细高挑的身材，长得很秀气。听了孙胖子的话，脸上一红，低头浅笑，躲到了沈辣身后。沈辣有些尴尬地笑了一下，说道：“这是赵庆，我的——朋友。这不是老黄催得急吗？我就把小赵带过来了，老黄，带了个人没和你说，没事吧？”

“人多了才热闹啊，多一双筷子的事。”见来了外人，黄然把蒙棋祺拉开，又将倒地的张支言扶了起来。将他们俩和车前子拉开了距离，这才笑着对沈辣说道：“一会儿我和服务员说一下，加两个人。鱼翅、鲍鱼再加两份就好了。”

听了黄然的话，女人急忙说道：“不用麻烦了，我就是陪着沈辣过来坐坐。我们已经吃过饭了——我坐一会儿就走，真不用麻烦了。”

“什么叫麻烦，加双筷子的事。”孙胖子嘿嘿一笑，冲沈辣做了个鬼脸，亲自喊过来服务员，重新加了两套餐具，随后笑嘻嘻地对赵庆说道，“说起来我们家辣子还是第一次带女朋友出来——哥们儿我知道你们两人还不算男女朋友，这不是先处着看看嘛，处着处着什么事情都可能发生。不是我说，天底下能赶上我们家辣子的男人不多。老黄，大喜的日子，你是不是得表示一下？”

“大圣，你的吐沫星子都喷过来了，再吓着人家。老黄，你别听大圣的，你坐着。”沈辣苦笑了一声，继续说道，“我和小赵也是第一次见面，你再把人家吓着不敢再见我了。你们聊你们的，我们俩坐一会儿就走，我还得送人家回家……”

“晚了就别回去了。”这时候，老和尚插了一句，他双手合十，高诵了一声佛号，继续说道，“佛度有缘人，女施主，你听和尚一句话，小辣子真是好人。世上人人都会骗你，出家人不敢打妄语。过了这座庙，就再遇不到这么灵验的菩萨了。南无阿弥陀佛……”

听老和尚说第一句话的时候，沈辣的心都提到了嗓子眼。生怕这花和尚嘴里说出来什么不该说的话，好在后面的话还算正常，勉强符合他“高僧”的身份了。

听老和尚这么说，女人的脸一红，低着头不再言语。不过片刻之后，她还是笑吟吟地看了身边的男人一眼。

有门儿啊——孙胖子笑了一下，随后对女人说道：“小赵是吧？辣子应该已经和你说过我了，哥们儿我就是他嘴里的孙大圣。小公务员一个，和辣子过命的交情。以后大家就是自己人了——辣子什么都好，就是不太会说话。你可别介意——小赵你是做什么工作的？有房没房、有车没车都无所谓，我们辣子都有。他的就是你的……”

听到孙胖子问自己，女人腼腆地笑了一下，说道：“我也是公务员，市局司法处的法医。我知道大家是为了我们俩好，不过是不是也让我们俩先接触接触……”

沈辣明显对这个女人很满意，担心孙胖子过分的热情吓到了女人，“瞪”了孙胖子一眼，说道：“大圣，你别吓着小赵，早知道我就不带她来了。你再这么胡说八道，我们可走了啊。小赵，别理他。孙大圣和我太熟了，说话没什么轻重。”

话还没有说完，包房大门打开，服务员进来送菜：“炙烤鲨鱼肝，这也是幼鲨的鱼肝，裹了牛油炙烤到六分熟，请各位品尝。”

第四章 离奇案件

美味佳肴一道一道地送了上来，什么筷子一样粗细的鱼翅，比孙胖子拳头都大的鲍鱼……让跟着沈辣一起来的赵庆开了眼界，钓鱼台国宾馆她也是第一次来，这么一桌子菜肴加上酒水，怎么不得一两万？

赵庆开始好奇沈辣到底是做什么工作的了，他说自己是公务员，可这地方一般的公务员消费得起吗？她忍不住开口问孙胖子，说道："我有个小问题，你们的工作单位到底是哪里？沈辣说是宗教民俗单位，说了一长串，我也没有记住。"

孙胖子嘿嘿一笑，说道："辣子你怎么弄的？连工作单位都没有说清楚。小赵，我们哥儿俩还有旁边的老三，都在民俗事务调查研究局工作。别看辣子沉默寡言的，他可是正经的正处级干部。你有事就找他，辣子办不了的事情——不多。"

"民俗事务调查研究局……"赵庆念了一遍，同时脑子里又过了一遍，真不知道还有这样的一个单位。

孙胖子看出了赵庆的心思，他嘿嘿一笑，夹起来一块鲨鱼唇放在赵庆面前的碟子里，说道："我们这个单位比较冷门，还有点涉密的成分，所以不怎么出名。你们司法处的魏老三，当年还和我们一起处理过事件。你去问问他，就什么都知道了。"

孙胖子所说的魏老三魏建中原是司法处的处长，现在已经做了市局的二把手，赵庆自然没有什么怀疑，不过她还是没忍住，向孙胖子问道："你和沈辣是朋友，还在一个单位的。他都正处了，那你呢？都差不多吧？"

孙胖子没想到这个女人这么实在，第一次见面就问职务。不过他城府似海深，笑了一下，说道："哥们儿我要是还没下台的话，算是正局级的干部了。现在从头做起，算是副科级的待遇吧——不说了，说多了都是眼泪……"

眼前这个胖子也就三十多岁，竟然已经有正局级的履历了。赵庆说什么都不敢相信，以为孙胖子是在和自己开玩笑，当下也笑了一下，没有再继续这个话题。

又吃喝了一阵子，赵庆的电话突然响了起来。她拿起来手机到包房门外接电话，赵庆刚刚出去，孙胖子便对沈辣说道："辣子，你这次抄上了。这小姑娘人不错啊，还知道出去接电话，懂事啊——不是我说，赶紧的，今年就把事儿办了。伴郎是咱们家老三，明年你抓紧时间生个儿子，咱们两家接个亲家……"

"大圣，你说远了，八字还没一撇呢！"沈辣苦笑了一声，继续对孙胖子说道，"一会儿别把人吓着了，要是没成多尴尬啊！"

沈辣的话刚刚说完，赵庆便推门进来，她一脸歉意地说道："真是不好意思，我得出一趟外勤。处里值班的同事出车祸了，我要回去替他。沈辣，能送我出去吗？这里没车出不去。各位，不好意思了。"

"公事要紧，我去送你。"沈辣说话的时候，已经穿上了外衣，然后和赵庆一起离开了包间。孙胖子带着车前子送到了电梯口，看着他们离开之后，这才长出了口气，自言自语地说道："赵庆——这丫头看着还行，辣子你抓紧点吧。"

"人家找对象，是你着急的事儿吗？"车前子看了孙胖子一眼，继续说道，"不知道的还以为你和沈辣是一对儿呢，胖子，差不多得了。"

"兄弟你不懂，哥哥我欠辣子的。"孙胖子叹了口气，也不准备继续说下去。他带着车前子回到了包房里面，笑嘻嘻地对黄然他们说道："这次辣子有喜事，大家伙都准备红包啊。老黄，咱们哥儿仨都是老交情了，除了你自己那份，大和尚的也要你交。”

没等黄然答话，装了半天得道高僧的老和尚看了看车前子和蒙棋祺，抢先说道：“要是沈辣真和小赵成了的话，你们俩也抓紧时间把事情办了吧——明年你们要是生个男孩子的话，佛爷我破例一次，收他做我的小徒弟……”

蒙棋祺实在受不了，直接冲老和尚说道：“和尚你闭嘴！你让姑奶奶嫁他？就算全世界的男人都死绝了，我都不会多看这小崽子一眼。你看什么！回家吃奶去吧，小兔崽子！”

听到蒙棋祺再次冲自己来了，车前子回嘴道：“记住你说的话！一会儿发个誓啊，我给你打个样儿——老天爷你听着，我车前子要是对这个娘们儿动一点点心思，就天打五雷轰碎了我。反过来，这个娘们儿要是对我有心思，你记得放雷劈了她。”

“姑奶奶用得着你替我起誓！”蒙棋祺见车前子同时还以她的名义发誓，顿时气不打一处来。虽然又被黄然拦住，她仍然骂声不断，“我给你起誓！皇天在上，你就把这个浑小子送泰国去了根！”

“蒙棋祺你过分了！我又不报你，凭什么去根！要去根也是这个小结巴，他早晚有那么一天！”车前子被惹火了，也要跟着冲上去，同样也被孙胖子拦住。

这两个人越吵越凶，无奈之下，黄然只能拖着蒙棋祺和张支言先离开了，留下来孙胖子和车前子继续陪着老佛爷吃喝。

又吃了一阵子，杨枭才姗姗来迟。黄然也请了他，不过今天晚上老杨要给他老婆辅导作业，都收拾好了，等他老婆睡着之后，杨枭这才有空过来。听到刚才沈辣带着女朋友过来了，他也连称遗憾。

快吃到十二点的时候，服务员进来找人买单，孙胖子这才傻了眼，说道：“买什么单？刚才出去那个胖子没买吗？不是——我们是客人，怎么有客人买单的？你好好查查，不是我说——他真没买单啊？”

听到黄然走的时候没买单，孙胖子气得直翻白眼。这笔账太肉头，他只能又给黄然打电话，却发现黄然的电话无法接通。

无奈之下，孙胖子只能乍着胆子问了一下价钱。服务员嘴里报出了一连串的数字："先生，您好，黄然先生只带了两条成年鲨鱼过来，在我们这里买了十一条幼年鲨鱼，加上鱼翅、鲍鱼之类的干货，还有两瓶罗曼尼·康帝红葡萄酒，再加上百分之十五的服务费，一共是十三万八千。"

听到这顿饭吃了十三万多，老和尚直接尿遁了，杨枭也要走，却被孙胖子拦住了。就在孙胖子准备给杨枭做思想工作的时候，他的手机响了起来。接通之后，手机里面传出沈辣的声音："大圣，小赵这边出事情了。报民调局审批来不及了，你想办法叫上老杨，赶紧过来一趟，是河山路派出所，赶紧过来啊，这事儿太邪门了。"

听沈辣说得很急，孙胖子没有犹豫，立即取出来银行卡结了账。随后三人驾车到了沈辣所说的河山路派出所，派出所大门口竟然也拉上了警戒线。他们刚刚下车，就看到老莫带着五室副主任萧易峰也赶到了这里。

见老莫和萧易峰也来了，孙胖子有些意外。他降下了车窗，向两人喊道："老莫！你们怎么也来了？辣子给你们叫来的？"

老莫和萧易峰见到孙胖子他们，也颇有些意外。两人走了过来，老莫先开了口："辣子给我打电话，说这里出事了，让我过来帮着看看。正好我和老萧在外面吃饭，就一起过来了。大圣，也是辣子找你们来的吧？"

"可不是咋的，他电话里也没说清楚，就说了一句这事儿邪门。"说话的时候，孙胖子已经下了车，随后继续说道，"不是我说他，进民调局都十年了，什么邪门的事情没有见过？怎么就把他吓成这样了。"

"这天底下没有最邪门的事情，只有更邪门的。"萧易峰笑了一下，说道，"赶紧进去吧，别让沈辣等急了。他平时挺沉稳的一个人，还没见他这样着急过。"

"那是，人家现在有组织关系了。"孙胖子嘿嘿一笑，第一个向派出所大门走去，边走边掏出来手机，给沈辣打了电话："辣子，我们都到了。老莫和老萧也到了——五室的萧副主任，我们没带证件，你下来接……"

"是孙局长吗？"孙胖子的电话还没说完，派出所门口又开过来一辆警用汽车。从警车上下来了一个身穿三级警监警服的高大男人，认出孙胖子之后直接走过来握手，说道："我是市局的魏建中啊，以前是司法处的。"

"老魏啊，瞧你说的，我能不认得你吗？"孙胖子嘿嘿一笑，继续说道，"刚才吃饭的时候还聊到你了，早就听说魏处你高升了，现在是魏局了吧？"

"什么魏处、魏局的，都是为人民服务嘛。"来人正是孙胖子在酒桌上提到的魏建中，见孙胖子是带着人过来的，他客气了几句，马上切入正题，说道，"刚才我还以为下面的人没睡醒，说的胡话，没想到连你们都惊动了，已经定性交给你们民调局来接手了吗？"

这件事情已经惊动了市局的二把手，看来沈辣没有小题大做。孙胖子笑了一下，说道："接手不接手还不好说，我们也是刚到，还不知道发生了什么事情。这不是忘了带证件，正在等同事来接我们。"

"遇到我了，哪还用等人接？"魏局长指着孙胖子等人，对身边的警察说道："这些同志都是部里下来处理案件的领导，去，拿几个临时出入证来。领导们有什么交代的，你们都要全力以赴做到。还有，把门口的警戒线撤了，让老百姓看到还以为派出所出了什么大事情——孙局长，咱们先进去看看现场。"

说话的时候，魏局长带着孙胖子等人进到派出所里面。

见自家大领导带着人进来，所长和指导员都过来迎接。只不过这两人的脸色都难看至极，尤其是指导员，明显是刚刚吐过，脸色灰白灰白的，说话也有气无力的。

"不用你们介绍了，直接带我们去现场。"魏局长大手一挥，由所长和指导员领路向二楼审讯室走去。这时候，黑头发的沈辣正从楼梯上走下来。魏建中和沈辣也是半熟脸，不过这样的场合不是客气的时候，互相点了点头算是打过招呼了。

等沈辣到了身边，孙胖子低声问道："辣子，遇到什么邪门的事情了？咱们也算见多识广了，还有能把你吓着的事情？"

沈辣看了一眼跟着孙胖子来的这些人，有些不好意思地说道："说得严重点，你们不是能早点过来嘛。我还好，就是小赵吓坏了。刚才在现场的时候，她吓得直哆嗦……”

走在孙胖子身后的车前子插了句嘴，问道：“能把法医吓得直哆嗦？咋回事？诈尸了？”

“诈尸就好了。”沈辣苦笑了一声，继续说道，“你们自己进去看看吧，我现在都不知道，它算死了，还是活着。”

说话的时候，众人已经来到了审讯室的门口。一脸惨白的赵庆坐在门口，也不知道她吐了几次，已经开始习惯性的干呕了。看到孙胖子他们过来，小赵有气无力地指了指审讯室里面，刚刚想要说什么，恶心劲儿又上来，赶紧捂着嘴巴向卫生间跑去。

魏局长不知道赵庆和孙胖子他们的关系，当下皱了皱眉头，对手下人说道：“是司法处的小赵吧？还是法医呢，怎么一点事情都经不……呕……哇……”

说到一半的时候，魏局长已经进了审讯室。就见一具腐烂得不成形的尸体倒在地上，魏局长魏建中原本也是见过些世面的，这点冲击力还能忍得住，不过仔细一看，发现几乎成了肉泥的尸体胸膛一起一伏的，竟然还在呼吸。这时他的双腿便有些发软，随后又瞧见尸体光溜溜的眼珠子还在转动，正向他们这边看过来。这时，魏局长再也忍不住，只觉得又恐怖又恶心，胃酸上涌，直接吐了起来。

孙胖子这边，车前子比魏局长也好不了多少。只不过他先捂住了嘴巴，飞快转身出去找卫生间去了。

“魏局，这里交给我们民调局了，你们先出去休息一下。”孙胖子搀着魏局长走出了审讯室，随后继续说道，“我要所有接触过尸体的人问话，让他们做好准备，这里的录像也要准备好。魏局长，还是把警戒线拉起来吧，没有我们民调局的同意，这里所有人都不可以进出。那个谁，扶你们局长去休息。再找个人，把这里吐的收拾一下。”

送走了魏局长，孙胖子也没敢再进去，他站在门口把杨枭叫了出来，问道：“老杨，能看明白吗？是活死人呢？还是死活人？”

“大圣，你这词儿编的，我都接不了话。”杨枭笑了一下，继续说道，“看起来应该是某种诅咒，让人死不了的那一种。不过具体还要再看看，不知道前因后果我也不敢把话说死。你先打听一下是怎么回事吧。”

这时候，脸色煞白的所长和指导员带着办案民警过来了。他们别说进审讯室了，连门口都不敢久待，最后去了所长的办公室，把事情的经过说了说。

今天晚上，市局多个部门联合展开扫黄活动。在派出所辖区内的洗头房里，当场抓住了一对正在进行卖淫嫖娼活动的男女。当时没什么特别的，将他们带回到派出所之后，没收了证件开始审讯。

审讯过程中，被抓的男人还很配合，一把鼻涕一把眼泪地忏悔，说自己是外地人，希望民警不要把这件事情告诉他的家人。

就在这个时候，负责核对身份信息的民警突然发现，这个男人竟然在一个月之前就已经死了，不由得多了句嘴，说道：“怎么回事！资料显示你已经死了？一个月之前，因为突发心脏病死在固安了？”

男人一听，嘴里喃喃地说道：“对啊，我已经死了——一个月之前就死了。”

一句话说完，便当场断了气。民警也吓了一跳，因为出了人命，不敢轻易挪动死尸，只能让他保持在原地，然后打电话给上级部门派人处理，上级部门派来的人就是赵庆。

第五章　毁尸灭迹

赵庆带着沈辣赶到派出所的时候，尸体还没有什么异常的情况。按照规矩，赵庆要对尸体进行初步尸检，给出死亡时间和死亡原因。

尸检过程中，赵庆发现尸体的脖子上插了一根细长的钢针。她用工具将钢针夹出来之后，异变发生了，尸体以肉眼可见的速度迅速腐烂，尸身的皮肉甚至开始液化——想要达成这种程度的腐败，没有个把月的时间是不可能的。

如果仅仅是尸体腐烂，也不会把赵庆这个法医吓成这个样子。在尸体腐烂过程中，赵庆发现死者的心脏竟然还在微微跳动，身体各个部位都还有轻微的动作反应。这些情况虽然很难被人察觉，但还是被身为法医的赵庆发现了。

这个人到底是死了，还是活着？——眼前的“尸体”颠覆了赵庆对法医学的认知，加上对“尸体”快速腐烂产生的极度恐惧，赵庆出现了病理反应，开始不停地呕吐起来。

沈辣也看不明白出了什么事情，这些年他在民调局虽然接触过不少的行尸案例，也看过很多类似案例的档案、典籍，可从来没有遇到过这样的事情。见赵庆几乎崩溃，无奈之下，沈辣只能向孙胖子他们求助。

听完事情的经过，孙胖子和杨枭商量了一下，民调局这边的人重新回到了审讯室现场。孙胖子通知派出所所长将所有涉案人员都叫来，等候曾经的孙局长询问。

回到了审讯室，见没有外人，沈辣将赵庆从死者脖子上取下来的钢针拿给了杨枭，说道："老杨，这方面你是专家，能看出来是哪一派的术法吗？"

杨枭接过钢针看了一眼，又用指甲从钢针上面刮下来一层好像油脂一样的液体。沈辣之前检查过钢针，还亲手擦拭了上面的血液，明明已经干了，这猪油一样的液体是从哪儿来的？

杨枭解释道："这是断舍离！我听说过有人炼制这样的法器来控尸，这也是第一次见到实物。以前还以为断舍离是编出来的，没想到还真有这样的法器——这种断舍离是明清两代顶尖赶尸匠使用的法器，据说这个派别的赶尸匠把死人当作活人赶，让死者以为自己还活着，然后自己跟着赶尸匠回家安葬……"

孙胖子听到这里，打断了杨枭的话，说道："让死人自己回去安葬？他还以为自己活着？那还死个什么劲？不是我说，继续活着不好吗？"

"哪有那么简单，这种术法最多不过可以让死者假生百日，过了一百天术法失效，该死的还是得死。"说到这里，杨枭将手上的油脂擦掉，继续说道，"这也是一种尸油，不过和我炼制的方法不一样，这是从人脑里面炼制出来的……无色无味，就是油腻了一点，除了控尸之外，什么作用都没有。好在万物相生相克，也有克制这种尸油的东西。"

说到这里，杨枭从怀里取出来一个小瓷瓶。当着众人的面拔掉了瓶塞，审讯室里面瞬间充满了一股恶臭。车前子刚刚吐完回来，在大门口闻到了这股恶臭之后，又捂着嘴巴跑回了卫生间。

"老杨！没有你这样的！"孙胖子被熏得睁不开眼睛，他一边后退，一边捏住了鼻子，继续说道，"想用尸油你倒是提前说一声啊，不是我说，这次的味儿真他妈足……"

杨枭没有理会孙胖子，他将瓷瓶里面的黏稠液体倒出来一滴，滴到了死尸的心脏上。在黏液接触到心脏的一瞬间，心脏立即停止了跳动，与此同时，尸体其他部位的轻微动作也跟着消失，此时，这个男人才算是真正意义上的死亡。

杨枭继续说道："我调制的尸油，会让他明白过来自己已经死了。断舍离的力量太大，都从他身体上抽出来了，这个人还是舍不得去死——现在好了，尘归尘、土归土，早日往生吧。"

继续留在这里没有意义了，孙胖子让老莫和萧易峰等人留在现场，又让沈辣去安抚受了刺激的赵庆，他则带着第二次吐完回来的车前子赶去所长办公室。到所长办公室的时候，相关民警及涉案人员已经在门口候着了。

孙胖子先查看了晚上扫黄行动的记录，见身边没什么人可用，他只能对车前子说道："兄弟啊，你帮着哥哥做下笔录。不用从头到尾详细记录，记下来关键词就好，回去之后哥哥我再补上。"

只要不用他再回审讯室，车前子什么都能答应。当下两人分别坐好，通知民警先将跟死者交易的失足妇女叫了进来。

没一会儿，一个浓妆艳抹、三十来岁的女人被带了进来，她还不知道出了什么事情，进来之后对孙胖子和车前子说道："领导，那啥该交罚款了是吧？还是五千吗？那啥的话，我就那啥了。"

孙胖子没搭理她，看了一眼审讯笔录，说道："你叫何翠芬，今年——都五十一了？你这是化妆还是整的——知道是为什么进来的吗？重新说一下，要说得仔细点。"

"该说的不是都说了吗？怎么还得那啥一遍？"女人一看就是经常出入派出所的老油条，不过她不敢拒绝面前两个'警察'的要求，只能将事发过程又说了一遍，"晚上六点多钟不到七点吧，那个人就进来了。挑了一遍就挑中我了，我本来不想那啥的，不过想着到月末了，再不那啥就那啥了。于是我就带他进屋了，一开始，他还想那啥，我一听就不干了。他要是不那啥的话，我指定不能那啥。后来他加了钱，看在那啥的分上，我寻思着那啥就那啥吧，后来我们俩就那啥了。刚刚那啥完，你们就来了。领导，我真冤啊，我是刚刚那啥的，一共都没那啥几次，就被你们那啥了。"

"我他妈没法记录了！这都是那啥啊！"车前子听了一脑袋的那啥，最后气得将笔扔到了地上，吓得女人不敢再说话，有些惊恐地看着这个半大小子。

“没事，哥哥我知道那啥。”孙胖子嘿嘿一笑，亲自将笔捡了回来，随后对车前子说道，“这个不重要，你记着后面的就行。何翠芬，我再问你，李广全——也就是那个嫖客，他有什么异常的行为吗？”

“异常的行为？那就是他还想那啥，我没让他那啥了。”女人想了一下，继续说道，“他是不是有什么问题？我就知道那啥……领导，我和他也是第一次见面，除了那啥再没有那啥了……”

孙胖子打断了女人的话，说道：“你想多了，我是问你，他的行为和一般那啥的人一样吗？”

“也没啥不一样的啊，都是先那啥，然后再那啥，最后那啥啊。”女人哭丧着脸还要继续那啥的时候，突然想到了什么，说道，“对了，那啥的时候他接了一个电话，提醒他赶明天早上九点的飞机，让他不要晚了。那个电话好像很重要，他那啥的时候都没敢先挂了。”

“接了个电话啊！”孙胖子眯缝着眼睛笑了一下，随后叫进来一名警察，说道：“李广全应该还有一部手机，找过来。再把他那啥时候的体液找到，我要拿去化验。”

将女人送出去之后，孙胖子又连续询问了抓捕和审讯李广全的警察，都没有发现什么有用的线索。

这时，有关李广全的资料送了过来。资料上写着：李广全，男，一九八五年生人。黑龙江省茅县人，常年在河北省固安县经营五金批发生意。二〇一七年八月十三日，因突发心脏病在固安去世。

根据资料显示，李广全此人有嫖娼嗜好，有多次被当地派出所抓获的记录。孙胖子数了数，竟然一共被抓了十一次。

车前子瞅了一眼卷宗，有些鄙夷地说道：“这小子也太背了，光是嫖娼就能被抓了十一次，怎么每次都能抓到他？”

“那是抓到的，没抓到的还指不定有多少次呢。”孙胖子笑了一下，继续说道，“不是我说，人这一辈子吃喝嫖赌总有一样嗜好，杜月笙不是还说过吗，人无嗜好不可交。兄弟你想想看，要是有个人吃喝嫖赌抽一点不沾，那得可怕成什么样子？要是遇到这样的人，你记得躲着点走。”

车前子品了品孙胖子的话，也觉得有些道理。他点了点头，向孙胖子问道：“胖子，你遇到过这种人吗？”

“有啊，林子大了什么鸟都能遇到。”孙胖子嘿嘿一笑，看了车前子一眼，说道，“那个人叫作广仁。”

还没等车前子问广仁是谁，办公室的大门便被推开了。派出所所长亲自拿着放在白色密封袋里的手机走了进来，说道：“两位领导，这是刚才我们在抓嫖的洗头房里找到的。李广全很狡猾，听到动静不对，就把手机扔床缝里面了。手机是五天前买的，里面只存了一个号码。我们刚才尝试着拨打了这个号码，打了五遍始终没有人接听。

“李广全拨打的电话号码是五年前购买的非身份证登记卡，很难找到所有者。不过晚上七点钟左右，这个号码一共拨打了七个电话。李广全是其中一个，其他六个电话号码全部处于关机状态。那些电话号码也都是五年前购买的非身份证登记卡。”

说到这里，所长顿了一下，看了一眼孙胖子，继续说道：“我们还查到了李广全的居住地址，是距离洗头房不远的 ×× 酒店，是用他自己的身份证登记的。李广全是昨天早上乘坐高铁来的首都，他死后户籍、身份还没有注销，身份证还是可以使用的状态。只有我们公安机关执法的时候，才能发现这些隐藏的信息。”

听了所长的话，车前子有些失望地摇了摇头，说道：“还以为能发现什么，结果又回到原点了，都卡在这儿了。”

“这不是发现新东西了吗？”孙胖子冲自己的兄弟笑了一下，继续说道，“现在我们知道了一共有七个和李广全差不多的人。老王（所长），还得麻烦你，查一下明天早上李广全的飞机去哪儿。还有，可不可以调取监控，用人脸识别系统搜索李广全的行动信息，看看他都和什么人接触过。”

警察办起事来要简单得多，没有多久，便查到了李广全身份证登记的飞机航线，是早上九点飞往哈尔滨的飞机，他老家就在附近的茅县，推断应该是乘坐飞机回家。至于查他都和什么人接触过，正在用大数据调查。从现有的信息看，李广全自从下了火车之后，并没有和任何人接触过。

按照孙胖子的指示，又开始调查李广全去世的医院，以及他生前都和什么人接触过。只是调查这些需要时间，一时半会儿不可能会有结果。

眼看折腾到快天亮的时候，传来消息发现了李广全留在洗头房的体液。发现的时候，体液散发出一股肉类腐败多日才会出现的恶臭。原本孙胖子还想让萧易峰带回民调局化验的，不过杨枭看了一眼，便说体液已经彻底腐败不需要化验了。而老杨也没有什么新的发现，尸体已经成了一摊肉泥，除了那根钢针之外，再没有别的有用的线索。折腾了一宿，似乎事情又回到了原点。

天亮之后，市局的一把手亲自给孙胖子打电话过问此案。听到案情还没有进展，便要求将案件收回，由市局组织干警侦破。这是欺负孙胖子现在不是局长了，案件发生在派出所，不想让民调局掺和进来。

孙胖子也懒得废话了，他之所以管这件事，那是看在沈辣的面子上。这会儿辣子已经送赵庆回去休息了，孙胖子索性把案子还给了魏建中，他带着民调局的人马离开了派出所。

折腾了一宿，谁也没有休息好。回到民调局之后，孙胖子也懒得去找杨书记汇报广州古墓的事情，他拉着车前子躲到了自己以前的局长办公室，兄弟俩在这儿补了个觉。

也不知道睡了多久，两个人突然被办公室里的座机铃声惊醒。看来电显示是沈辣的电话，孙胖子这才压下了起床气，接通了电话，说道："辣子，哥们儿我这边刚刚合上眼，你的电话就到了——你说什么？李广全的尸体被大火烧掉了？在哪儿烧的？案发现场的派出所啊……"

孙胖子他们离开不久，市局司法处的主任法医亲自接了这个任务，到了现场他也傻了眼，摆在他面前是一摊肉泥和一副"风化"严重的骨骼，来之前他也听说了尸体腐败很严重，但也没想到严重到了这种程度。

不过该查的还是要查，就在主任法医准备提取肌肉组织回去化验的时候，派出所突然发生了大火。火势又急又凶，竟然直接烧塌了审讯室楼下的墙壁，连带着李广全的尸体一起烧毁了。

但这毕竟是市局一把手亲自督办的案件，就算没了被害者也要硬着头皮继续查下去。尸体被烧毁了，那就从昨晚所有相关涉案人员查起。很快，赵庆便被传唤接受调查，就连和赵庆一起的沈辣也被带走了。

沈辣毕竟有民调局的背景，很快便被放了出来。不过赵庆还在里面接受问话，沈辣越想越不对劲，便又打算找孙胖子帮忙。无奈那时孙胖子正睡得死死的，手机静音压根没听见。最后沈辣打了这里的座机，才算找到了孙胖子。

听完了事情的始末，孙胖子对电话另一头的沈辣说道："辣子，你就别操这个心了。现在案件交给他们市局了，让他们忙活去吧。说起来也不是什么大事，不过是死了个一个月前就死了的人。现在被烧了，还省得火化了。"

说到这里的时候，沈辣那边多了个人说话的声音。是赵庆结束了问话，沈辣见到女朋友出来，顾不上继续跟孙胖子啰唆了，直接挂了电话。

"辣子也变坏了，他还是第一次挂哥们儿我的电话。"孙胖子苦笑了一声，将电话扣好，又打了个哈欠，这才对一样睡眼惺忪的车前子说道："兄弟，去洗把脸。一会儿哥哥我带你去趟机场看大飞机玩。"

"你也不怕飞机压着！"车前子跟着打了个哈欠，随后擦了擦眼泪，继续说道，"胖子你还是不死心啊，说什么去看大飞机，你这是早就盘算好了吧？你早就知道什么了吧！"

"咱们哥俩真是越来越像了。"孙胖子笑了一下，随后掏出来手机，拨了个电话号码打了出去。趁电话还没接通，又对车前子说道："李广全已经露底了，剩下的六个人不敢乱动。现在他的尸体被烧了，毁尸灭迹，那剩下的六个人也该出发了——老杨，准备好了吗？你也听说尸体被烧了？对，胆子真不小。"

第六章　龙德寇

车前子还没睡醒，便被孙胖子拉了出去。等两个人从民调局出来的时候，小道士才发现民调局的人除了杨书记等几个人留下来看家之外，剩下的调查员几乎全员出动了。

别说小道士了，就连很多干了多年的调查员都没有见过这样的阵势。不知道的调查员还在相互打听："出什么大事了？这么大的动静，这是发现什么大妖了？不能啊，这样的话有吴主任出马就够了，不需要咱们啊！"

"你懂个屁，还什么大妖，这是要和地府开战了。听说前一阵子孙胖——局和地府斗过一次，他那兄弟——就是疯狗车抽了阎君俩大嘴巴，这就结上仇了。阎君现在调齐百万阴兵打过来了……"

"闭嘴吧你，真和地府打仗，咱们这二三百号人够干什么的？你们都不知道，老孙和杨书记闹掰了。刚才两个人都动手撕巴上了，疯狗车又踹杨书记裤裆了。老孙护着兄弟直接不干了，他自己出来单干。把咱们主任都挖走了，一会儿就要挑明说了，是跟着他孙某人干，还是留在局里跟着杨书记——那必须跟着老孙啊，没他就没有民调局。再说了，跟着老孙干多肥啊！"

这边车前子跟着孙胖子上了一辆商务车，这时，杨枭和另外一个白头发的男人已经等在车里了。小道士认得这人叫作杨军，也是六室的调查员。六室还有一个姓屠的，这次没有一起跟过来。

见到孙胖子带着车前子过来，两个人点了点头算是打了招呼。随后杨军开口问道："大圣，一定要把事情搞得这么大吗？咱们几个人就能办到的事情，不用民调局倾巢出动吧？我手边的事情多了，明天还要飞到大连去看船。"

孙胖子嘿嘿一笑，说道："这不是给辣子长脸吗？老杨没和你说？辣子找了个对象是个法医，正好遇到一件为难的案子，早上哥们儿我故意把案子退回给市局了，现在已经一塌糊涂了。这时候我们这些辣子的人杀到把事情解决掉，人家小姑娘怎么看辣子？妥妥地等着收喜帖吧。"

他刚刚说到这里，二室主任熊万毅和西门链也走了过来，熊玩意儿听到了孙胖子的话，说道："孙胖子，沈辣找对象你着的什么急？你小子也不地道，还想着……"

听到熊万毅找孙胖子的麻烦，西门链急忙捂住了他的嘴巴，然后赔着笑脸对孙胖子说道："大圣，别跟他一般见识，老熊家里有点烦心事，他心里憋着一股火。不就是去机场给沈辣长脸吗？你怎么说，我们二室就怎么办。"

没等孙胖子说话，旁边的车前子先开了口："什么不顺心的事情，说出来让大家高兴一下呗？怎么？他爹妈结婚他不高兴了？"

一句话说出来，熊万毅就要过来和车前子动手，最后被杨军劝住。老熊对杨军很敬重，看在大杨的面子上，被西门链拉上了二室的大巴车，算是不了了之。

等熊万毅上了车，杨军这才开口说道："这熊孩子的事情我知道，熊万毅从小父母早亡，是被他叔叔养大的。前几天接到了电话，他叔叔在外地意外去世了，他表弟赶过去处理了。准备把尸体运回老家办后事，不知道怎么尸体就丢了。熊万毅正在托关系查……"

听了大杨的讲述，孙胖子的眉头挑了一下。他表情古怪地看了一眼已经上了对面大巴车的熊万毅，随后竟然难得地叹了口气。

杨军说话的时候，商务车已经开动，向首都机场的方向驶去。趁这个时候，孙胖子给车前子解释道："兄弟，咱们是去机场劫人。根据老杨的说法，昨晚上死了的李广全，还有其他六个人都是赶尸回乡的。如果哥哥我没有判断错的话，这七个人都是因为客死异乡，然后被赶尸高手聚到一起，然后一个一个送回老家……”

没等孙胖子说完，车前子实在忍不住了，插嘴说道：“等一下，你说的就是那种一跳一跳的僵尸？昨晚的李广全就是那种僵尸？僵尸还能嫖娼？都这么刺激的吗？胖子你逗我玩呢？”

这时候，杨枭接口说道：“那是你孤陋寡闻，赶尸一行分为金银铜铁四大等级。最末一等是铁，大多只会一些骗人的把戏。清末、民国时期这些赶尸匠用的是障眼法，由活人假扮成僵尸。当年上海黄金荣、杜月笙的三鑫公司还用假尸运过鸦片。

“银、铜等级就是正经的赶尸了，不过后来有了火车，运输便捷加上现在流行火葬，人死在外地得先火化再运走，这些有点本事的赶尸匠也就纷纷改行了。

“等级最高的金等级没几个人，他们是真有些本事的。好像昨晚的李广全那样，用的是断舍离的诈尸法。人死之后将魂魄封在身体里面，然后做法使其尸身不腐，接着再施展法术哄骗死人以为自己还活着，最后让这些死人自己回老家，最厉害的是，还能让死人自己走进棺材。只要将特定的解法告诉家属，没有术法根基的人也可以控制这些活尸的行动——比如说一句话就行。”

这时候，车前子也明白过来了，他接口问道：“‘你不是已经死了吗？’就是这个切口，对吧？”

“就是这个了。”孙胖子笑了一下，接着说道，“李广全和另外六个人应该都是近期死在不同地方的人，然后被高手施展了术法，让他们到首都集合，然后定在某个时间，通过乘坐飞机将这些人全部送回。不过这个高手的本领实在太高了，李广全不单以为自己是活人，甚至还保留了生前的嗜好。要不是他去嫖娼，谁也想不到还会有这样的事情。”

车前子这才听明白了，他眨巴眨巴眼睛，替孙胖子说道：“李广全的尸体就是那个高手烧的，他以为市局那边已经查不到什么了，准备继续把死人送走，是这个意思吧？不过胖子，你怎么肯定就是今天？首都机场好几个航站楼呢，你怎么知道是哪一个？”

孙胖子说道：“刚才兄弟你睡觉的时候，哥哥我办了几件事情。先申请了临时航空管制，让民航发了一个声明，因外事活动的名义征用了这一时段的机场跑道。早上九点左右的航班全部取消，然后全部改签到今天下午四点半之后。不是我说，两个小时之前，已经全部改签成功了。”

孙胖子一边说话，一边用手机收发信息。几句话说完，他的手机又接收到了一条信息，先自己看了一下，接着将手机倒转过来，给对面的几个人各看了一眼。这是一条机票信息：熊丰年，下午五点二十五分，zc9906 次航班，飞往哈尔滨太平机场。

“熊丰年，熊万毅的叔叔？”车前子看了一眼手机上面的信息，有些吃惊地问道，“不会这么巧吧？熊玩意儿上辈子缺了什么德了？克着叔叔了？”

听到这两句话，孙胖子脸上的表情变得有些怪异。看到了孙胖子的表情，坐在旁边的二杨好像联想到了什么好笑的事情一样，都抿嘴笑了起来。杨枭还不忘对车前子说了一句：“小兄弟，有机会你找个人好好算算，为什么最近总是时运不济？动不动就得去医院住两天？”

“老杨，别闹啊，说正经事呢。”孙胖子急忙拦住了杨枭，接着又岔开了话题，对车前子说道：“刚才听到大官人说到熊玩意儿叔叔出事的时候，哥哥我就觉得不对了，查了一下果然有问题。”

说到这里，孙胖子顿了一下，看了一眼身边的二杨，继续说道：“原本这次事件不算什么，顶天了也就是个赶尸之类的案件。不过哥们儿心里一直别别扭扭的，不是我说，每次这样都没有什么好事——我已经让人去查李广全的亲属了，还有熊玩意儿的表弟，按理说该堵的路都堵上了，那个赶尸的人应该没有别的选择。可是哥们儿我心里怎么这么不得劲，难道还有哪条路没有堵住？”

差不多一个小时之后，民调局的车队到达了首都机场。在路上众人都换上了机场服务人员、安检人员及机场警察的制服，孙胖子最过分，他竟然弄了一套机长的衣服，难得他小三百斤的体格，怎么找到这身行头的。

这次车前子并没有跟着孙胖子，下车之后，孙胖子去了机场总控室，二杨分别负责机场东西两个区域，剩下的调查员也去了各自负责的区域，只要孙胖子发出指令，他们便能第一时间赶到指定位置。

车前子分到了一身安检人员的制服，跟着五室的萧易峰到了安检口待命。这也是他进入民调局以来，少有的没有和孙胖子一起行动的时候。

和萧副主任也算是熟人了，他们俩守在商务舱安检口装装样子。萧易峰对这个小道士也比较客气，趁这个机会拉起了关系。见车前子左顾右盼的，萧易峰宽慰道："小老弟你别紧张，这次就是给你二哥撑门面的。大家伙儿和沈辣的关系都不错，听说能给他帮忙，都没得说。等这件事过去，沈辣的对象要是真成了，他可得包个好馆子请大家伙吃一顿。"

见萧易峰误会了，车前子解释道："我不是紧张，是想找点活儿干。咱们俩干杵着什么活都不干，是不是有点碍眼了？"

"没事，哪个庙里还没有混事儿的和尚？"萧易峰笑了一下，继续说道，"你要是觉得无聊就到处转转，这里我看着，一会儿你回来换我去抽根烟。"

车前子待在这里有点不自在，当下点了点头，准备四处走走活动一下。小道士要走还没走的时候，瞧见一个上了点年纪的胖子正过安检。这胖子身材高大，差不多一米九的身高。五六十岁的年纪，因为过度肥胖，稍微活动一下便气喘吁吁的，满脸的虚汗顺着下巴滴落到地上。

胖子还带着两个大箱子，过安检的时候X光显示里面有可疑影像，安检人员要求打开箱子检查。胖子一脸无奈地打开了箱子，嘴里嘀嘀咕咕说道："也没有什么吗，就是几件衣服，还有给亲戚带去的土特产——到底是首都机场，安检都比别的地方严。"

见胖子在接受开箱检查，萧易峰便走过去看热闹，看这两个箱子都不小，便对胖子说道："你这两个箱子托运多好？省得麻烦了。要不你先去办个托运，商务舱的托运值机就在旁边，也不远……"

"这不是还带了点贵重的东西吗，昨儿在潘家园买了几幅宋徽宗的山水，这个可是国宝，要是在机场丢了，那我不就是千古罪人了吗？"胖子一边说话，一边擦额头上的虚汗。

这时候，安检人员已经打开了那几幅徽宗皇帝的字画。就连车前子都能看出来字画是假的，造假的都懒得做旧了，看着雪白的宣纸最多也就是一两年，估计整个潘家园也就这个胖子能上当了。

萧易峰看着胖子笑了一下，也懒得和他说话了。检查完箱子，没有发现什么可疑的东西，便放这个满头大汗的胖子过了安检。见这胖子背起背包，又推着两个箱子有些费劲，车前子给自己找了点儿事情做，过去帮胖子推了一口箱子，嘴里同时说道："几号登机口？我送你过去，你擦擦汗，别让你的汗水浸坏了宋徽宗的字画，那你不得当场死这儿……"

"那感情好，真是麻烦了。"胖子好像没听见最后半句话，他一边擦汗，一边冲车前子笑道，"小兄弟你叫什么名字？我回去以后给你写感谢信，现在你这样好心的工作人员可是越来越少了。"

"别客气，我叫雷锋。"车前子说话的时候，有意无意地看了胖子一眼。这一眼正好瞧见他下巴下面露出来一小截钢针的针尾。凌晨的时候，小道士看过另外一根一模一样的钢针，那一根针之前是插在李广全脖子上的。

别看车前子打架的时候好像疯狗一样，正常的时候他还是有点儿城府的，当下脸上没有露出来一丝异样的表情，一边陪着胖子往登机口走，一边继续和他扯家常。最后套出来这个胖子名叫龙德寇，来首都办点事情，顺便旅旅游，现在办完了事情，也玩够了，准备回家。

送到了登机口，车前子看时间还有二十分钟登机。在登机口检票的工作人员中，就有二室的调查员混在里面。小道士冲调查员使了个眼色，让他注意这个身材高大的胖子，对面的调查员心领神会地点了点头。

随后车前子装作离开，走到对面的登机口，继续监视龙德寇。同时掏出来电话，给孙胖子打了过去。不过孙胖子那边像是出了什么事情，车前子打了三四个电话，都没有人接听。

胖子的手机不会静音了吧……车前子胡思乱想的时候，就见龙德寇从座位上站了起来，推着两口箱子离开了登机口，慢慢向对面的卫生间走去。看样子是准备去厕所方便一下，车前子还想跟过去，守在登机口的调查员却先他一步，跟着一起去了卫生间。

车前子之前和龙德寇有过接触，这时候不好再露面。于是他继续待在原地等着，眼看还有十几分钟就要登机了，龙德寇一定会出来的。

一直等到开始登机，龙德寇都没有动静，也不见跟进去的调查员出来。排队登机的乘客越来越少，车前子心里也有些没底了。他犹豫了一下，还是决定去卫生间看看，这个龙德寇不会拉稀了吧！

进到卫生间之后，发现里面竟然是空的。几个隔间里面都没有人，只有两口箱子还放在地上。龙德寇这个大胖子那么扎眼，他出来的话自己不可能没有发现——好端端的，不可能连宋徽宗的字画都不要了吧？

突然，车前子好像明白了什么。他急忙冲过去打开了一个大号的皮箱，刚刚打开，满身血污的调查员从里面滚了出来。再打开另外一口箱子，里面竟然是一些拍戏化装用的人造人体皮肤组织……

第七章 故布疑阵

就在车前子挂上了正在清洁的牌子，满厕所找龙德寇的时候，孙胖子终于回了电话："兄弟，刚刚哥哥我和机场的头头们开了个小会……"

"你们的会留着到火葬场再开吧，出事了！"车前子三言两语将刚才发生的事情说了一遍，最后对孙胖子说道，"胖子，赶紧的，调监控看看刚才有什么人从厕所出来了，机场都是监控，他跑不了。"

"你说刚才和那个人照面了，对吧！"电话里的孙胖子沉吟了一会儿，继续说道，"兄弟你别管那边的事情了，到总控室来——算了，你现在就在原地别动，哥哥我去接你。"

车前子没理会孙胖子的话，直接对电话说道："你这个老勺子，先去把那个人找出来，我被他当成猴耍了！"没等小道士说完，孙胖子那边已经挂了电话。

没过多久，附近的调查员纷纷过来支援。被装进箱子里的调查员被人打晕，头被打破流了不少的血，看起来血淋淋的，不过人并没有什么大碍，被二室的同事带出去医治了。最后还是西门链在卫生间天棚顶上发现了有人爬行的痕迹，他亲自上了天棚，跟着痕迹追了下去。

大官人上了天棚后没有多久，孙胖子便乘坐机场内的警用车赶了过来。不由分说，他将小道士拉上了车，随后在其他调查员的注视下，载着他向机场控制室驶去。

见车前子还是不服气，孙胖子开口解释道：“兄弟你命大，要不然刚才箱子里面的人就是你了。那个人不是活尸，应该就是操控活尸的幕后高手了。他这是做了两手准备，要是没被发现的话，就利用龙德寇的皮囊登机。如果路上有人怀疑到他，就把伪装卸掉，换个身份乘坐其他航班离开。不是我表扬他，这也算是艺高人胆大了。”

说到这里，孙胖子顿了一下，看了一眼身边气鼓鼓的车前子，继续说道：“不过兄弟你也是好眼力，过安检都没有发现那个人的破绽，竟然被你看出来了。要不是你和他照过面……”

“胖子，你怕那个人回来报复我？”车前子皱了皱眉头，继续说道，“他知道我是谁？再说了，刚才他又没有暴露，你没看到箱子里一张一张的人皮面具，我也没瞧见他真面目。”

车前子话说到一半的时候，孙胖子操作手机，从里面调出来一段视频，然后直接把手机递给了车前子，说道：“你自己看吧！”

视频显示在商务舱安检口，那个胖子龙德寇出现在视频里面。他左右两边都可以安检，却不着急进去。他在外面看一阵子，直到看见了正在和萧易峰说话的车前子，才选择了与车前子更接近的左侧安检口。

“看到了吧，这个人是故意接近你的。”孙胖子收回了电话，随后继续说道，“按理说这个人没有报复你的理由，昨晚的事情也不是你主导的，真要报复的话，应该冲哥哥我来才对，毕竟我才是主持对付他的人——兄弟，你这次到首都之后，还得罪过什么人没有？”

“得罪什么人？”车前子想了一下，继续说道，“也没几个啊，下火车的时候揍了个拉黑车的，然后是你们家吴主任、杨枭、熊万毅，还有你们杨书记、地府的那些人、卖狗肉的老板、民调局那只土狗、郝文明、二室一多半的调查员，还有马萧……”

“行了，再说哥哥我也保不了你了。”孙胖子苦笑了一声，继续说道，“兄弟，要不你也学学哥哥我，别见一个就得罪一个。不是我说，你能活到十九岁不容易啊！”

说话的时候，他们俩已经到了总控室门口。下了车，孙胖子开了门禁，将车前子带了进去。

到底是机场的总控室，整整一面墙几十台闭路电视正在播放监控影像。每隔十几秒钟影像就会变换一下，老莫代替孙胖子守在这里，见到孙胖子回来之后，他开口说道："刚才我看了视频回放，没有发现没进厕所却从厕所里面出来的人……"

老莫的话还没有说完，桌子上的对讲机响起了西门链的声音："中计了！是蒋大河——天棚顶上的是蒋大河！刚才被带出去的人是假的！赶紧去追！"

老莫没明白怎么回事，他一把抓过对讲机，问道："大官人你说什么？小蒋怎么了？什么是假的？"

没等老莫说完，孙胖子已经抢过来他手里的对讲机，说道："现在开始，所有的调查员都不能单独行动。大官人，你和熊玩意儿去找带走蒋大河的调查员。找到之后立即来总控室，我有任务要派给你们。"

说完，孙胖子扭头对车前子说道："兄弟，从现在开始，你任何时候都不可以离开哥哥我的视线范围。就是上厕所也必须是咱们哥儿俩一起去，直到这次的事情结束为止。"

车前子有些诧异地看了一眼孙胖子，说道："胖子，你这么够意思，是不是知道了什么我不知道的事情？"

"还不是哥哥我和你投缘，正经拿你当亲兄弟了。"孙胖子还想继续往下说的时候，对讲机里面传出西门链的声音："找到蒋大河了，他没事……大圣，我现在就上去找……"

话说了一半，大官人那边便没有了动静，孙胖子叫了几次，始终没有等到回答。他急忙让老莫调出来西门链所在位置的监控，这时候，发现大官人所处的位置是监控死角——在一个餐饮店的仓库里面，根本不知道发生了什么事情。

孙胖子不敢再调动一般的调查员，他急忙呼叫二杨，让他们俩去看看西门链出了什么事情。没想到的是，他只呼叫到了杨军，杨枭不知道什么时候也消失不见了。

现在的一切，已经不在孙胖子的掌控中了。这样的情况很少发生，之前对上广仁那种级别的人物时才出现过类似的情形。可现在连对手是谁都不知道，孙胖子自打进民调局以来，还是第一次如此失算。

好在杨军很快有了回复，西门链只是晕倒了，并没有什么大碍。孙胖子这才长出了口气，随后掏出来手机，拨了一个号码打了出去："辣子，还和小赵在一起吗？嗯，一点小事……好，我们在T3航站楼，你过来吧。"

把沈辣叫过来之后，孙胖子又打了一个电话，说道："杨书记，机场这边有点麻烦，你让屠黯过来一下。再帮我申请一下航空管制权，从现在开始，所有航班暂停出港。对，哥们儿我负责，这次遇到难缠的对手了。"

挂了电话，孙胖子看了一眼时间，随后对车前子说道："可能是哥哥我想错了，不是冲着你来的——厉害的对手啊。"

沈辣和屠黯赶过来还需要一点时间，孙胖子让机场工作人员分出来三块显示屏，调出来一个礼拜之内机场内所有主要通道的监控视频。调好快进倍数，随后眼睛一眨不眨地盯着这些监控视频回放，似乎想从里面找出什么线索来。

车前子站在孙胖子身后，他看出来了一点门道，向孙胖子问道："你这是在找那个胖子吗？能躲开机场这么多的监控，事先肯定踩好了点的。不过这么多人，你能找到他吗？"

"这个人只要提前踩过点，哥哥我就能查到他。"孙胖子一边盯着屏幕，一边继续说道，"不是我说，自打我当年干警察开始到现在，还没有遇到过这样的对手。他能算计到我孙德胜的前面，哥哥我都忍不住想夸他一句了。"

说到这里，孙胖子又加快了视频播放的倍数，随后继续说道："这个人把可能出现的情况都提前算好了，而且他的术法应该不弱。就算大官人本事不咋地，可是能神不知鬼不觉就把他拿下了，本领可能在二杨之上了。"

车前子有些不以为然地看了孙胖子一眼，说道："你都快把那个胖子夸上天了。他真有那个本事，能把什么事情都提前算到了，也不会发生李广全的事情了。"

孙胖子看了看车前子反射到显示屏上的人影，终于笑了一下，说道：“兄弟，任谁都想不到还有那么好色的人，死了都不忘去那啥。不过出事之后那个人的反应也够快了，直接切断了我们继续查下去的所有线索，要不是机场这一关实在避不开，想要查到这个人，我都不敢打保票。”

车前子还是认为孙胖子有些夸张了，他哼了一声，说道：“你把他说得那么能耐，那你有几成把握抓住这个人啊？凭什么能抓住他？”

“兄弟，你哥哥我做什么事情，从来都没有百分之百的把握。”孙胖子暂停了视频，又揉了揉有些酸胀的眼睛，继续对车前子说道，“这个人虽然有点本事，不过他只能倚仗自己那点小聪明和身上那点术法。哥哥我就不一样了，我可以动用国家机器帮忙……”

这时候，整个机场里面都响起了广播：“尊敬的各位旅客，很抱歉通知您：因为机场通信设备的问题，所有航班暂停起飞。起飞时间将另行通知，给您带来的不便，我们深感抱歉……”

听到了广播，孙胖子嘿嘿一笑，冲车前子做了个鬼脸，说道：“听到了吗？逼急了我就管控整个机场，每一个人都要接受检查。只要梳子够密，早晚能梳出虱子来。”说完，孙胖子再次按动了播放键，继续在倍速下查看监控视频。

差不多又过了半个多小时，沈辣急匆匆赶到。他过来之前先和杨书记通了电话，到达总控室之后，直接对孙胖子说道：“大圣，一天之内两次进行航空管制，已经惊动部里了。现在杨书记都被叫去问话了，别看他平时和你作对，关键时候还是跟咱们站在同一战壕里面的。”

“那是，要不哥们儿我为什么要把他推在前面？”孙胖子嘿嘿一笑，继续问道，“屠黯呢？他怎么没和你一起过来？不是杨书记又变卦了吧？”

沈辣微微一笑，说道：“杨书记胆小，担心策划这起事件的人还有同伙，趁咱们都不在民调局的时候对他下手，就把屠黯留下了——说正事吧，现在什么情况？需要我做什么。”

“屠黯过不来啊，杨书记又把哥们儿我的计划打乱了！”孙胖子低头沉思了片刻，随后对沈辣说道，“辣子，你把头发颜色变回来，然后先去机场里面走一遍，走完之后回来，咱们哥俩再商量下一步怎么走。”

沈辣从来不质疑孙胖子的做法，一天之内两次申请航空管制，一看就是出了大事。他也不问到底出了什么事，自己会不会有危险，二话不说转身离开了总控制室。

看着沈辣离去的背影，车前子有点羡慕地说道：“胖子，还得说你这哥们儿，没得说啊——难怪你会把老婆孩子托付给他了。”

“那是你二哥，咱们哥儿仨都一样。哪天你让哥哥我干什么，我也没有二话的。”说话的时候，孙胖子终于在视频里面找到了他寻找的线索——就见视频里面一个上了年纪的老头子，正笑眯眯地抬头看向摄像头。

“就说你跑不了吧？最后还不是被哥们儿我发现了吗？”孙胖子调取了老头的影像，发给了留守民调局的调查人员，让他们去查这个人的底细。

车前子没看明白，忍不住开口问道：“胖子，这样没见过世面的老头子到了机场，一天总有几十个吧，这样到处看几眼怎么了？刚才我还看到个老奶奶也是这么个看法，看不出来有什么毛病啊？”

“看不出来毛病？”孙胖子嘿嘿一笑，又调取了当天其他监控探头附近的监控视频。果然都发现了这个老头子的身影，他还故意在各个位置逗留了一阵子，看情形是在查探各个监控探头的盲点。

这时候车前子才恍然大悟，过了一阵子，孙胖子接到了民调局对这个老头子的调查信息。孙胖子直接打开了免提，让自己的小兄弟也听听是怎么个情况。

“孙局，已经查到了。这个人叫作马如海，回族，首都人。现居牛街东里一区五号楼2-1，身份证号码是××××××××××××××××××，三天前曾有过购买机票前往上海的记录。他购买的航班这会儿已经正常值机，不知道为什么却没人登机。

“不过同一时刻，在牛街的便利店里发现了他的行踪。应该是有人盗用了他的身份信息购买的机票，现在马如海还在牛街的老年活动中心。我这边有他的现场影像资料，要传给你吗？”

“不用了。”听到是有人冒用了这个人的身份，孙胖子有些无奈地叹了口气。挂了电话，他冲车前子苦笑了一声，说道：“这个人太谨慎了，还以为踩点会用自己的真实身份，没想到连这个都是假的……那就只能麻烦点了。兄弟，你过来，帮哥哥个忙。”

车前子走到孙胖子身边，虽然这个房间里面只有老莫等几个民调局的人，孙胖子还是凑到了小道士的耳边，低声说了几句。

车前子听完，眼珠子顿时瞪了起来，他看着孙胖子问道：“胖子，你确定是我？这事你得让杨军来吧，他比我合适。”

“那个人不是傻子，大杨八成在他的监视范围之内。”孙胖子笑了一下，继续说道，“不是我说，兄弟，没人比你更合适了。”

这时，在外面溜了一圈的沈辣回来了。孙胖子冲沈辣挤了挤眼，说道：“辣子，就等你了。过来聊聊，给你安排了个活儿。”

第八章　直接较量

孙胖子将老莫几个人都支了出去，随后关上门来和沈辣、车前子密谋了起来。莫副主任带着自己手下的调查员出了总控室，几个人走到了员工楼道口，老莫掏出香烟来，一人给了一根。

一个刚进民调局不久的调查员发了句牢骚，说道："莫主任，不对啊。孙德胜已经不是咱们局长了，按理说刚才总控室里面你最大，凭什么他把咱们支出来？"

"这话你得去跟杨书记说，他不是也得听孙胖子的话吗？"老莫微微一笑，抽了一口香烟，继续说道，"你是新来的不知道，十年前的民调局姓高，现在姓孙了。动手的话他或许差点，但论起动脑筋来，我活了这么久，还没见过有人比他厉害的。"

"现在不就出现一个了吗？"另一个调查员跟着说了一句，他左右看了一眼，见没有其他人，这才压低了声音继续说道，"刚才咱们都听到了，孙胖子自己说这回遇到对手了。为了对付这个人，一天申请了两次航空管制，六室的白头发几乎倾巢出动了。我进民调局五年了，还是第一次见到！"

"那也没事，就算对手真比孙胖子还要狡猾，最后赢的也一定是他孙德胜。"老莫抽完了最后一口烟，找了个瓶子将烟蒂收好，这才对一脸不解的调查员说道，"天底下有谁手里的牌能比孙德胜还好，六室的白头发打麻将能凑一桌半，更别提吴主任这个大杀器了——他们差不多了，咱们回去吧。”

老莫带着手下的调查员回到总控室的时候，里面只剩下了孙胖子和车前子两个人，沈辣不知道什么时候出去了。孙胖子还是老样子，盯着实时监控影像，时不时让附近的调查员去查看。不过每次都没能发现什么线索。

这期间，孙胖子还陆续接到了多个电话。有杨书记打来询问航空管制的事情，看样子他的压力不小。他也开始跟孙胖子说小话了：“大圣，差不多就得了。刚才部长都拍桌子了，实在不行就先把人放走，以后再抓嘛。你先让我松快松快，我也好找机会和部里的领导说一下你官复原职的事情。”

孙胖子回答得也很干脆：“杨书记，你说什么？不是我说，信号不好啊。”

杨书记这边的电话刚挂掉，马上又接到了民调局调查员的电话：“孙局，已经控制住了李广全的侄子，不过……”

没等调查员说完，孙胖子已经打断了他的话，说道：“不过查不到幕后对接的人，是吧？还有熊丰年的儿子，你们也找到了吧！哥们儿要是没猜错的话，应该都是在晚上交易的。他们都亲眼见到了亲人死后复生，然后给对方账号打的钱。这个账号也有问题，转了几十道之后已经没法查了。对吧！”

孙胖子好像亲自参与了一样，随口说的竟然和调查员调查出来的一模一样。挂了电话，车前子忍不住问道：“你是怎么算到的？要不是这两天咱们都在一起的话，我还真以为你是这件事的主谋。”

“我是站在那个哥们儿的角度上想的。”孙胖子眼睛盯着监控视频里面越来越多的乘客，这时候机场内各个服务点都挤满了要说法的乘客。很多乘客就是因为早上的航班取消，才改到了现在，没想到又被航空管制，原本到时候该起飞的飞机又被推迟了。

随着各个服务店的乘客越来越多，和机场的工作人员沟通也不顺利，好几个服务点及登机口已经有乘客控制不住情绪，甚至发生了肢体冲突。机场方面只能出动机场特警维持秩序，准备将冲突双方带走处理。

原以为机场特警出动以后，能很快将局面控制住。机场特警控制带离闹事乘客的时候，遭到闹事乘客激烈反抗，于是动用武力强行控制了闹事乘客。其他乘客原本就有火气，见到机场特警武力执法，认为机场特警拉偏手，更加不满，便开始有乘客站出来阻拦机场特警执法。这样的事情，只要有人带头，参与的人越来越多，一下子事情便闹大了，上百号人围着机场特警，不许他们把人带走。

机场里面已经乱成了一锅粥。这时候，孙胖子又接到了几个机场领导打来的电话，都是询问什么时候可以取消航空管制，再这样下去的话，会引发严重的事故。

孙胖子也咬得住牙，他对电话那头的机场领导说道："到了解除管制的时候，自然会解除的。我不管机场里面怎么个乱法，总之，里面任何一个人，包括你们的工作人员，都不可以私自离开。出了天大的事情，自然有我孙德胜顶着。"

说完，也不管对方态度如何，孙胖子直接挂断了电话，随后拿起民调局专线的对讲机，说道："大家伙做好今晚都泡在机场的准备，晚上十点钟还没找到龙德宬的话，就准备封闭机场，一个一个排查，直到抓住龙德宬为止。"

孙胖子这几句话说完，下面的调查员都一脸哀怨的表情，现在机场滞留了一万多人，要是一个一个排查，得查到什么时候？这原本也不是什么大事件啊，怎么突然闹得这么大了？

听到了孙胖子的计划，总控室里的老莫也苦笑了一声，对有些钻了牛角尖的孙胖子说道："大圣，现在机场滞留的人数已经超过万人了。真等到十点的话，估计得两万多人了。咱们拢共才二百多人，一个人得排查一百个……"

"老莫，你们刚才出去的时候，哥们儿已经找帮忙的了。三个大队的武警，会和我们一起排查。"孙胖子眼睛盯着监控视频，继续说道，"不是我说，这件事情看起来不大，但发生的地点很敏感。如果这次抓不到人的话，下回还得再来机场折腾一次，说不定还会出更大的事情！"

孙胖子的话还没有说完，对讲机里面传出来五室副主任萧易峰的声音：

“D 区十五号的登机口出事了，我安排在这里的调查员失踪了。”

萧易峰的话刚刚说完，对讲机里又传来了熊万毅的声音：“B 区也出事了！大官人又不见了——孙胖子！你赶紧让沈辣过……”

熊玩意儿的话还没有说完，他那边的对讲机便没有了动静。孙胖子急忙从监控视频里面寻找熊万毅的身影，就见在熊万毅负责的区域，地上落下了一只对讲机。当下，孙胖子又急忙安排人过去查看情况。

紧接着，民调局的调查员开始陆续失踪，孙胖子急忙命令调查员就近聚拢到一起，不得单独行动。又安排杨军和沈辣赶去现场寻找失踪人员，最后甚至连老莫等人也被打发去协助沈辣。偌大的总控室里面，除了机场工作人员，就只剩下了孙胖子和车前子两个人。

有了沈辣和杨军协助，失踪人员很快就找到了。大多数调查员都被人迷晕了，然后藏到了监控盲区。熊万毅是在之前发现西门链的地方找到的，所有调查员都没有生命危险，孙胖子这才松了口气。

就在失踪的调查员相继被找到的时候，机场总控室大门被人粗暴推开。随后，机场总经理一脸怒气地走了进来，朝孙胖子大声说道：“孙局长，我听说整晚都要航空管制？开什么玩笑！我已经向上级汇报了，我们航空局的领导已经决定放开管制，从现在开始，你们在机场所有的权力都取消了。”

孙胖子看了一眼这位机场总经理，刚才见面的时候他还笑呵呵的，现在翻起脸来好像变了个人似的。不过孙胖子也不是好惹的，他掏出来一根香烟塞进嘴里，说道：“我们的权力被取消了？谁来承担这个后果？你们航空局的领导吗？有正式书面通知吗？”

“有！”说话的时候，机场总经理已经伸手在上衣口袋里掏了起来。孙胖子趁这个时间，伸手去掏上衣口袋里面的打火机。

两个人几乎同时将口袋里面的东西掏了出来，机场总经理手里是一张符纸。他手腕一翻，准备将符纸朝孙胖子甩过去。与此同时，机场总经理也瞧见了孙胖子手里那把明晃晃的左轮手枪。

机场总经理将符纸笔直射向孙胖子的时候，孙胖子手里的左轮手枪也已经响了，“啪”的一声，子弹打中射向他的符纸。一片小小的黄表纸，被子弹打成碎片之后，瞬间变成了几十个小火球滚落到地上。

“哥们儿我等你半天了！”孙胖子避开了满地的小火球，枪口对准机场总经理，继续说道，“你比我预料的晚到了十五分钟，不是我说，你还真沉得住气。其实你只要再等一会儿，哥们儿我就撑不住了。可惜了，还是我比你能沉得住气。”

见被孙胖子拆穿了身份，“机场总经理”也不着急，他微微笑了一下，说道：“到底是孙德胜，我能瞒住整个机场的人，却瞒不过你——我也知道太冒险了，这个时候不管装扮成谁进来，你都会怀疑，不过还是没想到你会直接动手。”

说话的时候，“机场总经理”手指头一弹，又一张符纸变戏法一样出现在他手中，随后又向孙胖子射了过去。

孙胖子也没有犹豫，第二发子弹打过去，再次打中了符纸。这张符纸爆开的一瞬间，整个房间都被一股让人睁不开眼睛的强烈亮光充斥着。“机场总经理”趁强光亮起来的机会，转身向身后大门方向冲了过去。但就在他转身的同时，发现车前子已经先一步冲到了门口，正冷冷地盯着他。

“机场总经理”好像有点儿忌讳小道士，见车前子堵住门，只好退回之前所处的位置。这时候，孙胖子的眼睛也已经适应了过来，再次用枪口瞄准了“机场总经理”。

“你们俩是想把我困在这里，然后等外面的人回来，是吧？”“机场总经理”笑了一下，继续说道，“我能进来，自然会在门外面做点儿手脚的。别说开枪了，就算在这里面开炮，外面的人也听不到……”

说话的同时，“机场总经理”将身子背对着墙壁，这样一来，孙胖子和车前子就都在他视线范围之内了，也不用担心他们俩谁突然发起偷袭了。

孙胖子嘿嘿一笑，拿起来桌子上的对讲机向“机场总经理”比画了一下，说道：“哥们儿我也做了准备，有本事你给对讲机也弄点手脚啊——辣子，过来关门打狗……辣子、辣子，你能听到吗？”

“他听不到。”“机场总经理”笑着摇了摇头，说道，“该想到的我都想了一下，我身上有信号屏蔽装置，谁也听不到你在说什么——孙局长，你也不要指望沈辣和杨军、杨枭能赶过来。杨军现在在D区寻找西门链，沈辣在C区，杨枭就更有趣了，他藏在中转大厅的天棚里。我在下面来回走了十几趟，他也没有发现。”

说话的时候，“机场总经理”突然向孙胖子虚抓了一把，孙胖子手里的左轮手枪便到了他的手里。“机场总经理”掉转枪口对准了孙胖子，说道：“孙局长，原本就是一件小事。我受人所托，赶尸回乡而已。你犯不着闹出这么大的阵仗，来对付我这样的小人物吧？给我条活路走，你一句话的事情，从此往后，我再也不来首都了。”

孙胖子的手枪是怎么脱手的，他自己都说不清楚。只觉得手一滑，手枪便不在手里了。要是这个人真想要自己性命的话，刚才那一下自己便死定了。

孙胖子看了一眼来人手里的枪，说道：“都这样了，我还有什么好说的。我现在就写条子放你走，你出去之后不可以再回来，你自己说的。”

“不写条子，你孙局长写的东西，里面每一个字我都害怕，我可猜不出来哪个字是暗示抓我的。”“机场总经理”微微一笑，伸手在自己身上按了一下，随后继续说道，“现在我暂时关闭了信号屏蔽装置，麻烦孙局长跟你的属下们说几句话。就说机场总经理韩世维要出去办点事，让他们放行。”

“机场总经理”说话的时候，孙胖子已经抓起了对讲机。当“机场总经理”的注意力都在孙胖子身上的时候，站在门口的车前子突然动了。他身子一晃，瞬间在原地消失，等到“机场总经理”发觉不对的时候，车前子已经凭空出现在他面前，手里一柄短剑已经贴到了“机场总经理”的脖子上。

这一连串动作就是一瞬间的事情，当“机场总经理”明白过来的时候，已经无能为力了。只要他有任何异动，车前子的手一抹，他的人头就搬家了。

“你不是车前子，你是沈辣！你们俩刚才换了身份和相貌！”“机场总经理”无奈地苦笑了一声，继续说道，“这个我没有算到，还是漏了……”

这边，车前子伸手在脸上抹了一把，他脸上的肌肉迅速松弛，换了个角度又紧绷起来，相貌也发生了巨大的变化，十八九岁的小道士转眼变成了白头发的沈辣。相貌变回来的同时，沈辣顺手将“机场总经理”手里的枪下了，随手扔给了孙胖子。

见沈辣制住了“机场总经理”，孙胖子哈哈笑了几下，接过了手枪，指着大门旁边的柜子说道：“你把监视器藏在这里了，哥们儿我也是找了半天才找到的。刚才我看监控视频的时候，却没想到自己也在你的监控范围之内了，对吧？这个也是你上次来机场的时候，偷偷装下的——你这个人太聪明了，哥们儿我不多绕几道弯的话，也不能让你就范——辣子，你帮他开开脸，我看看是哪位老熟人。该用的招数都用完了，他应该没有……”

孙胖子的话还没有说完，“机场总经理”突然怪笑了一声。随后轻轻解开了衣服纽扣，露出绑在腰间的一个计时器，和计时器连接在一起的是一圈塑胶炸药。“机场总经理”将手轻轻按在计时器上面，随后对孙胖子说道：“孙局长，还有这个，如果我的手从上面挪开的话，这个房间便会发生巨大的爆炸。这样程度的爆炸不能把沈老弟怎么样的，不过孙局长你百分之百会被炸得粉身碎骨……”

听到这几句话，沈辣不敢轻动，转头看向孙胖子的时候，就见这孙胖子已经退到了角落里。

第九章　心灰意冷

沈辣不信“机场总经理”身上的炸药是真的，看了一眼躲到了档案柜后面的孙胖子，说道：“大圣，这里是机场，他还能把炸药带进来？”

“辣子你别太小瞧他了，想要把炸药运进来，对他来说不算太难的事情。”见沈辣还是不太相信的样子，孙胖子继续说道，“把引爆器拆了再和其他不违禁的物品混一起带进来，随便找个厕所藏到天棚里——炸药也很简单，市面上能买到大把可以制造炸药的化工材料，带进来在厕所里面半个小时就能调配出来——老兄，你就是这么干的吧？”

“机场总经理”冲孙胖子笑了一下，说道：“差不多，孙局长你还真和我想到一块去了。难怪圈子里的人都说，表面上看起来民调局倚仗的是吴仁荻主任这尊大佛，实际上靠的是你孙局长——大家都是聪明人，不绕圈子了。你只要放开航空管制，还是刚才那句话，我离开，并且再也不回来了。”

“一言为定。”孙胖子拿起来对讲机，才想起来信号又被屏蔽了的事情。“机场总经理”也很合作，又暂时关闭了身上的信号屏蔽装置。

孙胖子通过对讲机说道：“通告一下，沈辣已经抓到人了，现在开始航空管制解除。安排所有的飞机尽快离港，再重复一遍，解除航空管制，大家各回各家……”

说完，孙胖子冲“机场总经理”干笑了一声，说道：“该说的我都说完了，不过老兄你是不是也表示一下诚意？让我看看你的本来面目，我孙德胜也好知道这一次到底输在谁手里。”

“这个就不必了，反正我也不会再回来，孙局长你应该也见不到我了。”“机场总经理”说话的时候，慢慢向身后大门那边退去，一边退一边继续说道，“我会在上飞机以后，告诉你们炸药藏到什么地方了。别让沈……”

话还没有说完，他身后的大门突然被人从外面一脚踢开。随后另外一个“沈辣”从外面冲了进来，二话不说，抬腿向“机场总经理”裆部踹了上去。

“沈辣”这一脚百试百灵，还没有失手的时候。不过“机场总经理”好像连这个都算好了，“沈辣”一脚踹过来的时候，他竟然闪身避开了。见这一脚踹空，“沈辣”再次使出绝招，伸手去插这个人的眼睛。

就在这个时候，孙胖子扯着嗓子喊道：“别动他！这家伙身上绑着炸药包。”

听到有炸药，“沈辣”急忙将手撤了回来。趁这个机会，“机场总经理”肩膀一晃，脱下来绑着炸药的背心。将背心向孙胖子扔了过去，同时转身冲出了总控室。他离开时，还留下了一句话：“小心背包里面的馅儿！”

沈辣手疾眼快，一把抓住了炸药背心，随后他趴到地上将炸药背心塞进自己身子底下。等了好一会儿，也没有等出什么动静。当他以为炸药是假的时，身体下面传来了一阵古怪的声音，吓得刚准备爬起来的沈辣再次趴到了炸药上面。

一阵熟悉的旋律从沈辣身体下面传了出来——“我有一只小毛驴，我从来也不骑，有一天我心血来潮骑着去赶集……”

听到儿歌的声音时，沈辣的脸都快要绿了。他从地上蹿了起来，随后身体瞬间在原地消失，看样子应该是去追“机场总经理”了。

“胖子，这就是你说的炸药包？”另一个“沈辣”在脸上抹了一把，变回车前子的模样。车前子将炸药包从地上拿了起来，走到了孙胖子的面前，递了过去，说道，“胖子，你都折腾成这个样子了，还没抓到人！”

孙胖子没有理会车前子的冷嘲热讽，他小心翼翼地将炸药包拆开。关掉了里面的小音箱，在音箱后面看到了一个正在倒计时的电子显示器——显示距离爆炸还有两个小时，显示器分出来十三条线路插在塑胶炸药上……

“还真是炸药，他费心整这个干什么？”车前子看到了炸药，准备过去拉着孙胖子离开这里。没听说过这个胖子会拆炸药，那就赶紧离开，同时呼叫拆弹专家来处理。

“别动，兄弟你赶紧去找老莫，就说是我说的，放开航空管制，让所有人都尽快离开机场。这次我认输了……”孙胖子盯着那一团塑胶炸药，犹豫了一下，他从桌子上拿过来一把裁纸刀，小心翼翼地刮开了塑胶炸药封皮，见到里面有一个拳头大小的金属球，电子显示器分出来的十三根金属线，有九根深入金属球里面。

看到了金属球，孙胖子又犹豫了一下，随后掏出来手机拍了张金属球的照片，将照片发了出去。

车前子也没有离开的意思，他掏出来手机，拨通了老莫的电话。接通之后将电话放到孙胖子的嘴边，孙胖子听到莫主任的声音之后，说道：“老莫，航空管制解除了，你和机场方面联系一下，一个小时之内，能让多少飞机离港就让多少飞机离港。还有，不许再放乘客进来了，一个小时之后开始清场，机场之内不能再留……”

孙胖子的话还没有说完，他自己的手机响了起来。孙胖子马上接通了电话，不用开免提，便听到了电话那一头接近咆哮的声音：“孙胖子！炸弹在什么地方。不要动它！千万不要动——赶紧疏散附近的人群……”

孙胖子插了嘴：“是六氯环己烷吗？不是说这玩意儿被禁了吗？”

电话里面再次传出来咆哮的声音：“废话！要不是这玩意儿，我至于这样吗？我正在开会呢？本来都快睡着了，被你的照片一下子吓醒了。胖子，外壳没错，就是六氯环己烷的外壳——怎么还有机场广播？你他妈是在机场！”

孙胖子不想再分心讲电话，直接挂断了电话。随后他冲车前子笑了一下，说道：“赌一把？赌这个六氯环己烷是真的还是假的？如果是真的，半个机场就没有了。哥哥我赌是假的。”

车前子伸手去拉孙胖子，说道：“这时候你还有心思赌，赶紧跑吧，还有两个小时能跑老远了。”

“不过就是运尸而已，至于这么大阵仗吗？”孙胖子摆了摆手，继续自言自语地说道，“真正的六氯环己烷外壳也要几十万美元的成本，他干一单最多五六十万人民币——唉，着急了，不应该把照片发出去。”

说到这里，孙胖子竟然直接拽掉了金属球上面的线。随后小心翼翼地打开，只见里面是一张小小的纸条，上面写着六个人名和对应的航班号。最后面是一个大写的人名——孙碧云。

车前子看着纸条上的人名，说道：“这算什么？算自首？孙碧云就是刚才那个人？怎么是个女人的名字？”

孙胖子还没答话，他的手机又响了起来，打来电话的是沈辣：“大圣，我抓到他了。”

沈辣冲出去之后，假扮的机场总经理已经消失不见了。不过沈辣到底是沈辣，很快又发现了“机场总经理”的气息，顺着气息追上去，终于在机场大厅抓到了正装模作样调解纠纷的“机场总经理”。

听到了沈辣的报告，孙胖子苦笑了一声，说道：“辣子，你抓到的八成是真的机场总经理。算了，管他是不是真的……”

孙胖子的话还没有说完，杨书记的电话又打来了。接通了电话，就听见杨书记沙哑的声音问道：“孙德胜……你那里怎么还有六氯环己烷？现在事情闹大了，已经惊动大领导了。你听着啊！一会卫戍部队过去接管机场——你再说一遍？六氯环己烷是假的？”

“是，就是一个空壳。”孙胖子有气无力地说了一句，看来这次让幕后黑手全身而退，对他带来了很大的挫败感。叹了口气，孙胖子继续说道：“我给你拍照，这次哥们儿被人耍了。”

说完，孙胖子挂了电话，将手机递给了车前子，说道：“你给杨书记拍张照片，就拍这个空壳——这里的指挥权我交出去了，让杨书记去查剩下的六具尸体，还有那个叫孙碧云的人吧，哥们儿我什么都不管了。”说着，孙胖子站了起来，松了松脖子上的领带，随后有些沉重地向总控室门外走去。

“胖子，你没事吧？”见孙胖子好像失了魂一样，车前子有些担心，不由自主劝说道，“要不你等等沈辣吧，你现在出去，小心刚才那人敲你闷棍。算了吧，还是我受累陪你一起走吧。”

说话的时候，车前子跟着孙胖子一起出了总控室。见孙胖子的精神有些不对头，小道士没话找话向孙胖子问道：“胖子，这个六氯环己烷是个什么玩意儿？我没上过几天学，这难道是什么生化武器吗？”

孙胖子的状态虽然不对，对车前子却没有不耐烦。他深吸了口气，慢悠悠解释道：“六氯环己烷是已知威力最大的炸药，和一般的炸药不一样，它是由化学材料调制出来的。刚才那么一块大小的六氯环已烷能炸掉大半个这样的机场……

“哥哥我去年还在美国的时候，曾经被叫回来参加了一场内部反恐会议，会上将六氯环己烷的制作原料定为严重管控物资。这次哥哥心里真是慌了，没分辨真伪，就把照片发给相关部门的人了。”

他们俩一边说话，一边往前走的时候，正看到一脸尴尬的沈辣迎面走过来。见到了孙胖子，沈辣开口说道：“大圣，是我弄错了，我抓到的是真的机场总经理——那个人把气息留到……”

“不说了。”孙胖子朝沈辣摆了摆手，这一瞬间，他又变回了那个嬉皮笑脸的孙胖子。龇牙笑了一下，对沈辣说道：“这件事和咱哥们儿没关系了，不是我说，哥们儿我刚刚想起来，我早就不是民调局局长了，何苦再操这个心。”

说着，孙胖子一手搂着沈辣，另一只手搂着车前子，说道：“哥们儿我难得输一次，晚上找个地方庆祝一下……辣子，你叫上小赵，兄弟你也去，晚上就在我家……”

孙胖子的话还没有说完，杨书记的电话又来了，电话里他直接冲孙胖子去了：“孙德胜你搞什么？现在都成笑话了。你要负责……”

“负责，哥们儿我不干了！”孙胖子冲电话另一头的杨书记笑了一下，继续说道，“哥们儿我辞职了，从现在开始，我孙德胜退出民调局——杨书记，这个摊子以后就麻烦你了。”

说完，孙胖子直接将电话扔进了垃圾桶里。虽然没有开免提，但也能听到杨书记扯着嗓子大喊的声音："什么就不干了？孙德胜你别闹情绪啊——这个责任你不想负就不负嘛，大不了还是老样子，咱们编个瞎话，就说是地府闹的。要不妖山也行，妖山的百天求不是你朋友嘛——小孙、孙局长，你回来……咱们好商量嘛……"

孙胖子完全没有拿回电话的意思，车前子拿不住这个胖子是什么意思，当下和沈辣对了一下眼神。沈辣轻轻叹了口气，看样子孙胖子是真上火了。别人生气上火都怨天怨地的，这孙胖子不一样，却像是碰到了什么开心的事情，笑得越发灿烂了。

一路上，其他调查员陆续赶过来，向孙胖子询问下一步应该怎么做。孙胖子对他们笑嘻嘻的，却一言不发，带着沈辣和车前子离开了机场。

三个人上了沈辣的车，按照孙胖子的要求，向他家的方向驶去。路上孙胖子还不忘给老婆邵一一打电话："一一，家里还有什么吃的吗？昨晚剩的就行。辣子和咱兄弟都不是外人，一会儿我们回家喝酒去。补上昨晚那一顿……行，你再买点水果也行。我们一会儿就到。"

挂了电话，孙胖子笑嘻嘻地对沈辣说道："辣子，不是我说，还记得十年前，咱们俩在云南第一次见面时的样子吗？你说当年要是没遇到那件事，你还做你的特警，哥们儿留在缉毒处，现在会是什么样子？你差不多也能混上了大队长，我也能坐上缉毒处的一把手……"

看着孙胖子反常的举动，沈辣看了一眼自己的老朋友，说道："大圣，你别胡思乱想啊，这有什么的，那个孙子指不定算计你多少时间了。他在暗我们在明，这就更加吃亏了。"

"不干就不干了吧，我看这样挺好……"没等沈辣说完，车前子突然插了话。看着孙胖子脸上的笑容，小道士继续说道："胖子，要不你就自己干。不是说你以前就自己干过一段时间吗？这次我帮着你，加上沈辣。要是人手不够再拉上黄然那个胖子，你们以前就在一起干过，都是老朋友了嘛。"

听车前子也赞同孙胖子离开民调局，沈辣皱了皱眉头，说道："车前子你不要胡说八道，你一个毛头小子知道什么？大圣和民调局什么关系？新的民调局就是他一手组建的，大圣，你要是真不干了，对得起高局长的在天之灵吗？”

“还在天之灵哪？梁高都上小学了！”孙胖子哈哈一笑，继续对沈辣说道，“辣子，知道你是为了哥们儿我好，但我真的想通了，哥们儿对得起高老大了。该做的都做了，现在也该是功成身退的时候了。咱兄弟说得对，不干就不干了，哥们儿我是谁？在哪儿干都不会吃亏的。”

沈辣还想要说什么，他的手机突然响了。来电显示是杨书记的号码，还没等他接，电话便被孙胖子抢了过去。孙胖子直接挂断了电话，随后笑着对沈辣说道：“哥们儿辞职这么大的喜事，不能被人扫了兴致。今晚是家宴，说好了，除了小赵我弟妹之外，不许再带无关紧要的人来了。”

第十章 没你不行

又一次来到孙胖子家，车前子已经不像上次那么拘束了。沈辣送他们到家之后，便开车去接赵庆了。

沈辣走后，邵一一轻轻打了自己男人一下，说道："胖子，下次再带你兄弟和辣子回家吃饭，你提前说一下，别让人误会我这当嫂子的故意拿剩菜招待他们。"

"下次咱们出去吃，拉上老黄一起。上次老黄还说，再一起吃饭的时候一定要带上你。"孙胖子笑嘻嘻地看着自己的老婆，冷不丁突然在她脸上使劲亲了一口，虽然老夫老妻了，不过当着车前子的面，邵一一还是羞得脸色通红。

"别闹……当着兄弟的面呢，再让人笑话。"邵一一捶了孙胖子一下，随后对车前子说道："兄弟，你哥哥就这样。年纪都一大把了，还像小孩一样。三百来斤的胖小孩……"

"什么三百斤，才二百六。车前子是咱亲兄弟，看哥哥嫂子恩爱他笑话什么？羡慕还来不及！"孙胖子哈哈笑了一阵，笑到最后，他突然话锋一转，对自己的老婆说道，"有件小事和你说一下，那什么……我不干了，我不在民调局干了。局长也不干了，调查员也不干了，刚刚辞职了。"

听到孙胖子最后几句话，邵一一先是愣了一下，随后轻轻打了一下孙胖子的脸颊，说道：“不干就不干了，正好小五也长大了。早就说咱们一家三口出去玩玩，你一直说没时间。现在好了，晚点我就去订机票，咱们环球旅行去。这真是个好消息。”

看他们俩打情骂俏的样子，车前子有点尴尬。他咳嗽了一声，说道：“要不我带小五出去转一圈，你们俩先腻一会儿。什么时候完事了，再给我打电话。”

“呸，有小叔子这么说哥哥、嫂子的吗？”邵一一笑着打了车前子一下，虽然之前只见过一面，但再见面的时候已经有一家人的感觉了。说完，邵一一喊过来自己的女儿，说道：“小五，帮妈妈收拾一下，洗手手该吃饭了。”

邵一一在厨房忙活一阵，昨天晚上那一桌子菜肴又被端上了餐桌。看着那一大盆鱼头，闻着传出来的酒香，车前子的头又开始疼了起来。

孙胖子刚刚拿出来两瓶茅台，门外便响起了敲门声，原本以为是沈辣把女朋友接过来了。邵一一开开门之后，却发现站在门口的竟然是民调局的杨书记。

杨书记手里还拿着两瓶西凤酒和一个稻香村的点心匣子，邵一一见是他，有些意外地说道：“稀客啊，有了孩子之后，杨书记还是第一次到我们家来——胖子！杨书记来了，你出来接一下。”

“街道的杨书记吗？来做人口普查了吧，正好给我改一下户籍登记，改成无业……哎呀，怎么是你这个杨书记？”孙胖子穿着拖鞋，见到了一脸干笑的杨书记之后，笑着说道，“不是我说，媳妇儿你说得对，老杨书记还真是稀客……兄弟你不用加筷子，他放下东西就走。”

这时候，车前子也跟了出来，见到杨书记手里油纸包裹的点心匣子，说道：“这点心匣子有年头了吧，我们东北老家都见不到了。杨书记，这是你爹相亲的时候买来送给你妈的吧？你这么干不孝顺——嫂子你别拉我啊，又不是我送给他妈的……”

现在这场合，车前子嘴里可说不出来好听的话。杨书记涵养不错，就当作没听到，干笑了一声，对孙胖子说道：“我这不是打附近路过吗？看见几样老点心，想着孙老弟你们家孩子或许爱吃这一口，就买了几块让孩子尝尝——你们家小六子呢，出来让伯伯抱抱……”

“我们家是小五，小六子那是少帅！”孙胖子笑吟吟地接过了点心和酒，说道，“那哥们儿我替我们家少帅谢谢杨书记了。时间不早了，你也挺忙的就不留你了——辣子，你们两口子怎么才到？”

说到一半的时候，对面的电梯门打开，沈辣带着赵庆走了出来。

和杨书记打了声招呼，沈辣便带着赵庆进了房间。杨书记能屈能伸，借沈辣和赵庆的光，跟着一起换鞋进去坐到了餐桌前。邵一一冲自己的男人苦笑了一声，随后去厨房多拿了一副碗筷，放到了杨书记面前。

“弟妹啊，别忙活了，今天都是自己人，菜够吃了。”杨书记不尴不尬地客气了几句，见没人理他，便好像自言自语一样，继续说道：“这次多亏了德胜兄弟你了，根据你提供的线索，刚刚在机场里面把那六个活死人都抓住了。现在就剩下一个孙碧云了，首都这边原居民叫孙碧云的女性就有三十九个，还有不少外地的。正一个一个排查呢，估计也就是这一半天……”

就在杨书记谈论孙碧云的时候，天津郊区的一座民房里，一个四十来岁的男人正对面前的男人说道：“真黄啦？龙大哥你说你那么大的能耐，亲自去机场送人，怎么说黄就黄了？您老说介不会查到我身上吧？介可都是单线联系的……”

对面的男人有些做作地叹了口气，说道：“可不是真黄了吗？要不是我看到不好逃得快，这时候已经和那六具活尸一样，都被民调局的人抓起来了。我看你也赶紧走吧，对了，走之前咱们把尾数清一下！”

“民调局这帮驴 × 的玩意儿，等着我的——等倒出工夫来，我孙碧云弄不死他们。”原来这个叫孙碧云的竟然是个男人，他说话的时候，咬牙切齿地发狠。随后又对对面的男人继续说道：“沈辣、孙德胜这样的我惹不起，小鱼小虾总能弄死几个吧？龙大哥，我可听说了，孙德胜最近总带着个半大小子，听说是他同父异母的弟弟，他姓孙，他弟弟姓车。介样啊，你再帮弟弟个忙，把介个姓车的弄死……”

听到这个孙碧云要自己除掉车前子，坐在孙碧云对面的男人沉默了片刻，随后苦笑着摇了摇头，对孙碧云说道："这个一会儿再说，你还是先把尾数清一下。"

孙碧云叹了口气，说道："龙大哥，兄弟我手头也不宽裕。介样啊，你帮我弄死姓车的，我砸锅卖铁也把钱给你……"

男人笑了一下，抬手指了一下孙碧云，说道："钱我不要了——有件事得和你说一下，我不姓龙，我姓孔，车前子师父孔大龙的孔……"

他这句话刚说完，孙碧云的脑袋上已经出现了个血窟窿，里面的红白之物流了一地。

孙胖子家里，杨书记已经喝多了。他抱着茅台酒瓶子对孙胖子说道："老弟，你说这么多年都是咱们哥俩搭班子，就说你现在不是局长了，可民调局上上下下谁敢不把你当局长看？

"你凭良心说，老哥哥对你怎么样？就说你去美国那段时间，上面多少次要找人顶了你局长的位置，都是老哥哥我冲在前面替你扛着，到现在还继续保着你的局长没被免——就是暂停几天领导工作，哥哥我已经和部里说好了，明天就恢复你局长职务。可没想到这个时候老弟你撂挑子了……"

说到这里，杨书记眼睛一红，竟然还挤出了几滴眼泪来。先是自己偷偷摸摸地掉眼泪，见没人搭理自己，他一把拉住了孙胖子的胳膊，号啕大哭了起来："老弟啊，我杨某人不容易啊……我一个文职，在民调局苦熬苦掖的，没有功劳也有苦劳吧？现在你走了，让我一个人怎么办？"

听到杨书记话里有语病，邵一一不乐意了，她皱了皱眉头说道："杨书记你说什么呢？什么叫走了？我们家胖子能活八十六，现在还不到一半……"

"弟妹，我喝多了，你别和我一般见识。"杨书记知道邵一一的后台是谁，不过他还是不打算这样就放弃了。杨书记继续一把鼻涕、一把眼泪地劝说孙胖子："老弟啊，当初老哥来民调局的时候，就是靠着你的帮衬，现在你不干了，那我也不打算做这个书记了。明天，明天一早我就打辞职报告。老哥哥我早就到退休年纪了，正好回家抱孙子去。"

"差不多行了，就看不惯你们这闹酒的，喝二两就不知道自己姓什么了。”车前子瞅了杨书记一眼，随后不咸不淡地说道，“你说你们这些闹酒的，喝多了就又哭又笑的，回家陪陪老婆孩子不好吗？非得让旁人跟着受罪。”

车前子一边说话，一边绕过了鱼头汤，夹了一筷子酱牛肉塞进嘴里。一边嚼着牛肉一边说道：“杨书记你也是墙头草，风往哪边吹就往哪边倒，你这样的人啊……”

小道士的话还没有说完，坐他对面的杨书记突然跳了起来，照他脸上就是一个嘴巴。“啪”的一声，打得小道士都没有反应过来。动手之前，杨书记心里已经盘算半天了，就算自己假装醉酒撒泼，这一桌子人里面，能惹得起的也就是这个半大小子了。

车前子没想到杨书记借酒撒泼敢对自己下手，加上他也有点喝多了，头脑也跟着慢了，竟然没有第一时间打回去。

等车前子反应过来，疯狗的脾气起来，全然不顾这是在孙胖子家里，跳起来揪住杨书记的衣服领子，反手就是一巴掌。将杨书记打倒在地之后，小道士又连续几脚，打得杨书记嗷嗷直叫。

见开打了，在座的人反应各自不同。赵庆虽然见惯了死人，碰上打架却很害怕。她紧紧抓住了沈辣的衣服，怯生生地劝说道：“你们别打了——沈辣，你劝劝吧，把他们拉开——你自己别受伤！”

邵一一却好像见惯了这样的场面，她一把拉过来正看热闹的女儿，说道：“什么好事啊，你看什么热闹？走，回屋睡觉去。胖子，家里打坏了什么东西，记得让杨书记赔啊，也不知道谁给他咱们家的地址……”

躺在地上挨揍的杨书记夹紧双腿，弓着身子用双手护住了脑袋，喝了那么多酒，竟然还知道护住要害。孙胖子笑眯眯地看着稳占上风的车前子，嘴里说道：“别打了，有什么话好好说啊……你们不要再打了，都看我的面子了……可千万不能出人命——辣子你赶紧把老三拉开，再打就真出人命了。”

见杨书记被打得满脸是血，孙胖子这才让沈辣将车前子拉开。好在杨书记没有什么大碍，也就鼻梁骨断了，还断了几根肋骨……

饭吃了一半，只能先送杨书记去医院了。上救护车的时候，孙胖子凑到已经清醒过来的杨书记耳边低声说道：“不是我说你杨书记，咱们以后可不敢再喝这么多酒了。看看，下楼梯的时候没站稳，滚下来了吧？你这上了年纪了，以后可千万要小心……”

“孙德胜，你弟弟没把我打失忆！”杨书记躺在救护车上，对孙胖子说道，“你回去和他说，这件事不算完。我杨某人还挂着部里的副部长，你让他等着……”

孙胖子笑吟吟地盯着赌咒发誓要车前子吃牢饭的杨书记，趁他喘气的工夫，才开口说道：“你这也太下本儿了，老杨，你来我们家之前就想好这么干了吧？哥们儿我有点好奇啊，要是车前子不在我家，那你怎么办？”

听到孙胖子说出了自己的算计，杨书记闭上了嘴巴。看了一眼面前的胖子，他深深地吸了口气，说道：“回来吧，大圣……民调局不姓杨，我是在替你看摊子。为了你这一摊子，我都把自己折腾成这个样子了。你自己想想，你不干了我也走了，上面再空降两个领导下来，不出三五年，你打下来的基础就全毁了。到时候你怎么办？”

这回轮到孙胖子沉默了，他看着救护车外的景象，叹了口气，对杨书记说道：“知道了，哥们儿说起来还有点儿对不起你。不过老杨你再容我几天的工夫，不是我说，机场那一关哥们儿我输了，我孙德胜从来没有这么输过——你得容我赢回来。民调局的位置你帮我留着，算我请几天假。什么时候扳回来这一局，哥们儿我什么时候再回民调局。”

不管怎么样，孙胖子总算是松了口，杨书记这才松了口气。心情一放松，身上的疼痛反而更明显了。他疼得倒抽了一口凉气，对孙胖子说道：“大圣，你得劝劝你弟弟了。别一上来就下死手，要不是我早有准备，提前护住了要害，现在已经废了。”

孙胖子笑了一下，脑袋里面突然灵光一闪，心里多了一个念头，那个假扮机场总经理的人是怎么躲开车前子那一脚的？

与此同时，天津郊区的房子里，一个黑影站在死去的孙碧云的尸体旁。他原地转了一圈，自言自语说道：“还是晚了一步，又让孔大龙逃跑了——我的孔师兄，你还能跑哪儿去？”

他的话还没有说完，躺在地上的死尸突然抬起了手，掌心对着人影射出来一道电弧，不偏不倚正好打进人影的嘴里。瞬间，人影体内冒出来一道火光，在一阵惨叫声中，人影的身体从里到外冒出了火焰，几个呼吸的工夫便被烧成了一具焦尸。

这时，“孙碧云”从地上爬了起来。两只手在脸上按了几下，随后他的容貌发生了巨大的变化，原本四十来岁的中年男人变成了一个小老头，正是欠下赌债之后消失得无影无踪的孔大龙。

第十一章　扑朔迷离

“从东北追到这里来了，属王八的死不松口，呸！”冲死尸啐了一口，孔大龙伸手揭掉了焦尸身上已经烧成灰烬的衣服。看到焦尸的胸口有一道棱形伤疤，孔大龙脸上露出来为难的表情。他手里变戏法一样出现了一把锈迹斑斑的匕首，刀尖顶住了伤疤口。

几乎就在刀尖顶住伤疤口的同时，那道伤疤突然向外扩张，一只小手从里面伸了出来。这只好像孩童的小手刚刚伸出来，便被匕首割伤，随后电闪一般又缩了回去。

瞧见小手缩回去，孔大龙转移匕首，对着焦尸的小腹刺了进去。匕首插进去的一瞬间，焦尸里传来“哎哟”一声惨叫，随后一个带着哭腔的声音从焦尸身体里面传了出来：“孔大龙，你割了我的雀儿——我还没有娶媳妇，以后可怎么办呀！”

孔大龙咯咯一笑，对焦尸说道：“侯三儿，你大龙哥手里有准，刚才那一下也就是在你大腿上蹭破点皮，不过这一下就真要割你雀儿了。别出来，有什么话在里面说。”

“雀儿还在——这里面黑灯瞎火的，我就觉得大腿根儿一凉，十个人九个都以为是割了那里。”焦尸身体里面继续有声音传出来，说到这里顿了一下，随后又继续说道，“孔师兄，你怎么知道我藏在尸体里？我明明已经除去这一身的死尸味了，就连下面的小鬼都闻不出来。”

“这个可不能说，说了下次还怎么抓你？”孔大龙抽出来匕首，对着棱形伤口的位置拍打了几下，继续说道，“该我问问你了，大家伙百十来年不见了，怎么你们突然都抽风了？反倒一起来对付我了，没记错的话，我孔大龙才是负责追杀你们的人。饶了你们小二十年了，怎么？耗子急了，开始咬猫了？”

焦尸里面的声音沉默了片刻，孔大龙见状再次用匕首拍打了几下焦尸的小腹，说道：“侯三儿你也不一定要说，反正你不说的话，我也不会怎么样，最多也就割了你的雀儿。”说话的时候，孔大龙手里的匕首再次插进了刚才的伤口里面。

吓得里面侯三儿大声叫唤了起来，随后扯着嗓子喊道：“不一样了——半年前他下了新敕令，只要我们这些人能抓住你，再那啥、杀了你，我们的罪责便能被赦免，还能赋予我们正式门徒的身份。师兄你知道，我们的师父都是被他下了格杀令的……我们早晚也会被抹除，现在有这么好的机会，多难得……”

“我……被下了格杀令？”孔大龙有些不敢相信自己的耳朵，他有些失神地坐到了地上，半晌都说不出话来。

半晌没有听到孔大龙的声音，侯三儿再次说道：“孔师兄，算起来大家都是同门。这样，这次你放了我，我就当作没找到你，就当互相……啊！你割了我的雀儿！”

焦尸的话刚刚说了一半，孔大龙手腕一翻，直接用匕首将焦尸的小腹豁开，露出来里面一个浑身上下一丝不挂的侏儒来。这一下不止将焦尸开膛，顺便还在侏儒的大腿根上划了一刀，多少算是割下来点东西。

“对不住啊，我是故意的。”孔大龙顺手又将手里的匕首向侏儒的心口射了过去，侏儒正捂着裤裆大叫，没有防备之下被这一匕首穿了个透心凉。

杀死了侏儒，孔大龙怔怔地盯着面前的空气，嘴里喃喃地说道：“他怎么还真生气了？”

与此同时，孙胖子家这边还在收拾残局。孙胖子送杨书记去了医院，沈辣、赵庆陪着邵一一收拾家里的烂摊子。将打碎的餐具收拾好，赵庆对邵一一说道：“嫂子，垃圾都放门口吧，一会儿我们走的时候，顺手带出去扔了。”

“你们还走啊，都说好了——就在我们家住下吧。”邵一一一点儿都没有因为刚才的事情生气，反而冲赵庆做了个鬼脸，说道，“反正早晚都是一家人，我可是准备好了你们晚上住在这里的。你和沈辣就睡客房，老三你睡书房吧，晚上听到了什么声音也别出来。”

老三是冲车前子说的，不知道是不是因为和孙胖子在一起的时间长了，邵一一说话办事多少也有点孙胖子的影子了。赵庆和沈辣当场红了脸，见自己女朋友面上磨不开，辣子冲邵一一说道：“小赵第一次来，你再把她吓着了。以为谁都是你们家孙大圣啊……小赵，时间不早了，我送你回去吧。一一，我们不等大圣了，他回来之后你替我说一声。”

见沈辣和赵庆要走，车前子眨巴眨巴眼睛也站了起来，说道：“那你们带我一程，我也走吧。嫂子，今晚上对不住啊。我早就想揍姓杨的一顿了，刚才没忍住——吓着你们家小五了。”

“老三你待着，哪儿也不许去。还有你们俩——吓着什么？你没见她刚才开心得直拍巴掌吗？这孩子也不知道随谁，就爱看打架。”邵一一走到大门口，挡住了大门，继续对三个人说道，“说好了，谁也不许走啊。一会儿胖子回来，你们再把酒续上。胖子今天不干了，你们就当陪陪他。”

想到从机场出来的时候，孙胖子好像突然变了个人，沈辣和车前子对视了一眼。他们俩没得说，应该陪陪孙胖子，不过赵庆现在还是外人，怎么也不应该拖着她。

就在沈辣想先把赵庆送回家，然后再回来陪孙胖子的时候，孙胖子溜溜达达地回来了，见他们都聚在门口，嘿嘿一笑，说道：“不是我说，你们怎么个意思？准备在大门口继续喝？你们不会是想要走吧？谁也不许走啊，哥们儿我今天辞职受打击了。要是想不开再跳了楼，你们的良心会受到谴责，会后悔一辈子的！”

“呸呸呸……胖子闭上你的臭嘴。”邵一一打断了孙胖子的话，随后继续说道，“杨书记呢？没什么事吧？我看120把人抬走的时候，他骂咱兄弟中气十足的，不至于翘辫子吧？”

“他没事。”孙胖子嘿嘿一笑，继续说道，“该说什么说什么，杨书记对民调局可以，除了平时心眼小点之外，没啥大毛病。辣子，你带小赵回去坐着，我回来的时候又叫了一桌子菜，马上就送到。小赵啊，赶紧给你家里人打个电话，就说你有个朋友被解雇了，想不开要跳楼，你正劝着呢，今晚就不回去了。”

说话的时候，孙胖子嘿嘿一笑，冲沈辣做了个鬼脸。这一下子，赵庆的脸就像一块红布一样。

见赵庆被孙胖子和邵一一推回了餐桌，沈辣也只好无奈地跟了过来。不多时，楼下酒店的服务员又送上来了一桌子的菜肴。没有了杨书记，几个人吃喝得痛快多了。

酒过三巡，赵庆也有些喝多了。借着酒劲儿她向孙胖子问道：“我听沈辣说……你们是处理特别案件的部门？正好——最近我又碰上一件古怪的案子。”

这是赵庆一个礼拜之前遇到的案件，原本只是一起普通的打架斗殴案件，不过出现了人员伤亡，案情就严重了些。当天她值班，跟着去了现场，在现场的时候，并没有发现什么异常。初步判断出了死因，然后就把死者带回了司法处。

虽然一眼就能看出死者是因为大动脉被利器割断，失血过多而死的，但按照程序还是要解剖尸体。在她剖开尸体之后，诡异的情况出现了——这具尸体的内脏竟然被掏空了，不只是内脏，就连死者的肋骨也消失得无影无踪。

尸体内部被特别处理过，胸腔及腹部都充满了气。在赵庆剖开腹部的时候，能清楚地感觉到腹腔的气体外泄，甚至都喷到了她身上。发现这种诡异的情况，赵庆立即上报给了司法处领导。最后尸体被运走了，也不知道到底怎么处理的。

“尸体的内脏被掏空了？”孙胖子的眉毛挑动了一下，随后看了一眼沈辣，笑呵呵地说道：“辣子，你猜猜哥们儿我想到谁了？”

“不是他！”沈辣摇了摇头，继续说道，“当初他的术法被封住了，才用了这种方法逃生。现在他的术法都恢复了，以他的身份，肯定不屑于使用这种旁门左道。”

“我也没说就是他。”孙胖子笑了一下，又对云里雾里的赵庆说道：“小赵，要是不出意外的话，那具尸体应该是运到我们民调局了。不过最近我不在局里，应该是二室或者四室的人接手了，你可以让沈辣帮你问一下。”

说到这里，孙胖子又想到了什么，对赵庆继续说道：“小赵，死者身上除了被砍杀的伤口之外，还有其他什么伤口吗？或者有没有文身之类的。”

“其他的伤口？”赵庆沉思了片刻，说道，“有，在胸口的位置还有一道三棱形状的伤口。不过伤口的皮肉是往外翻的，我从来没有见过这样的伤口。对了，还有一件事，出现场的时候，我听负责的警察说起过，死者最近在找一个什么人，好像还有其他的人也在找这个人，结果这伙找人的先打起来了，还闹出了一条人命。”

沈辣听了自己女朋友的话，说道：“等明天的，我去打听一下，只要人在我们民调局，我一定能查出来。”

“什么叫等明天？辣子你不能现在就问一下吗？”孙胖子这时候也有些醉意，他冲自己的好朋友继续说道，“不是我说你，小赵的事对你来说就是天大的事情。赶紧问一下是怎么回事，案子破没破，不就一个电话的事情吗？”

沈辣苦笑了一声，指着墙上的挂钟，说道：“现在都快后半夜了，都在机场——行吧，我现在就打电话去问。”说到一半的时候，沈辣无意说出来“机场”两个字，知道失言了，急忙岔开了话题，主动给二室的老莫去了电话。

老莫也是法医出身，一般这样的事情都是交给他做的。不过沈辣打过去电话才知道，老莫因为其他的事情抽不开身，检验尸体的事情交给五室副主任萧易峰了。

沈辣只得再给萧易峰打电话，为了替辣子讨好小赵，孙胖子让沈辣直接开了免提："老萧，不好意思这么晚了还打扰你。听老莫说有件事是你办的，一个礼拜之前，市司法处送来的尸体被掏空的案件……"

"你说那件案子啊，是，我亲手解剖的。我已经写好了解剖记录，对，尸体就是一副皮囊，有人藏在里面操控尸体。这个人有本事，清除了里面的内脏和肋骨，他竟然可以让血液流动，只不过这副皮囊的大动脉被砍断了，血液流通不畅运送不到四肢上，里面的人才抛弃了皮囊……"

萧易峰说到这里，好像突然想到了什么，随后继续说道："还有件事挺可疑的，死尸的伤口有法器的痕迹——应该是两伙有些道行的人在火并……"

这时候，孙胖子已经忍不住了，借着酒劲儿对电话那头的萧易峰说道："老萧，我，孙德胜……在首都地界出现了两伙人斗法，这么大的事情怎么不向上报？"

"大圣，你怎么知道我没报？当天我就报给杨书记了，后来因为古墓的事情耽搁了。回来之后我就继续往下查了，死者叫李春雷，辽东河安县正东乡人，半个月之前乘坐飞机来到首都……"

"谁？李春雷？我老家的李二棒子？"这时候，轮到车前子坐不住了，他凑过来问道，"老萧，你有死者的照片吗？发一张过来看看，辽东河安县正东乡……还有第二个李春雷吗？"

这个叫作李春雷的是孔大龙的债主之一，也是老道士平时赌钱的朋友。当天上门催债的债主里面就有他一个，只不过车前子怎么也没想到李春雷竟然死了！

片刻之后，萧易峰便传过来李春雷躺在解剖台上，解剖以后的照片。车前子见到差点儿吐了出来，最后还是孙胖子帮他挡住了死尸身体，只看了那一张惨白的人脸，车前子认出来这人正是他老家的赌鬼李春雷。

等车前子认出来皮囊就是李春雷之后，孙胖子的眼睛眯缝了起来。他看着车前子说道："兄弟，这皮囊是你老家的人。也就是说，藏到他身体里面的人应该先去了你老家，然后遇到了倒霉的李春雷——但他去你老家做什么？"

"找人……他去找老登儿？"车前子摇了摇头，继续说道，"不能，别看老登儿是个道士，他什么都不会。以前都是靠我养活他的，这么一个贪财好色的老头，找他干什么？"说到最后的时候，车前子忽然觉得有些心虚。当初老登儿突然间跑路，谁知道是不是为了躲这个人……

孙胖子和萧易峰客气了几句，便挂了电话，随后对车前子继续说道："兄弟，未必就是找孔大龙的，兴许这个姓李的就是单纯的倒霉。再说了，你师父早就不在道观了，真要是奔他去的，也找不着他啊。"

当下，孙胖子岔开了话题，开始讲起他在缉毒处的时候接触到的案件。正说到有人用尸体藏毒的时候，他的电话响了起来，打电话的是萧易峰，他直截了当地说道："大圣，有意思了啊——刚才天津报案了，我天津市局的一个朋友看到之后直接联系我了。

"当地郊区也发生了一起类似的皮囊藏人案，现在连里面藏着的人都死了。对了，现场房间的柜子里还有一具男尸，你们猜猜男尸的名字叫什么？叫孙碧云——我们之前想拧了，这个叫孙碧云的是个男人！"

"孙碧云！"孙胖子看了身边几个人一眼，随后说道，"不喝了，大家伙休息一下。看样子明早得去一趟天津。"

第十二章　火山现身

赵庆最终没有在孙胖子家过夜，虽然已经到了后半夜，还是让沈辣送她回家了。他们俩离开以后，孙胖子还在替沈辣抱不平，冲车前子说道："真不是我说她，都什么年代了，还这样封建。你说晚上留在这里过夜怎么了？辣子也在，他们干柴烈火地那啥一下，辣子争气一点的话，过两个月就能奉子成婚了。"

听孙胖子说得不着调，车前子打了哈哈，对他说道："又那啥了——孙胖子你是不是也找过李广全找的那种女人？"

"哪个女的？那啥什么？"邵一一收拾完，听到这哥儿俩的对话，过来问了一嘴。

"别听兄弟瞎说，没啥、没啥。"孙胖子嘿嘿一笑，赶紧岔开了话题，说道，"赶紧睡吧，明天还得早起去趟天津。"

邵一一皱了皱眉头，说道："胖子你不是说不干了吗？我和小五还等着和你一起环球旅行呢，现在看起来——悬！"

"你男人昨天被人算计了，唉，从来都是我孙德胜算计别人的。这次被人'啪啪'地扇嘴巴子，打完左边打右边，我他妈还还不了手。"孙胖子拉着自己老婆的手，唉声叹气地继续说道，"以前我以为你男人我就是天底下最能算计的人，结果昨天才明白什么叫作天外有天。如果我能算计到五步的话，那孙子起码能算到第七步。好像我计划的每一步都在他的算计当中——自打我小学一年级算计同桌的零食开始，从来没这么彻彻底底地输过。那种挫败感好像三九天在雪地里，被一桶带冰碴儿的冰水浇了个透心凉。”

“不就是输了一次吗？胖子你至于这样娘们儿唧唧的吗？”邵一一甩开了自己男人的手，继续说道，“要不你当着兄弟的面，搂着我哭一场？咱们家小五都比你强，在幼儿园被欺负了，她还知道要欺负回去。你说你怎么好意思和我说这个？还以为你真良心发现了，想辞职带我们娘儿俩去旅行，敢情是在外面被人欺负了，吓得都不敢出门了。”

一旁的车前子都看呆了，没想到自己这嫂子竟然还有这样的一面。这画面看起来，柔柔弱弱的邵一一倒更像个爷们儿。

该劝还得劝两句，车前子咳嗽了一声，说道：“嫂子，看我的面子了，再说胖子就真哭了——这话说回来，昨天也真是凶险，要没有胖子的话，说不定我和沈辣都回不来了。不过我有件事情不明白，明天去天津查那个叫孙碧云的，就能把机场那主揪出来？他算计得那么深，不会留下什么证据吧？还是你真以为我们家老登儿跟这事也有关系？”

“兄弟，你还是不明白，哥哥我要查的重点不是姓孙的，也不是你师父孔大龙。”说到这里，孙胖子打了个哈欠，满脸倦意地继续说道，“不说了，明天到了天津，可能会有大收获。”

第二天一早，还在熟睡中的车前子被孙胖子拖了起来。两人没敢惊动还在熟睡的邵一一，哈欠连天地从家里出来，这时沈辣已经在一辆商务车里等着他们了。

和沈辣在一起的还有五室的萧副主任，见到了孙胖子，萧易峰笑了一下，说道：“沈辣说你们要去天津的现场，巧了，我把案子争取过来了，一起吧，也给我一个向你们学习的机会。”

“老萧你这话说得生分了，大家相互学习嘛。”孙胖子对萧易峰的出现并不意外，龇牙一笑，继续说道，“老萧，哥们儿打听一下，类似这样的控尸案件，最近几个月发生几起了？”

萧易峰就是活字典，他不用查资料，直接向孙胖子汇报：“报上来的有三起，辽宁一起，首都一起，还有这起天津的。辽宁那起时间比较长了，案件里面的控尸腐败得很严重，已经没有研究价值了。最近的是一个星期前首都斗殴案发现的控尸，以及昨晚上更古怪的控尸案。”

车前子听了他们的谈话，精神多少好了一点，还见缝插针问了一句：“昨晚发生的案子，我们现在才过去，一些重要的线索会不会流失了？我不懂，就是问问。”

“流程就是这样的，没有报到民调局的案件，我们调查员没有第一时间的管辖权。”说话的时候，萧易峰冲孙胖子笑了一下，继续说道：“原本局长是有这个权力的，不过现在大圣你辞职了。杨书记昨晚喝多了滚下了楼梯，摔断了鼻子和肋骨，这时候还在医院。我也是没有办法，还是走了老朋友的关系，才以兄弟单位协助调查的名义过去的。”

“老萧，别说这些没用的。不是我说，哥们儿我就是过去看看热闹。最近添了个新毛病，不看看死人，晚上睡不着觉。”说话的时候，孙胖子往靠背上一躺，说道，“哥们儿昨晚没睡好，现在补个觉，到了喊我一声。”

孙胖子睡着不久，车前子也闭上眼睛睡了起来。只有沈辣和萧易峰有一搭没一搭地说着案情，开始他还能听几句，不过很快便进入了梦乡。

也不知道睡了多久，车前子被孙胖子叫醒：“到地儿了，兄弟出来透透气。”

车前子睡眼惺忪地睁开眼睛，就见车窗外面是一排低矮的平房，周围已经停了七八辆警车，一个住宅门前拉了警戒线，外面站着看热闹的老百姓，正叽叽喳喳地说着闲话。

“我就说介屋子里嫩男的不似嘛好人，好嘛，昨个晚上你猜怎么着？带了七八个女的乱搞。来了个变态，好尼玛一手斧子、一手电锯都给突突了。”

“二婶子，你可拉倒吧，介尼玛似我们家二小子报的警。昨晚上孙家的老三大门没关，我家二小子寻思着家里似不似招贼了。喊了老半天都没有人回一声，结果进屋里一看——你猜怎么着？家里面躺着个死人，被大开膛了，里面还有个孩子，介尼玛一尸两命啊！”

孙胖子正听得起劲的时候，萧易峰打电话将他在当地市局的朋友叫了出来。他这朋友正好是负责这起案件的刑警队长，听到老萧把他们民调局的局长都请来了，急忙出来迎接。

互相客气了几句，刑警队长将他们带到了案发现场，说道："我们是凌晨接到报案的，我过来一看就蒙了，马上找了老萧帮忙。结果听说孙局长您也在关注类似的案件，就斗胆把您和几位专家请来了。"

这人情商很高，明明是孙胖子自己蹭过来的，他却说是他把他们请过来的。

说话的时候，几个人进了屋，就为了等孙胖子他们，尸体还没有运走。车前子虽然有准备，不过看到了地上大开膛的焦尸，以及里面被匕首钉死的侏儒，还是感到有些恶心。正准备出去透透气的时候，就听刑警队长说道："我们检查了死者孙碧云的电脑，发现里面有五十几起运尸的信息……"

沈辣和萧易峰正查看尸体，孙胖子拉着车前子一起听这起案件的经过。

根据刑警队长所说，孙碧云从三个月之前，便开始做运送尸体的生意。他的生意对象大都是一些突发意外、客死他乡的有钱人。这些人不是老家有祖坟，就是还有土葬的指标。只是法律明文规定，像他们这样的情况必须就地火化，再由亲属领取骨灰回乡安葬。

孙碧云联络上这些死者的家属，给死者家属看了他让死者重新"活"过来的视频。这些死者复活之后，无论行为举止，还是说话的语气，都与生前无异。

一边拿着当地政府的死亡通知单，一边亲眼看到亲人"活"了过来，那场景要多震撼就有多震撼。都不需要孙碧云多说，对方便答应了付钱让死者自己回来。

孙碧云也没有狮子大张口，一口价十五万元搞定。他自己留下九万，剩下六万块钱当天便取了现金，看起来应该是给了机场的那个人了。

听完了介绍，车前子说道："干活的才拿三之一？这也太少了吧？能把我们搅得天翻地覆的人，会心甘情愿拿这点儿小钱？"

"兄弟，这么有心计的人还没什么欲望，就更难对付了，想给他下套都不知道用什么做饵料。"想起机场的事情，孙胖子就有些沮丧。从昨晚到现在，他叹气的次数已经超过了这些年来的总和。

见孙胖子的情绪不高，萧易峰对刑警队长说道：“老罗，能查到孙碧云合伙人的信息吗？他有没有写日记的习惯？你再好好找找，兴许能发现什么重要的线索。”

罗队长说道：“这样的人哪有写日记的毛病，不过这个孙碧云也不是一般人。根据我们走访所知，他从小就神神道道的。十几年前还拜了个什么老道当师父，天天说他师父有大神通，能呼风唤雨、撒豆成兵什么的。结果把派出所惊动了，一查发现他师父是网上在逃的邪教组织高层人员，抓捕的时候因为拒捕伤人被当场击毙了。后来他老实了几年，听说去东北闯荡过一段时间，前几年才回来，看样子混得不错，回来之后在市区买了房子给他父亲和后妈居住，他自己就住在这小屋里。”

“去过东北！”听到这个信息，孙胖子眼睛里闪过一道精光。不过他忍住了没有立即提问，直到罗队长说完了孙碧云的情况，他才眯缝着眼睛问道：“罗队长，哥们儿我问一下，他是去了辽东河安县正东乡吗？”

听到孙胖子的话，车前子也反应过来了。他忍着恶心回头看了一眼死尸，仔细辨认了一番，最后确定这个人自己没有见过。罗队长也说不好孙碧云都去过哪里，因为时间太久了，需要花些时间才能查出来。

就在这个时候，原本还在查看焦尸的沈辣突然像是被雷电击中了一般，身子猛地颤抖了一下，随后飞快转过身来，身子一蹿便到了门口，两只眼睛死死盯着警戒线外面那些看热闹的人。

看热闹的人群里面有一个红头发的男人十分扎眼。有几个老头老太太已经被他的发色吸引住，正小声地议论着这个和樱木花道差不多的男人。见到这个男人之后，沈辣条件反射地伸手按住了腰后的短剑。

红发男人微笑着冲沈辣摇了摇头，伸手指了指他身边看热闹的人，示意要是打起来的话，会伤及这些无辜之人。

这时候，孙胖子和车前子也跟着冲了出来。见到了红发男人，孙胖子的脸色也有些发虚。他凑到沈辣的耳边，低声说道：“辣子，千万别轻举妄动。拖住他，我呼吴主任过来！”

说话的时候，孙胖子偷偷给自己的老婆邵一一发信息，让她找吴仁荻过来救场。见到孙胖子和车前子出来，红发男人指了指对面一家小馄饨馆，示意他们到那里去，他有话要说。随后红发男人转身离开，率先向馄饨馆走去。

见红发男人离开，孙胖子和沈辣对了一下眼神，孙胖子低声说道：“火山真要动我们的话，刚才就动手了。过去看看他想要干什么，或许他也是为了这件事情来的。”

车前子不明白出了什么事情，只是感觉出孙胖子和沈辣都如临大敌一般。他忍不住向两人问道：“这红头发是谁啊？你们俩怎么吓成这个德行了？看着也没什么了不起的。要不咱们仨先下手为强，我踢他裆，你们俩趁机上？”

“祖宗，你可千万别乱来！咱们惹不起他，更惹不起他身后的人。”孙胖子听了车前子的话，吓得冷汗都冒出来了。当下紧紧地拽着车前子，不让他做出出格的举动来。

孙胖子跟萧易峰招呼了一声，借口说他们没吃早饭，先去馄饨馆垫一口。随后三人走出了警戒线，沈辣走在前面，孙胖子拽着车前子跟在他身后。三个人前后脚进了这个只有三张桌子的小馄饨馆子。

这时候火山已经要了一碗馄饨，老板煮熟了之后，正将一碗馄饨给他端过去。见到又有三位客人进店，老板指着墙上的菜谱说道：“想吃嘛都写在墙上了，大馅馄饨、三鲜馄饨现成的，还有酥皮烧饼……”

“来三碗三鲜馄饨，再来仨烧饼。”孙胖子说完，拉过来椅子坐到了红发男人面前。见老板忙着下馄饨，他才低声对面前正吃馄饨的红发男人说道：“真是巧啊，不是我说，咱们有几年没见了吧？上次哥们儿我还说……”

“死在尸腹里面的叫作侯殿坤，从小就得了侏儒病，外号叫作侯三儿……他也算我们方士一脉的后裔，只不过他这一支路数不正，都是之前格杀令名单上的人物的弟子徒孙，早晚是要清除的。”红发男人一边吃馄饨，一边对孙胖子继续说道，“把醋递给我……除了侯三儿，陆地上还有不少这样的后裔。前些年一直东躲西藏的，最近半年突然高调起来了——老板，有煎饼果子吗？”

“介尼玛是馄饨店，没尼玛煎饼……”馄饨店老板好像被人挑衅了一样，嘴里嘀嘀咕咕地说道，“赶紧喝你的馄饨得了，喝完赶紧走！”

红发男人也不生气，捞起来一个馄饨吃了下去，然后看了一眼坐在另外一桌的车前子，对孙胖子说道：“礼尚往来，你是不是也应该说说他的事情了？”

孙胖子嘿嘿一笑，说道：“不是我说，难怪都说你是最后一任大方师，还真有大方师的气派，越来越像广仁大方师了……可惜了，这小兄弟的事情，我知道的也不多。不过火山你要是能再说说孔大龙的事情，或许我能想明白过来。”

火山终于吃完了最后一个馄饨，他满足地放下了饭碗，随后看了孙胖子一眼，说道：“孙德胜你倒还是老样子。让沈辣别那么紧张，真想动手的话，刚才他背对着我的时候，命就已经没了。”

第十三章　双面萧易峰

进了馄饨馆，沈辣便一直紧紧盯着火山，他一只手按在腰后，只要红发男人有什么动静，沈辣便会催动罪罚两把短剑。就算被火山说破，他也没有将手挪开短剑的意思。

“火山大方师你是大人物，自然不会对我们这样的小孩子出手。”孙胖子嘿嘿一笑，继续说道，“再说我这个小兄弟，要是真知道他的底细，我还会把他留在民调局吗？就是因为不知道，怕以后得罪人，我这才将他留在身边亲自照顾呢。”

孙胖子说话的时候，馄饨店老板将三碗馄饨都端了过来。孙胖子不想让他听到不该听到的信息，孙胖子笑了一下，对老板说道：“老板，再来二十碗馄饨分成五波下，我们的人一会儿就到。”

等老板回到厨房忙碌起来，孙胖子这才继续说道：“大方师，你老人家千里迢迢过来，不会就是为了打听我兄弟的底细吧？我斗胆猜猜看，如果那个侯三儿不是昨晚死在了里面，现在应该已经在你手里了。你是为了他来的，对吧？不过等你到了这里，才发现事情的发展出乎你的意料，有人先下手了。不过来了也来了，倒不如索性给点可有可无的情报，毕竟侯三儿的事情你不说，一半天的我们也会知道。还不如做做好人，用这个来换我兄弟的底细。不是我说，我猜得不一定准——哎呀，这馄饨汤太上头了，我怎么管不住这张嘴，什么都敢往外说……”

说着，孙胖子冲红发男人嘿嘿傻笑起来。原本火山淡定自若的表情，被孙胖子这一笑，变得多少有点尴尬。

不过火山毕竟是做过大方师的人，瞬间便恢复了正常。他轻轻拍了拍巴掌，对孙胖子说道：“到底是孙德胜，你这样的七窍玲珑心千百年也就出这么一个。”

“大方师你捧过了！”孙胖子苦笑了一声，继续说道，“昨儿我刚刚走了麦城，带着民调局的大队人马倾巢而出，结果啥事都没办成。要不是人家放了我一马，今儿个就等着看新闻吧，某孙姓公务员在机场猝死。死亡原因就看新闻怎么说了，说好听点是劳累过度，死在工作岗位上了。说不好听的，那就是腐败分子死在潜逃国外的路上了……”

孙胖子将昨天机场发生的事情原原本本地对火山说了一遍。这事火山还真不知道，听孙胖子说完，他古怪地看了孙胖子一眼，说道：“有人斗智赢了你，你还输得心服口服？”

火山都不敢相信还有这样的事情，孙胖子苦笑了一声，说道：“不怕你笑话，我这次被打蒙了——都向民调局提出辞职了。原本今天应该带着老婆、孩子出去旅行的，不过早上听说这边可能有那个人的下落，就想过来碰碰运气。要是万里有个一，那个人真露出来什么马脚的话，兄弟我还有翻身的可能。”

“你和我论不上兄弟！”火山轻轻打断了孙胖子的话，纠正了辈分上的错误，继续说道，“你的话是真是假，我会查清楚的。不过我还是不大相信，你说的那个人会真实存在。孙德胜，这不会是你对我和广仁大方师下的什么圈套吧？”

“圈套？我总不能拿自己当饵吧！”孙胖子叹了口气，继续说道，“机场的事情闹得那么大，你总会查到的。要是方便的话，再麻烦去查查幕后那个人是谁。”

孙胖子的话刚刚说到这里，勘查完现场的萧易峰走了过来，说道：“大圣，我没看出来有什么特别的，已经让这边市局的人把尸体带走——火、大方师……”说到一半的时候，萧副主任突然反应过来面前这个红发男人是谁，不由自主做出了摸枪的动作。

“我不是什么洪水猛兽，你用不着这样。”火山微微一笑，掏出来一百块钱的纸币扔在桌子上，转身离开了馄饨馆。临走之前，他对孙胖子说道：“你说得对，机场的事情我会查清楚——他的事情，我也会查清楚的。”说完，他已经离开了馄饨馆。火山的一只脚迈出小馄饨馆的瞬间，他的身体已经消失得无影无踪。

火山最后半句话是冲车前子说的。进来之前，孙胖子告诫车前子闭上嘴巴，不管里面发生了什么事情，他都不许乱说话。刚才只要他开口怼一下火山，兴许就能把红发男人的火逗起来，倘若火山真发了脾气，他们这几个人捆一起也不是火山的对手。

这时候，车前子终于有了说话的机会。他冲孙胖子问道：“胖子，这里面怎么还有我的事儿？这个红头发也对我的底细感兴趣？你叫他大方师，大方师又是个什么东西？你还有什么事情瞒着我？”

“你是我亲兄弟，哥哥我怎么可能瞒着你？”孙胖子一脸正色地继续说道，“这不是套火山的话吗？我想着他的本事大，多少能多知道一点。想不到啊，指望不上他——老板，后面的馄饨不要再下了，你自己留着吃吧。”

说话的时候，孙胖子掏出来五百块钱放在桌子上，随后带着几个人离开了这里。老板出来收拾桌子，看到了桌子上面的钱，一张一张地查验好，才收了起来。看着几个人远去的背影，他将目光锁定在车前子身上。

“老儿子，有点大人的意思了。想不到等火山，还等到意外收获了。”老板笑了一下，端着几个盛满了馄饨的大碗走回到厨房里。一边走一边神神道道地说道：“介尼玛似糟蹋粮食啊，都介样了，还怎么给别人吃——我这么大的岁数了，也吃不了这么多。”

馄饨店老板回到厨房的同时，孙胖子突然回头看了老板的背影一眼。不过他眨巴眨巴眼睛，还是摇了摇头，又叹了口气，转回头继续向案发现场走去。

萧易峰留在天津，他要等着这边的验尸报告出来才能回去。这次事件虽然没有被民调局正式接管，不过还是在孙胖子的要求下，所有的资料都会整理一份副本送到民调局保存。安排好一切之后，孙胖子带着沈辣和车前子乘坐商务车回到了首都。

商务车上了高速公路的时候，孙胖子打了一个电话。接通之后，对电话那头的人说道："老郑啊，再帮哥们儿一个忙——不要六氯环已烷，我要那东西干什么？说点正经的事情，查查六氯环已烷的外壳是怎么泄露出去的，那玩意儿应该都有编号，要和机场对应的那一个。"

挂了电话之后，孙胖子有一搭没一搭地和沈辣、车前子扯着闲篇儿。差不多半个小时之后，他的手机又响了起来。扫了一眼来电显示，孙胖子接通了电话："老郑，这么快就查出来了？你这效——真的假的？归不归的泛大西洋物理实验室里流出来的？"

孙胖子一行人离开之后，萧易峰留在天津，一直忙到傍晚，才拿到了验尸报告，以及三具死尸的病理分析报告。原本罗队长还想留他吃顿晚饭，不过萧易峰着急回去便婉拒了，又向罗队长借了一辆车准备开车回首都。

萧易峰驾驶着汽车上了高速，刚刚过了收费站，突然听到后座有人对他说道："好久不见，火山告诉我在这里见到你了。"

萧易峰好像什么事情都没有发生一样，他甚至都没有去看后座上说话的人是谁。他一边开车，一边不紧不慢地说道："我知道他一定会告诉您的，所以一直拖到现在才回去——大方师，我们有两年没见了。"

坐在车后座的白发男人正是大方师广仁，他微微笑了一下，说道："这两年委屈你了，要窝在民调局这样的地方。我也是没有办法，我身边的几个人里面，火山不可以露面，其他人都不如你机警、干练，只有委屈你了。"

萧易峰没有接话，他沉默了片刻，说道："我师父呢？他怎么样了？"

"你师父比我豁达，除了抽烟、喝酒这点小爱好之外，也再没什么了。"说到萧易峰师父的时候，广仁脸上露出来一种无可奈何的笑容。顿了一下，他继续说道，"除了每次见面都要劝我入你们龙门遁甲派以外，他还是挺有趣的一个人。"

说完了最后一句话，广仁轻轻咳嗽了一声，随后继续对萧易峰说道：“原本我不想麻烦你的，不过我对车前子的身份很感兴趣。你应该多少知道一点吧？”

“车前子的身份在民调局也是个谜。”萧易峰轻轻地叹了口气，继续说道，“不过孙德胜应该是知道的，车前子原本就是跟着他进的民调局。我查过高亮做民调局局长时期的行动记录，他曾经去过车前子小时候所在的地区，还给车前子的师父孔大龙开过一张十万元的支票。

“前几天马萧林来过民调局，闲聊的时候套过他的话，高亮活着的时候，就委托过他每个月付给车前子一笔不菲的生活费。当时马萧林还以为车前子是高局长的私生子，后来才知道是自己想错了。”

说到这里的时候，萧易峰顿了一下。他终于从后视镜里扫了广仁一眼，随后继续说道：“如果不是因为车前子有完整的成长记录可查，我还以为他是海上那位老先生派回来的人。不过他又没有什么术法根基，只是依靠着身体里面那股琢磨不透的力量。”

原本以为能在萧易峰这里得到一些有用的线索，不过萧易峰还是没有给出车前子的身份。广仁略略有些失望，不过他的城府极深，脸上没有丝毫显露。微微一笑，他点头说道：“你能探听出来这些已经很不容易了，继续查车前子的底细，如果有什么突破性进展的话，你应该知道怎么找到我。”

话说到这里，广仁便准备离开。这时候，萧易峰突然开了口，说道：“大方师留步，我还有点事情要麻烦您。孙碧云、侯三儿到底什么情况？我想要进入孙德胜的圈子，一定要有个投名状。”

听到萧易峰问这个，广仁点了点头，说道：“你说得对，没有点好处，孙德胜不会和你说的——侯殿坤这些人都是当年格杀令上那几个人留下来的徒子徒孙，他们多多少少都懂得一点方术。没有了师长的管束，这些人便越发放肆了，好一点的施展方术谋财，多数人却开始利用方术害命了。大方——海上的那位老先生多年前便派人回到陆地要抹除这些人，一开始还算顺利，不过差不多二十年前那个人突然销声匿迹了，侯殿坤这些人又开始肆无忌惮起来。”

说到这里，广仁好像想到了什么。他先是沉默了片刻，随后继续说道："差不多半年前，那些被追杀的徒子徒孙开始聚集起来，随后满世界地想要反杀那个销声匿迹的人。原本我不应该管这件事的，不过那个销声匿迹的人毕竟和我有些香火情分。我便让火山出面，想着能帮一把还是帮他一把的好，没想到会在现场遇到你们……"

萧易峰也是极聪明的人，他从广仁的话里品出来其他的味道。等到广仁大方师说完，他开口说道："孙碧云被侯三儿收买了，那个和孙碧云一起运活尸的就是原本销声匿迹的人——只不过这个人太厉害了，侯三儿还是被他杀死了。"

"这些足够做你的投名状了。"广仁微微一笑，继续说道，"孙德胜的投名状有了，我想知道的事情你也要想办法尽快。"话音未落，广仁大方师已经从车后座消失了。

萧易峰好像什么事情都没有发生一样，继续开车向首都方向行驶。差不多过了半个小时，萧易峰掏出来电话，找到孙胖子的号码拨了出去。电话接通之后，说道："大圣，天津的事情刚刚办完，焦尸的身份也出来了，一个普通人。我现在在回首都的路上。还有件事情和你说一下，孙碧云的邻居说，昨天下午瞧见孙碧云家里来过一个陌生的男人，我给他看了焦尸生前的照片，是……现在怀疑是孙碧云和侯三儿勾结，拖住那个人……行，你们现在在西城的砂锅居？成，到了再说。"

孙胖子那边声音嘈杂，不知道又和谁一起吃饭，有外人在不方便继续接听电话，便让萧易峰过去，顺便一起吃个晚饭。

萧易峰赶到孙胖子所说的砂锅居时，已经九点多了。找到孙胖子的包房，里面竟然重新上了一桌子菜肴。看来第一波吃饭的客人已经撤了，包房里面只剩下孙胖子、沈辣和车前子三兄弟。

孙胖子见到萧易峰进来，哈哈一笑，说道："老萧，也不知道你爱吃什么，哥们儿随便点了几个菜。要是有什么忌口的，咱们再重新点。你先吃饭，有什么话咱们吃饱喝足了再说。"

"我没啥忌口的，啥都能吃一口，不过这也太多了，吃不完啊！"萧易峰客气了几句，抄起筷子风卷残云一般吃喝了起来。他也是真饿了，将满满一桌子菜肴吃了一半，这才放下了筷子，说道：“差不多了，大圣，说点正经事吧！”

第十四章　黄雀在后

萧易峰擦了擦嘴，将他在电话里面对孙胖子说的话简短地说了一遍。正要继续说下去的时候，却被沈辣打断了：“等一下，我有件事情不明白，老萧你是怎么知道有个侯三儿的？”

“侯三儿叫作侯殿坤，是我从孙碧云的笔记里发现的。”说话的时候，萧易峰已经取出来几张复印纸，上面写着孙碧云和侯殿坤相识的经过，以及后来他是怎么被侯三儿收买，想要设套对付龙德寇的经过。看样子孙碧云也不相信这个姓侯的，担心会被杀人灭口，这才提前做好了准备。

“辣子你净打岔，不是我说，老萧你继续说。”看了一眼复印纸上面的内容，孙胖子嘿嘿一笑，随后对萧易峰继续说道：“你在电话里也没有说清楚，是不是知道那个叫作龙德寇的下落了？”

“那倒还没有。”萧易峰苦笑了一声，继续说道，“今天你们离开了现场之后，又来了几个古怪的人。他们听说孙家死了一个被开膛的人之后，脸上的表情都变得古怪起来。当时我还想要拦住他们的，可惜晚了一步，眼睁睁地看着这些人消失了。就是突然间消失不见那种……”

“还有人来凑热闹啊，看起来火山也不是为了等我们的。”孙胖子笑了一下，继续对萧易峰说道，“老萧，你还记得那几个人的相貌吗？这个你们五室都是专家，你回去做几张人物侧写，把这几个人的相貌都画出来。”

"这个容易，不过我还有一件重要的事情要说。"说到这句话的时候，萧易峰收敛了脸上的笑容，随后对面前三人继续说道，"我可能见到了广仁，回来的路上有个人突然出现在我的车后座上。当时他用术法遮住了五官，我只能看到一张烟雾缭绕的脸——当时我的脑袋一阵迷糊，他好像问了我什么，不过怎么回答的我就不知道了。"

听到广仁的名字之后，除了车前子，孙胖子和沈辣的脸色都变得有些难看，两个人对视了一眼，孙胖子说道："老萧，你敢肯定那个人就是广仁吗？不是我说，你自己都说只看到了烟雾缭绕的脸，怎么肯定他就是那位大方师？"

"白头发，除了咱们民调局的这几位，我想不出来还有谁要遮挡住面貌。"萧易峰早就算好了会有什么样的问题，随后他继续说道，"上午刚刚见到了火山，傍晚就遇到了广仁。大圣，你们这件案子是不是牵扯到什么大事了？听我一句，赶紧联络吴主任吧。"

"那倒还没有必要。"孙胖子转头看向沈辣，对他说道："论起来的话，你还得管广仁大方师叫一声师父呢，辣子，要不你受受累，想办法找你这位师父打听一下？"

"我可不触那个霉头！"沈辣摇了摇头，继续说道，"广仁和吴主任斗了那么多年，我可不想再被夹在中间。老萧，你说你的，我先查查出国的机票。"

知道辣子是在开玩笑，萧易峰配合着笑了一下，随后他再次开口说道："我不敢把话说死，那个人肯定是广仁。不过就算不是广仁大方师，今天火山也出现了，你们要小心了。不管什么事情，提前做好准备总是没错的——你也听我一句劝，还是回民调局吧，起码也算有个依靠……"

孙胖子笑了一下，说道："老萧你这话说得在理，不管出现的是不是广仁，这件事都小不了。大家都是自己人，哥们儿我也不瞒你了，下午回来之后，我给国外的归不归打过电话，让他老人家帮着查一下。你也别走了，估计一会儿就能有消息反馈回来。不是我说，这案子一开始你就参与，现在哥们儿我也不是民调局的人了，辣子在局里的权限不如你，有什么事情还要靠你去查、去办。”

萧易峰等的就是孙胖子这句话，如果这句话从他嘴里说出来，孙胖子起疑不说，也远远没有这样好的效果。

就在萧易峰准备说几句客套话的时候，孙胖子的电话又响了起来。他看了一眼来电显示，笑嘻嘻地接通了电话，说道：“三叔，这么快就有消息了吗？是，吴主任刚走——刚刚吃饭的时候他还提到您老人家了……实话，我怎么敢骗您老人家……是、是、是……得嘞，我这就明白了，不过能知道当初派过来的那个人是谁吗？派了三个人啊……”

说了几句，孙胖子便挂了电话，随后对面前的几个人说道：“归不归说的和哥们儿我猜的差不多。‘龙德寇’就是当初派来追杀侯三儿他们的人，不过不知道为了什么，二十年前他突然停手了。现在当年那些被追杀的人抱起团来了，准备反杀这个‘龙德寇’。”

孙胖子的话刚刚说到这里，包房门口响起来敲门的声音。随后房门被人从外面推开，一个三十来岁的服务员走了进来，看了一眼包房里几个人，说道：“几位老板还要添菜吗？不好意思，我们这儿十点半厨子就下班了，现在添菜还来得及。”

孙胖子看了一眼吃饱了的萧易峰，随后笑着对服务员说道：“也不早了，算账吧——老萧你能报销，这一顿你请了啊。赶明儿，明儿老黄请客的时候，哥们儿我带着你一起，就算是回请了。”

孙胖子正说话的时候，车前子身后突然发出一声巨响。与此同时，他身后的墙壁突然坍塌，两把系着钢索的钢钩从倒塌的墙后飞了过来，闪电一般钩住了小道士的双肩，随后猛地将他向外拉去。

墙壁刚刚倒塌的一刹那，沈辣便反应了过来。他伸手要去抢回车前子，这个动作做出来的同时，刚才笑容满面的服务员突然从袖子里甩出两张冒着火的符纸，笔直地向沈辣背后打了过去。

此时，沈辣的手已经抓住了车前子，正要催动罪罚双剑斩断钢索，眼角余光瞄见两张符纸朝自己打过来，沈辣竟然生生地受了这一下。任凭符纸打在身上，他仍然稳稳地将车前子拉了回来。

这时候，孙胖子也反应了过来，他急忙拔枪对准了“服务员”，也没有出声警告，直接朝“服务员”的要害扣动了板机。

慌忙之中，孙胖子这一枪的准头差了点，打中了“服务员”的肩头。见计划失败，加上自己已经受伤，“服务员”也没心思继续留在这儿，他一手捂着伤口，咬着牙转身向包房外面跑去。

就在孙胖子掉转枪口，准备给服务员补上一枪的时候，他们身后的墙壁几乎同时被炸塌，好几个黑衣人从坍塌处冲了进来。一个黑衣人一甩手里的飞刀，直接朝孙胖子射了过来。

见孙胖子来不及躲闪，沈辣大喝一声，从他腰后飞出来两道寒光，瞬间将飞刀斩断成两半。

这时，萧易峰闪电般冲到了几个黑衣人面前，张嘴朝几个黑衣人猛地喷出来一口气。这口气出口之后便变成了气浪，将几个黑衣人吹飞了出去。

没想到一直躲在五室做二把手的萧易峰还有这样的本事，只不过他这口气喷出来之后，便显得有些萎靡不振。喘了几口粗气，萧易峰掏出来手枪，对准大门口连开了数枪，将冲进来的几个黑衣人放倒。

这时候，又有两个黑衣人从车前子身后冲了过来，他们手里各拿着一柄长刀，上来之后直奔沈辣劈了过去。此时，沈辣已经将车前子拉了回来，正徒手去掰钩在他身上的钢钩。沈辣好像没有看到这两个黑衣人一样，任凭他们手里的长刀砍到自己身上。

车前子见状，急忙大声喊道：“别管我！你先……”他这句话还没有说完，就听见两声闷响，两个黑衣人身体突然爆开，化成一团血雾飘散在空气中。小道士的身体悬在半空中，被这血雾喷了一身。

剩下几个冲进来的黑衣人见状都吓破了胆，扔下了手里的家伙，转身向门外跑去。这时，孙胖子朝这几个人的大腿开了几枪，随着枪声落下，这些人纷纷中枪倒在了地上。

与此同时，对面办公大楼的一个房间里，两个四五十岁的中年人正在窥探包房这边的动向。见到两个黑衣人化成血雾，两人不由自主一缩脖子矮下了身子，同时擦了擦额头上的冷汗，其中一个年纪大点的说道：“这就是沈辣吧，怎么动的手我都不知道——我就说了，不能惹他们民调局的人。你就是不信，咱们赶紧撤吧。”

“老四你还有良心吗？不能惹民调局的话是他妈我说的！”年轻一点的男人瞪了同伴一眼，随后再次扒着窗户看了对面包房一眼，继续说道，“没事儿，找的这几个人都是侯三儿的徒子徒孙。幸亏提前留了个心眼，用陈广元的名义找的他们，出事了也查不到咱们的身上，可惜没有抓到那小子，那就没有钓孔大龙的饵料了。”

“还孔大龙呢，出了这么大的事情，咱们俩先保住命再说吧。老钱，民调局这边一定会死查下去的，咱们还是躲躲吧。”年长的老四叹了口气，随后继续说道，“就当没接到海上的消息，反正要杀孔大龙的也不止咱们这一家。他们谁有本事谁上，反正得手了咱们大家都有便宜。”

两人商量好之后，便弓着身子向门外走去，生怕对面孙胖子几个人看到他们。就在他们走出大门口的瞬间，二人脸色同时一变，随后同时向对方问道：“你在门口摆阵法了？”

“阵法是我摆的！”一个喉咙带着痰的声音从对面办公室里传了出来，随后对面的大门打开，一个笑嘻嘻的小老头从里面走了出来。看到了这两个人，小老头拍了拍巴掌，说道：“我寻思着在这里看看我家老儿子，没想到和你们哥俩选中同一个地方了。更没想到你们为了我，还想绑了我家老儿子做人质。别乱动，你们俩知道这是什么阵法，乱动就会牵动阵胆……”

看到了这个小老头，两个人的表情就好像大白天见到了活鬼一般，脸色瞬间变得煞白，冷汗止不住地淌了下来。老四哭丧着脸对小老头说道：“孔师兄，你饶了我们这一回。我们俩这就回去，再也不敢……”

“叫谁师兄呢？真以为你们俩是侯三儿，和我一个辈分吗？”小老头正是孔大龙，他蹲在二人面前，伸手在他们身上摸了起来。一边搜身一边继续说道：“当初在大兴安岭，我就饶过你们哥俩一次了。以为那次我真不知道你们躲在死猪肚子里吗？现在倒好了，好心养了两条白眼狼！”

说话的时候，孔大龙已经摸出来两人身上的手机、钱包等物品。他看了这二人一眼，随后继续说道：“手机和银行卡的密码，还真要我亲自问你们吗？”

这二人知道他们现在已是砧板上的鱼肉，任凭孔大龙宰割，只能指望态度好点，孔大龙能再饶他们一条性命。

老四先开了口：“手机和银行卡都是一个密码，我生日——一九四四年四月四号。卡里面还有两百多万，孔师叔您尽管拿去用。不够我家里还有别的卡，等回去，我都拿来孝敬您老人家……”

另外一个老钱也急忙开口说道：“我们俩一天生日，我的手机和卡也用这个密码。孔师叔，只要您这次放了我，我老家地下还存着五百两黄金，都是您的。”

孔大龙没搭理这两个人，一边查看着手机一边说道：“你们俩这生日真吉利，一看就是长命百岁那种。”

说话的时候，他调出来手机的通话记录，指着最前面的几个人名说道：“当年我到处找你们，现在好了，你们自己送上门了——老四，你来联络这些人，就说发现我的踪迹了，我住在永安大厦 8088 房间。”

看着孔大龙递过来的手机，老四犹豫了一下，随后赔着笑脸说道：“孔师叔，我要是和他们说了，您老人家会放过我们俩吧？当年您都饶过一次了，好事成双，再给我们一次机会吧。”

孔大龙看着面前的两个人，说道：“那没得说，你们哥俩和他们不一样。杀生太多了也不好，总要放走一个两个的积点阴德。我又不像他们白头发的长生不老，总要给自己留条后路。”

见孔大龙答应了，老四急忙开始联络电话簿上的那些人，将小老头刚才说的话告诉了那些人。

最后一个电话打完，老四赔着笑脸说道：“您老人家看到了，我们俩连夜离京，找个鸟不拉屎的地方躲起来，这辈子都不再出世了。”

“你这话说得可信吗？我昨天还和人说过，从今以后再不来首都了，这不也回来了吗？”孔大龙笑眯眯地看着老四，随后继续说道，“再说了，你们是两人，多一张嘴就多一分走漏风声的风险。谁知道你们里面哪一个会不会多喝了几杯马尿就胡说八道，再把我的秘密泄露出去……”

孔大龙的话还没说完，老钱手里突然多了一把匕首，正当他要刺向老四的时候，老四先出手在他脖子上面划了一下。老钱只感觉脖子突然一凉，随后一股暖流从里面冒了出来，低头看去，就见鲜血止不住地喷了出来。

老钱条件反射伸手去捂伤口，却被老四夺下了他手里的匕首，随后反手扎在他心口上。

看着老钱挣扎了几下便彻底停止了呼吸，满身是血的老四赔着笑脸对孔大龙说道："师叔，现在就剩我一个人了。我发个毒誓……"

"发什么毒誓，我还信不过你吗？"孔大龙笑了一下，将两个钱包里的现金和银行卡都塞进了自己的口袋，随后转身向楼梯口走去。走了几步，回头对以为逃过一劫的老四说道："对了，忘了告诉你了，我改动了一下阵法。要是有人死了，也会触动阵法。"

话音未落，老四的七窍开始向外冒血，一开始还是鲜血，到了后来便是混合着融化内脏的黑血。他连最后一句话都没能说出来，便倒在地上气绝身亡。

第十五章　要变天了

不费吹灰之力便解决了两人，孔大龙晃晃悠悠地顺着楼梯走了下去。当他走到二楼出口的时候，突然停下了脚步，随后轻轻地笑了一声，对着空气说道：“还以为你最快也要半个小时之后才能到，没想到你已经在这里堵着我了。”

他的话刚刚说完，二楼门内响起来一阵“咯咯”的笑声，跟着孙胖子的声音响了起来：“爷们儿，对面闹事的都是些不成气候的，明显就是奔着我兄弟车前子去的。这胆子大得过分了，要么是奔着自杀来的，要么就是炮灰来探路的——如果是炮灰的话，事情成没成总要第一时间知道。哥们儿我转了一圈，没有比上面七楼办公室的视野更好的了。”

说到这里，孙胖子顿了一下，随后门外传来了一声打火机打火的声音，紧接着一股香烟的味道飘了出来。抽了口烟之后，孙胖子继续说道：“我上去的时候，正巧看到那对哥们儿呼呼冒血。人刚死，我是坐电梯上来的，另一部电梯没动过，那爷们儿你自然是走楼梯了。”

听了孙胖子的话，孔大龙拍了拍巴掌，说道：“了不起啊，这么一会儿的工夫你就想到了这么多，不愧是孙德胜。行事如棋局，行事之前心里已经计算到了五六步之后。”

门里面的孙胖子苦笑了一声，说道：“是，就是昨天那个被您耍得团团转的孙德胜。爷们儿您也别客气了，要不是算好了我会来，您老人家早坐电梯走了。我能算到五步的话，您已经算到七步了。”

说到这里，孙胖子顿了一下，随后从门缝里塞出来一包香烟，说道：“时间有的是，咱们爷俩边抽边聊。”

孔大龙也不客气，伸手接过了香烟，抽出来一根点着。抽了一口，隔着大门说道：“昨天是我的运气好，也是你孙局长轻敌了。要是提前做好了针对我的准备，十个龙德寇也被你找到了。”

孙胖子笑了一下，说道：“爷们儿，您就别打哑谜了。龙德寇反过来不就是孔大龙吗？不过话说回来，您这一手易容的功夫算是到家了，我兄弟是跟着您长大的，这才分开几天，面对面都认不出来了。其实您昨儿要是能暗示我一下的话，我也不用那么上火了。咱们都是一家人，有什么事提前商量好了，我在机场给您安排一架专机离开。”

对孙胖子识破了自己的真实身份，孔大龙一点都没有感到意外。他笑了一下，说道：“看起来我把老儿子托付给你，真是找对人了。既然你都知道我的身份了，那你应该也会好奇车前子的身世，不打算问问吗？”

“不打算……”孙胖子在门里抽完了最后一口香烟，将烟蒂掐灭，继续说道，“不是我说，这件事哥们儿真不打算问。再说了，问了您也未必会说，说了也未必是实话，就算是实话里面也未必没有圈套。那我何苦找这个麻烦？还要费心费力去琢磨您的话是真是假，反正我就一句话，车前子是我孙德胜的兄弟。”

“明白了，你是已经知道他的身世了。”孔大龙直接打断了孙胖子的话，微微一笑，继续说道，“这就难怪了，不过知道了也好，反正这件事早晚都会公布于众的。原本我还想做个人情，既然你什么都知道了，那我留下来也没什么意思，这就走了。”

“爷们儿，您先留步。”听到孔大龙要走，孙胖子急忙叫住了他，随后孙胖子继续说道，“听说您最近也有点小麻烦，要不要到我们民调局避避风头。不管怎么说我们那儿也有几个白头发的坐镇，打死那些小猫小狗也不敢来找麻烦。怎么样？爷们儿，这样的话我兄弟也不用整天为你担心了。”

“孙德胜，你是故意的吧？知道我不可能进你的民调局，于公于私都不能进去。”孔大龙说完这句话，不再理会孙胖子，转身向楼下走去。走到一半的时候，他忽然回头，对孙胖子说道：“还有一件事，看住你兄弟，别让另外一个车前子经常出来。他总出来的话不是好事。”

孙胖子还想再问几句，无奈他出来的时候，孔大龙已经消失得无影无踪了。

这时候，沈辣从楼上走了下来，看着正在苦笑的孙胖子，说道：“大圣，没事吧？真是孔大龙吗？”

以孙胖子的胆子，自然不会孤身一人犯险。原本他还约了杨军和杨枭哥俩，对面出事不久他们俩就赶到了。孙胖子猜到对面应该有人在监视，这才带着沈辣过来一探究竟。在楼上见到两具死尸之后，他便判断八成是孔大龙到了。

孙胖子担心孔大龙不想再被别人知道身份，才让沈辣待在上面，没有自己的信号不要下来。沈辣在上面待得久了，担心孙胖子的安危，便试探着下来看看。结果晚到了一步，没有看到孔大龙的真面目。

孙胖子叹了口气，说道：“可不就是那个老家伙吗，可惜哥们儿说错了一句话，算是把他得罪了。”

沈辣对孙胖子说错话一事很感兴趣，当下向孙胖子问道：“大圣，不是你故意说错的？什么话能把孔大龙得罪了？”

“不说这个了，再说哥们儿我又要上火了。”孙胖子苦笑了一声，继续说道，“现在哥们儿不是民调局的人了，你给二室的人打个电话，说这里出事了，让他们过来收拾残局。对了，知道吴主任哪儿去了吗？好一阵子没见着他了。刚才还和任叁胡说来着，说完才反应过来，真有点想念我这位老丈杆子了。”

“他神龙见首不见尾的人物，我上哪知道去？”沈辣说话的时候，他的手机突然响了起来。看了一眼来电显示，沈辣皱了皱眉头，对孙胖子说道：“杨书记打的电话？他不是还在医院吗？这时候了，怎么想起来给我打电话了。”

说话的时候，沈辣接通了电话。他客气了一句，便将手机递给了孙胖子，说道：“找你的。”

孙胖子这才发现自己的手机落在对面饭店了，忘了拿过来。接过来手机，还没等他客气，杨书记的声音已经传了出来：“大圣啊，你能听到吗？这次麻烦了。上面趁我住院的工夫，已经开会决定空降一位局长下来——在我住院的时候，他还要暂代我的工作。怎么办？大圣？德胜？我的孙德胜啊，你听到了没有？”

孙胖子知道了龙德寇就是孔大龙之后，已经收了离开民调局的心思。原本想着找个台阶就回去的，没想到这才过了一天半，上面便决定彻底接手民调局了。不过他也不是一点准备都没有，当下笑了一下，对电话那头的杨书记说道：“听到了，这是好事啊。可惜哥们儿我已经不干了，没办法给新来的局长接风洗尘……杨书记你别这样，你的书记不是好好的吗？你放心，哥们儿我虽然不在民调局里，在外面也会配合好民调局工作的。”

挂了电话，孙胖子笑眯眯地对沈辣说道：“辣子，听到了吧？趁我和杨书记都不在，上面又空降了个局长过来。明天就过来主持工作，不是我说，杨书记已经急了。他比谁都明白，不管是谁，除了哥们儿我之外，谁也撑不住一个民调局。”

沈辣沉默了片刻，这才开口说道：“大圣，你也别大意了。上面知道民调局是做什么的，不会真派一个什么都不懂的人来接手，杨书记就没说新局长是从哪儿调过来的吗？”

“说了，是部里的一个什么司长。之前在几个省做过厅长，处理过一些类似的案件。”说到这里，孙胖子条件反射地去掏香烟，这才想起来整包香烟都给了孔大龙，于是笑嘻嘻地找沈辣要了一根香烟，点上抽了一口，继续说道，“这个人我之前也听说过几耳朵，记得四年前的炽尾山村民入蛊的案子吗？还有哥们儿我在美国的时候，合山十六里堡挖出血尸的案件，都是他带人处理的。”

听了孙胖子的话，沈辣马上想到了这个人是谁：“我记得，是做过一任大案汇总办公室主任的任嵘。当初这两起事件已经送到民调局门口了，生生让他截走了。当时大官人和熊玩意儿他们都在等着看笑话，没想到这个任嵘竟然真把这两起事件解决了——大圣，这事不对啊，现在回忆起来，怎么好像早就在培养这个人，等着接你局长的位置。”

“辣子，你才看明白啊。”孙胖子笑了一下，继续说道，“不过不管是谁都无所谓了，哥们儿昨儿已经辞职了。现在就等着回民调局办理正式的辞职手续了，民调局以后怎么样，都和哥们儿我无关了。走，回去看看咱兄弟。他可是个宝贝疙瘩，可不能让人打了他的主意。”

沈辣虽然替孙胖子不甘心，不过见孙胖子都没说什么，他也不好多说。当下，通知了二室来人收拾残局之后，和孙胖子一起离开了大楼。

这时候，刚刚抓到的七八个人已经都被萧易峰叫人押送回了民调局。二杨护着车前子坐在门口的一辆商务车里，见到孙胖子和沈辣出来，急忙打开车门让他们俩进来。

上车坐好之后，孙胖子笑眯眯地看着车前子，说道：“兄弟，刚才你没看见什么人从办公楼里走出来吗？”

车前子回答道：“就你们俩啊，我们等了半天了。你们俩出来之前，没看见其他人从里面出来呀。胖子，你还没说刚才到底怎么回事。怎么都冲我来了？我都没有反应过来就差一点儿见了阎王。”

“不是冲你来的，是想拿你当人质，好让我们不敢动手。”孙胖子笑嘻嘻地回答了一句，从车里拿出来一瓶水，打开喝了一口，继续说道，“不是我说，这就是天津案子惹的麻烦，等老萧审完之后，就什么都知道了——开车吧，回民调局，哥们儿我还有点私人物品留在那里。局里要变天了，我虽然不干了，不过自己那点小玩意儿总要带走。”

随后，孙胖子将刚才杨书记的话又说了一遍。说话的时候，他的眼睛一直盯着二杨，最后说道：“两位杨先生，哥们儿这就算离开民调局了。以后咱们兄弟就不能经常见到了，兴许民调局还会改改我那时候定下来的规矩，以后可能就没有干私活这一说了。”

“大圣，你不用套我们俩的话，我们俩进民调局都和你有关系，不会忘了这个的。”杨枭代表杨军说了一句，顿了一下，继续说道，“不过我们俩都跟着吴主任的，只要他没有发话，我们俩也不好意思离开他自己出来。不过孙胖子你放心，不管我们俩是不是在民调局，只要你说话（价钱合适），我们还是会来帮你的。”

原本以为二杨会给自己点面子，跟自己一起离开民调局，没想到杨枭这个滑头竟然油盐不进。当下孙胖子干笑了一声，说了些别的，岔开了这个话题。

闹腾了这一下，再回到民调局已经快后半夜一点了。下车之后，孙胖子带着几个人进了民调局。听说萧易峰正在审讯那几个黑衣人，他便带着人向地下二层走去。民调局重启的时候，孙胖子将一些宝贝存放在这里。

当时就是想着暂时存放一段时间，没想到这一放就是七八年。担心明天新局长来了，说不清楚这些宝贝的归属，索性现在就把它们运走。

没想到的是，刚刚乘坐电梯到了地下二层，便看到两个生面孔守在这里。见到孙胖子他们下来，二人马上上前询问：“你们是干什么的？这一层被任局长查封了，解封之前所有人都不许到地下二层来。”

孙胖子愣了一下，没想到明天才上任的任局长，竟然提前一天就派人查封了自己的私人物品。没等他说话，刚才受了点气的车前子不干了，他冲过来直接推开了两个生面孔，说道：“和你们任局长说，孙德胜局长来查封他查封的东西，你们俩该回哪儿就回哪儿去，这里不用你们站岗了——怎么着？还想动手吗？”

这两人都是任嵘的心腹，被车前子推了一把，两个人都有些着恼了。当着孙胖子的面，和小道士推搡了起来。

车前子哪吃过这样的亏？正好把在砂锅居受的那些气都撒到这两个人身上。他正准备施展自己的撒手锏，准备去踹领头之人裤裆的时候，却突然被孙胖子拦住：“兄弟，都看我的面子了。我认了，本来就是些不值钱的小玩意儿，不要了。”

让沈辣拦住了好像疯狗一样的车前子，孙胖子转过身来，对看守二层的两个人说道：“受累打听一下，除了这里之外，任局长还查封了哪里？”

这两人八成也知道孙胖子的身份，也不想闹得太僵。两人之中领头的回答道："看你们也是民调局的人，告诉你们也没有什么。除了这里之外，还有原局长的办公室、食堂、财务室，以及五室的装备室——明天早上任局长就任之后，便要清查六个科室的账目。"

"还真是冲着哥们儿我来的。"孙胖子笑眯眯地点了点头，回头冲身后几个人说道，"不走了，再过几个小时就天亮了。你们跟我上去休息，等着明天参加你们家任局长的就任仪式。"

"大圣，还是去我那里休息吧。"沈辣知道孙胖子的心思，这胖子憋着明天找事呢。不过这边该封的都封了，确实没有他们休息的地方。

"不用，谁知道小赵是不是在你家里，我们几个大男人过去，耽误你们俩办正经事了。"孙胖子笑了一下，继续说道，"哥们儿我的办公室是被封了，可是杨书记的办公室没有封吧？去他那里休息吧，我等着见识一下上面空降下来的新局长。"

第十六章　突发事件

孙胖子虽然没有杨书记办公室的钥匙，不过他还是找了根铁丝，三下两下便捅开了办公室的大门，带着车前子和三个白发男人走了进去。

杨书记的办公室和局长办公室一般大小，只不过后面多了一整排的书架，上面摆放了上百本各种类别的图书，以及杨书记念书期间获得的几座奖杯。

“进来坐，就像回自己家一样啊！”孙胖子进来之后，直接翻开了杨书记的抽屉，从里面找到了一罐茶叶。打开闻了一下，说道：“雨前龙井，也不是什么好茶叶，哥几个凑合喝一口。”

沈辣接过了茶叶，孙胖子又转身在杨书记的书架上寻找起来。杨军看他好像在自己办公室的样子，忍不住说道：“大圣，你差不多得了——看看人家这办公室，整整一面墙的书，再看看你办公室，金碧辉煌的，一副暴发户的样子，也不知道学人家低调……”

杨军的话还没有说完，就见孙胖子从书架上抽出来一本厚实的书籍，打开之后，书上被裁出来人民币大小的窟窿，里面竟然塞了一万块钱。

“大杨，你让我学他什么？书中自有黄金屋？”孙胖子嘿嘿一笑，又将现金放回到了书里，随后又在书架上翻了几本书，加厚的书籍里面几乎都塞了钱。孙胖子把这些钱都铺到桌上，加一起有二十来万。

孙胖子笑嘻嘻地说道："杨书记也不容易，他不像你们还能挣外快。老马（马萧林）多少次想要打他的主意，都被杨书记拒绝了。这点钱差不多是他全部的私房钱了，不是我说，还不如大杨你一次外快的零头。"

车前子也一脸惊异，问道："他的私房钱就这么藏着？不能办个卡存着吗？"

孙胖子嘿嘿一笑，说道："兄弟，你不懂，杨书记最近在闹离婚，听说他们两口子打架都动菜刀了。"

说话的时候，孙胖子重新将现金塞回书里，随后突然对二杨说道："还有件事，哥们儿我得问问，新来的那位任局长是不是已经找过你们二位了？你们不用这个样子——哥们儿我也是猜的，他想要管理好民调局，自然要提前做好准备。民调局的根本不是其他五个室，是你们六室。"

孙胖子这句话说出来，二杨脸上的表情都变得有些尴尬。两个人对视了一眼，杨枭说道："是，今天你们去天津的时候，姓任的亲自把我们俩约出去见面。不过当时也没说他要接任局长的事情，就说民调局最近可能会有人事变动。让我们俩放心，不管怎么变，我们俩的待遇不会发生变化，还一样可以接私活。我们还想着晚点儿找你好好聊聊，没想到他出手那么快，明早就要过来接任局长了。"

杨军也跟着说道："这个我可以给杨枭做证，姓任的没有透露一句他要接替你的话。而且他对我们俩的事情一清二楚，许诺给我在南京附近置办一套仿明式的大宅院，保送杨枭夫人进名校，还有，他还想要我们俩带话，请吴主任出来坐坐。不过大圣，他给的条件再高也没用，我们都是多少次过命的交情了。"

听了二杨的话，孙胖子心里说：过命的交情，你们还跟着杨书记反了我，这到底过的谁的命？不过这胖子的城府似海深，他嘿嘿一笑，说道："还以为他开了什么金山银山的条件，敢情还是这老一套。不说这些了，等着明早会会你们的新局长。"

说到这里，孙胖子的电话又响了起来。电话那头是他的老朋友老郑，接通之后，孙胖子笑呵呵地说道："不是我说，这都几点了，老郑你怎么……

是啊，刚刚我——他们家杨书记告诉我的，挺好挺好，反正我也提前辞职了……嗯嗯，部里才开完会啊，什么意思？让杨书记退休，哥们儿我来接杨书记的职位？老郑，别闹了……你和他们说，哥们儿我已经重新组好摊子了，对……凌云观影视文化公司，哥们儿我以后往娱乐业发展了，不掺和他们这一块儿了……部长要亲自做我的工作？哪个部长？哥们儿我现在归文化部领导……”

插科打诨打完了电话，孙胖子看了看手表，已经凌晨三点多了。三个白头发还好，车前子年轻，已经蜷缩在沙发上睡着了。

孙胖子不想打扰自己兄弟休息，他蹑手蹑脚地从办公室里找出来了杨书记的大衣，盖在车前子身上，随后对其他三个白头发的男人说道：“哥们儿我肉身凡胎的，年纪大了熬不了夜。我先眯会儿，等着天亮起来迎接你们家新局长。”

说完，他也不理会这三个人，躺在了杨书记的老板椅上，也开始呼呼大睡了起来。见孙胖子就这么没心没肺地睡着了，三个白发男人对视了一眼，沈辣苦笑了一声，说道：“大圣应该已经有了主意，明天看他怎么处理吧。”

也不知道睡了多久，第一个醒过来的是车前子，他睡觉不老实，睡得正香的时候，一翻身从沙发上摔到了地上。迷迷糊糊从地上爬起来的时候，才反应过来这是杨书记的办公室。对面办公桌后面的孙胖子还在呼呼大睡，昨晚上好像还有几个人——诶？沈辣和那俩姓杨的哪去了？

就在这时候，孙胖子的手机突然响了起来。孙胖子被吓得一哆嗦，睁开眼睛也明白过来自己在杨书记的办公室里。

迷迷糊糊拿起来手机，接通之后，说道：“辣子啊，这才——都九点了啊，新局长已经到了啊，还有部里的几个大领导？现在去了大会议室……嗯嗯，民调局全体人员都在那里等着开会。明白了，哥们儿我不闹，咱们俩处了十年，你还不了解哥们儿我吗？”

挂了电话，孙胖子直接用昨晚的茶水洗了洗脸，又漱了口，对还有些迷糊的车前子说道：“兄弟，哥哥我跟没跟你说过十四岁未成年人保护法？我知道你十七八九了，不就是改个生日吗？一句话的事儿。”

五分钟之后，民调局的大会议室里面，几乎所有民调局的调查员都到齐了。几位主任也只有吴仁荻没有到场，所有人都被紧急通知到这里开会，具体内容谁也不知道。看这全员齐聚的架势，还以为又出了什么大事，等着民调局全员出动前去处理。

没过多久，几位大领导便进到了会议室。和他们一起出现的，还有坐在轮椅上的杨书记和一个陌生面孔的中年男人。

看到人已经到齐了，在大领导的示意下，杨书记被中年男人推到了主席台前，他有些尴尬地笑了一下，说道："今天有件大事情和各位说一下，咱们民调局局长的位置空了两年多。经部里领导的研究决定，现在新任的局长……"

他的话还没有说完，孙胖子带着车前子走进了会议室，孙胖子笑呵呵地说道："哥们儿我来晚了。"

这边刚刚介绍了新局长，民调局大大小小的调查员还没从震惊当中缓过神来，孙胖子就带着疯狗车前子到了。几乎所有人都将目光看向了站在门口的孙胖子，像熊万毅这样好事的，心里已经在盘算一会儿两边打起来，要占个好位置看热闹。

看到孙胖子出现，杨书记反倒松了口气。他顾不上身后的大领导，冲孙胖子笑了一下，说道："还不算晚，德胜你回来就……"

"可不是得回来办辞职手续吗？"孙胖子笑嘻嘻地打断了杨书记的话，冲台上的大领导龇牙一笑，继续说道，"哥们儿我刚才在局里转悠了一圈，一个人都没看见。你们谁能帮个忙？给出个离职证明，不是我说，我还着急把关系转出去呢。"

说到这里，孙胖子扭头看了一眼台下的众调查员，随后对他们说道："大家伙都在啊，正好，哥们儿我的凌云观影视文化公司这就快开业了。年末准备拍部冲击好莱坞的大片，名字就叫《我在民调局的日子》。现在正碰剧本呢，等正式开机的时候，哥儿几个都来捧捧场啊。"

看着孙胖子嬉皮笑脸的样子，好像完全没把局长的事情放在心上。下面已经有人开始起哄了，熊万毅扯着嗓子喊道："大圣！一听名字就是大片啊——能透个底吗？你都找哪个大明星了？戏里是不是还有你？谁演你们家邵一一？”

孙胖子哈哈一笑，说道：“可不是大片吗？哥们儿找了二马投资，第一部先投个百十亿美金，要是拍续集再说——至于我们家一一谁来演，哥们儿我打算找个国际明星，你们说海瑟薇怎么样？我觉得那娘们儿可以，关键人家白……”

听孙胖子胡说八道，下面的调查员顿时哄堂大笑起来。主席台上几个大领导脸色都变得难看了起来，就在这时候，站在杨书记身后的中年男人走了出来，一边走一边笑着对孙胖子说道：“德胜局长您好，我是部里调过来接任民调局局长的任嵘。上次部里开会的时候，我坐在您的对面。”

说话的时候，任嵘已经走到了孙胖子面前，主动伸出了手。孙胖子见状，也嬉皮笑脸地和他握了握手，说道：“任主任嘛，记得记得……你一直都在扫黄办，上次假扮嫖客卧底，摄像头被小姐发现了，以为你是变态，被扭送去了派出所……”

“您记错了，那是任河山任主任，我们俩虽然是本家，不过没什么关系。”任嵘没有一点儿生气的意思，他微笑着继续说道，“对您还有新的任命，一会儿也会宣布的。您先到主席台就座，我在安部长旁边给您留了位置。”

没想到这个任嵘的城府这么深，三言两语便化解了尴尬。孙胖子嘿嘿一笑，刚要说话的时候，突然听到下面调查员的手机此起彼伏地响了起来。

见这些调查员开会的时候，手机竟然没有静音，新任局长任嵘打算新官上任三把火，先发发威镇镇场面。他对低头看手机的众调查员说道：“开会的时候手机静音，这是起码的规矩，所有手机没有静音的调查员，现在马上将手机关……”

他的话还没有说完，几位主任突然站了起来。这几位主任没有搭理任局长，领头的郝文明对孙胖子说道：“大圣，发预警了——安徽的李虎、郝在仙，江西的安小辫，张三麻子等民调局登记的六十多号人已经出现在首都了。他们都是被禁止靠近首都一百公里范围内的，不是我说，现在突然集体出现，肯定有大事要发生……”

听了郝文明的话，任嵘愣了一下，当着大领导的面，他抢在孙胖子之前，不懂装懂说道：“让机场、铁路和公路的警察拦住这些人，先稳住他们……”

这时候，杨书记坐着轮椅到了任嵘身后，他轻轻地咳嗽了一声，说道：“任厅长，刚才郝主任说的那些人，都是些会术法的人。因为他们没有做过违法的事情，我们民调局和其他执法机关也不能把人家怎么样。当年孙局长和他们谈判过，给了他们一些优厚的条件，才说服他们离开首都。当时是有协议的，没有得到允许，他们再进入首都的地界，都会被视为违反协议，我们民调局有权将他们抓起来。”

“那就抓啊，和他们客气什么？”任嵘对下面的调查员一挥手，说道，“所有调查员听着！十分钟之后到大门口集合，各位主任自行分配，三人一个单位，去追踪那些……”

没有一个调查员听从任嵘的命令，所有调查员都将目光看向了孙胖子。这一时刻，坐在主席台上的大领导们都看出来了，这时的任局长还是局外人，完全没法掌控民调局。

“这事儿不能找我，你们忘了，哥们儿我前天就不干了。”孙胖子笑了一下，指了指任嵘说道，“这是你们的新局长，听人家的。任局长，有时间的话给哥们儿我写份离职证明。我家里的公司还等着开张呢。”

“大圣，都什么时候了？你还闹呢！”郝文明走了过来，对孙胖子说道，“这些人之前不是没有犯过法，是我们没掌握他们犯罪的证据。这些人只来一个两个我们兴许还能应付，现在一来就是五六十个，明显是针对什么来的。民调局重建以来，还没有遇到过这么严重的情况，这时候你要撂挑子了？”

“郝头，当初哥们儿就自己一个人，真出了事也没啥，可现在我有我们家一一了，还有个小五子。我已经和一一商量好了，她天天担惊受怕的也不是个事……”孙胖子叹了口气，继续说道，“再说了，现在部里不是派了能人了吗？不是我说，我看任局长就不错。当年也破了好几起应该给民调局处理的案子，有他在，比我强太多了。”

说到这里，孙胖子咳嗽了一声，清了清嗓子，对众调查员说道：“这次哥们儿就不陪着大家伙处理事件了，那什么，你们忙你们的。我晚点再回来办离职手续也可以的。”

见孙胖子没有和自己争权的意思，任嵘松了口气，随后对众调查员说道：“我能理解大家的心情，不过现在不是讨论这个的时候。事情紧急，几位室主任负责人员分配，六室的吴主任和调查员到了吗？”

杨书记解释道：“吴主任不用坐班，六室不属于调查员序列，基本都是以顾问的形式帮民调局处理事件的。屠黯去做其他事情了，杨军和杨枭还在放假，对了，还有一个沈辣——沈辣嘛……沈辣！谁看见沈辣了？”

这时，四室主任郝正义举起了手，说道：“沈辣对象家里出事了，要过去看看。让我替他请个假，我一会儿就给他打电话，让沈辣尽早回来。”

第十七章　新官上任

任嵘是提前做过一些功课的，知道民调局倚仗的是六室的白头发。之前没有看到有白发的人出现在会议室，他心里就有些打鼓。现在听说六室已经空了，他脸上表情也变得有些难看起来。

民调局调查员收到的预警信息越来越多。就这么一会儿工夫，已经从六十多人增加到了一百多人，而且预警还没有停下来的意思。听着此起彼伏的预警声，主席台上的大领导们都感受到了事情的严重性。

见孙胖子始终不松口，预警的声音又不断，郝文明也不再坚持，他叹了口气，第一个离开了会议室，向民调局大门口走去。有他带头，郝正义、欧阳偏左和熊万毅他们也带着手下的调查员向大门口方向走去。

见调查员走得差不多了，任嵘被大领导叫过去谈话。几个人围在一起嘀嘀咕咕说了起来，看样子是大领导在给任嵘指派任务。说了一阵之后，任嵘给大领导行礼，说道："请领导放心，保证完成任务。"随后他收拾了一下自己的东西，也跟着大部队离开了会议室。

这时候，大领导走到了孙胖子的面前，将孙胖子拉到了一边，说道："德胜啊，咱们聊聊吧。"

"领导，不是我不识抬举，实在是家里还有事情。我们家一一说了，让我办完了离职就赶紧回去。"说到这里，孙胖子冲大领导嘿嘿一笑，继续说道，“不是我说，一会儿我还约了两个大明星谈剧本。都谈好了，一个演我，一个演辣子——领导，您要不要也露露脸？要不您来演吴主任？”

这句话说的，大领导叹了口气，说道：“明白了，德胜你是真不打算回来了。我们之间有误会啊！好吧，既然你已经都决定了，那我也只能祝你的生意越来越红火。我在文化部和广电总局都有熟人，有什么能用到的地方，尽管给我打电话。”

说完，大领导也带着他的人离开了会议室。当下，会议室里只剩下孙胖子、车前子和杨书记三个人。

见没有外人了，杨书记这才开口说道：“大圣，你和老哥我说实话，我绝对不会传出去——名单上那些人是不是你招来的？这一手有点儿险了，那些人都不是省油的灯，别最后弄得尾大不掉了，他们赖在首都不肯走……”

“杨书记，你把我孙德胜想成什么人了？我会为了局长的职位，就把那些王八蛋找回来？”孙胖子苦笑了一声，继续说道，“我和你说实话，我真准备拍电影……”

没有得到想要的答案，杨书记叹了口气，随后自己推动轮椅，离开了会议室。

见会议室只剩下自己和孙胖子了，车前子终于忍不住，向孙胖子问道：“胖子，你怎么不按照剧本来？不是说好了我揍任嵘一顿，然后你出来打圆场吗？你说你这个人，怎么说变就变，后面我都不敢说话了，不知道你是什么意思。”

“兄弟，原本我也是那么想的，但没想到关键时候出了那么大的事情……”说到这里，孙胖子顿了一下，看了车前子一眼，继续说道，“不是我说，刚才你也听到了。安徽的李虎、郝在仙，江西的安小辫，张三麻子这些人到首都了，你知道这些都是什么人吗？”

车前子眨巴眨巴眼睛，说道：“我又不是他们爸爸，管他们是谁呢，胖子，你有话就直接说。”

虽然会议室里面已经没有第三个人，孙胖子还是凑到了车前子耳边，低声说道：“兄弟，这些人就是火山嘴里说的，流落在陆地上的方士后裔，他们的师门长辈都是上了格杀令名单的人——还不明白？不是我说，昨晚上砂锅居对面大楼里刚刚死了他们两个同伴，怎么就这么巧，今天这些人就都到首都了。”

车前子想了一下，说道：“他们是来给那两人报仇的？那也不对，他们的关系应该好不到那种程度。”

孙胖子嘿嘿笑了一下，说道：“兄弟，还是哥哥我直说了吧。还记得火山说过的，当年他们都是被追杀的。要是我没猜错的话，这些人已经知道了当年追杀他们那个人的下落了——就在首都。他们这是为了一劳永逸，想先下手干掉这个人。”

孙胖子还是没有把孔大龙的事情告诉车前子，他笑了一下，继续说道：“这是老天爷给了哥哥我个台阶下。不是我说，这台阶有点太高了，一个不小心，还能让我摔一跤。”

孙胖子和车前子说话的时候，民调局的调查员已经分别上了大巴车。因为时间紧急，来不及在会议室里布置工作了，他们就在大巴车上开始研究名单上的那些人冒大风险来首都的目的。

这时候，关于这些人的情报源源不断送了过来。汇总之后，发现这些人的数量已经超过了一百五十人，这些人进了首都之后，陆续开始集结。凑齐了五六个人之后，便开始向首都市郊的一个地方进发。这个地方是在首都和河北的交界处，一个叫作永安大厦的地方。

说是大厦，其实就是一座十二层的住宅大楼。这座大楼以前是当地供电局的办公大楼，后来被一家酒店集团租赁下来，装修改造成了快捷酒店，因为地理位置偏僻，只能接待一些廉价的旅行团。

两年前，租赁合约到期，大楼的业主拒绝与酒店集团续约，将大楼改造成了商住两用的办公大楼。六层以下都是办公室，六层以上是向外出租的公寓。因为这座大楼的位置实在太偏僻，招租效果很差，空置率在八成以上。六层以下基本全部空置，只有六层以上的公寓租出去了几间。

查验了这座大楼的租客，并没有发现什么异常的情况，实在搞不懂名单上那些人为什么要冲这座永安大厦来。现在已经有十一个人到了永安大厦附近，大厦周边小饭店、便利店的监控拍下来了这些人的一举一动，这些视频很快也传到了民调局几位主任的手机上。

“现在已经是十三个人了，安虎和苏宵良手下的两三个人还假扮成租客，进入了永安大厦。”任局长一边看传送过来的资料，一边对身边的几位主任继续说道，“他们租了 807 号、908 号和 708 号三个房间。看样子他们要找的人，或者东西就在 808 号房间。不过根据业主的信息显示，这个房间已经两年没租出去了。当然，也不排除房间租出去了，只是业主瞒报。现在消息只有这么多，几位主任看看有什么建议？”

郝文明看了一眼大厦的平面图，第一个开口说道：“我的意见是派人假扮房客，或者商务推销员、快递员、送餐员和发传单的人，趁机打探一下这些人到底想干什么。”

他的话还没有说完，任局长又收到了新的消息，又有人到了永安大厦附近，前后几波人已经碰过头了。他们赶在郝文明之前，跟郝文明设想的一样，派人假扮成快递员、送餐员及发传单的人，分批进入了大厦。

“和你想的一样啊！”郝正义笑着看了看自己的弟弟，随后继续说道，“现在黑名单上的人，向永安大厦方向靠拢的人数已经超过一百六十人，照这样的速度，到今天晚上，人数应该会在三百人以上。各位，做好准备吧。”

谁都明白郝正义的意思，自打民调局成立以来，除了当年致使前局长高亮身亡的灾难日之外，还从来没有遭遇过这样大的阵仗。三百个懂得术法的人，实力已经不在民调局（不包括六室）之下了。

听了郝正义的话，任嵘的手心也开始冒汗。他心里一阵翻腾，没想到自己上任第一天就遇到这样百年不遇的大难题。早知如此，还不如晚一个星期再上任。那样的话，现在这个难题还是由孙德胜来面对。

他孙德胜真解决了这个大难题，一个礼拜之后，功劳也要归到他任局长头上。要是他没能摆平也没关系，正好可以将办事不力的帽子扣到他头上，那自己接任民调局局长也就名正言顺了。到时不管结果如何，自己都稳操胜券，可惜了。

看着面前几位主任都在等自己的意见，任局长咳嗽了一声，说道：“郝主任说的有道理，看来今天有一场硬仗了。对方的人数已经和我们民调局持平，而且他们里面有人已经进入了永安大厦。现在的情况对我们不是很有利，我打算向上级和兄弟单位请求援助，必要的时候可以申请一个支队的武警协助作战……”

话说到一半的时候，任嵘突然发现面前的主任们都以一种古怪的眼神看着自己。他感觉应该是自己说错话了，于是立即闭上了嘴巴，犹豫了一下，问道：“我刚才说的有什么问题吗？”

几位主任互相看了一眼，最后还是二室的西门链开口说道：“任局长，如果按你说的办，那我们民调局的性质就变了。出动了一个支队的武警，这么大的动静，什么都瞒不住了，会让我们从幕后走到台前。也许明天开始，所有的新闻媒体都会报道有关我们民调局的事情。”

郝文明接话说道：“以前也有需要兄弟单位协助的时候，不过那都是在外地，事件处理完毕之后，他们过来帮我们打扫残局。这样还都要找到合适的理由来跟新闻媒体解释，我们现在是在首都，不是我说，在首都出动一个支队的武警，会闹出多大的动静？”

听了两位主任的话，任嵘的脸上微微有些泛红。他没有对应这样事件的经验，无奈之下，只能对几位主任说道：“那就只能靠我们民调局自己了，我们人数上不占什么优势，那就只有突袭……”

“任局长，不一定要打打杀杀。”郝正义也忍不住了，他看过任嵘的档案，之前处理事件的手段都比较暴力。炽尾山村民入蛊的案件，他调集了当地的武警，大白天用炸药炸毁了蛊后的山洞，然后直接用喷火器将蛊后烧死。这事闹出来的动静太大，当地谣言四起，说得越来越离谱，最后还是靠部里的关系才勉强压了下去。

顿了一下，郝主任继续说道：“我有个建议，我们的人分成几队。主力人马去永安大厦布控，剩下的人分成若干小队，去拦截其他还没到永安大厦的人，晓以利害劝说他们原路返回——毕竟他们也不想和我们民调局发生正面冲突。只要我们拖延住了时间，等六室的人赶到，剩下的事情就好办了。”

任局长也想不出更好的主意了，只能在细节上交代几句。随后通知停车，让各位主任回到各自的大巴车上，接着各室分开行动，去拦截那些还没有赶到永安大厦的人。

任局长自己和郝文明及五室的人赶往永安大厦现场。这期间，他一直让人联系六室的人，却不知道六室的那几个白头发抽的什么风，竟然一个都联系不上。

一个多小时之后，任局长他们到了永安大厦附近。汽车停在永安大厦斜对面的一座四层居民楼前，随后他们几个人被带到了顶楼的一户住宅里面。

这户人家的房子不大，一室一厅，也就五六十平米。进来之后，任局长皱了皱眉头，对办事的调查员说道："找不到更大的房子了吗？这里作为我们的指挥室，坐不下几个人。再说了，到底是谁监视谁？我们的目标在对面七八九楼，我们这是四楼……"

"任局长，能找到个房子就不错了。"办事的调查员是五室欧阳偏左的人，他原本和孙胖子的关系不错。语气中对这个空降下来的局长不怎么恭敬，他指着阳台外面，继续说道："看到对面那条街道了吗？那里属于河北管辖，周围最高的建筑就是永安大厦，现在里面已经进去了五十多个黑名单上的人。总不能把指挥室安排在那里吧？那不用等六室的人来了，咱们先跟他们来一场火并吧。"

任局长被撅得一愣一愣的，他这才感觉出自己在民调局没有任何威信，一个小小的调查员都敢这么和他说话。而且郝文明和欧阳偏左也没有打圆场的意思，两个人好像在等着看自己的笑话。一会儿真有什么事情的话，可指望不上这些民调局的老油条。

犹豫了一下，任局长暂时压下了这口气。他趁周围的人不注意，给自己原单位的同事发了信息，让他们立即派人着便装过来，到时也让民调局的人看看，自己可以不用全靠他们办案。

这边信息刚刚发完，五室的萧易峰便凑过来，对任局长说道："刚刚得到的消息，拦住了三十多个人，已经说服他们立即离开首都。发生了三起小摩擦，不过已经被二、三、四室的人摆平了，他们安排人送这些人去机场。"

不管怎么样，这算是个好消息。任嵘刚松了口气，萧易峰那边又接到了电话，说了几句马上又对任局长说道："有点麻烦，对方假扮快递员的刘知友向我们这边过来了。应该是刚才我们过来的时候动静太大，引起了他们的怀疑。"

"谁？刘知友，这孙子有名的过目不忘——孙胖子跟他们谈判那次，我们都和他打过照面……"听到了萧易峰的话，郝文明立马回忆起了这个人，他看了一圈身边的欧阳偏左几个人，将目光对准了任嵘，说道："任局，这次得麻烦你了，不能让他见到我们。"

还没等任局长回答，已经响起来了敲门声："有人吗？何安华的快递。到付，麻烦出来签收一下。有人吗？快递！"

听到这个声音，屋里立刻安静下来。萧易峰凑到任局长耳边，低声说道："何安华是屋主，和您差不多的年纪。邮电局的基层员工，离异——他们应该没有见过照片。"

无奈之下，任局长只能硬着头皮回答道："等一下，我没买过什么快递啊，怎么还到付了。等着啊，穿衣服呢！"

说话的时候，任局长脱掉了自己的衣服、裤子，光着膀子穿着个大裤衩子在屋子里随便找了床被单披上。他抓了抓头发扮作刚睡醒的样子，走过去将房门开了道缝，一边打着哈欠，一边冲外面的快递员说道："什么快递啊？我最近啥也没买。"

第十八章　齐聚一堂

任嵘虽然没有孙胖子卧底的经验，不过也很有些演戏的天分。他裹着被单看了快递员一眼，说道："刘大个儿休息啊，以前怎么没见过你？快递呢？赶紧拿过来，我还有事。"

"我是替班的，刘哥今天休息。"快递员说话的时候，顺着门缝往屋里面看，嘴里继续说道，"一个到付的快递，二十二块五。对了，这份快递是重要的文件，您是何安华本人吗？请出示一下身份证。"

发觉快递员向门内张望，任局长直接推了他一把，说道："瞎看什么？什么文件还要身份证？你以为你谁啊——快递呢？拿给我看看，谁知道你们是不是诈骗，想骗我二十多块钱。"

"你不给我身份证，我不能给你快递。"

"你不给我快递，我凭什么给你身份证。"

两人说着有些呛火，任嵘突然好像明白过来了什么。他指着快递员的鼻子，说道："我他妈明白了，你丫是刘翠红派过来套我身份证的！还惦记这套房子——我都跟她离婚了，还有完没完了！我喜欢男人怎么了！她嫁过来之前就知道——还说要把我掰直了，手艺不到家能赖我吗？现在说受不了要离婚，早干吗去了！呸！"

这几句话下来，对面的快递员有点发蒙。他是修道之人，练的是童子功，这辈子连女人的手都没碰过，突然间听到这么刺激的话题，有些接受不了，愣在了当场。

这时候，任嵘突然疯了一样，一把抓住了快递员，随后朝房间里面喊道："老公！你快点出来！这孙子是刘翠红那个贱货派来的，他身上八成带着摄像头呢——蒙住脸，别让他拍上你什么样子。"

他这句话喊出来，房间里面也冲出来一个只穿着大裤衩子的男人。他用毛巾蒙住了脸，冲出来之后和任嵘一起抓住快递员，就往屋子里面拖，一边拖一边说道："我早看他不是个好东西了，拖进来！把他扒光了，就说他想猥亵你，我来做证。"

快递员这才明白过来，立即从二人手里挣脱了出来。右手掐了个法诀想要替天行道，不过他很快反应过来，没有找到孔大龙之前，不能把事情闹大。当下他冲着房间里面的两个人啐了一口，转身跑下了楼梯。

任嵘演戏演足，见到快递员逃走，叉腰站在楼道里骂了一通，这才气呼呼地回到房间里面。

见到任嵘回来，房间里面几个人一齐朝他竖起了大拇指。郝文明说道："任局，行，别的先不说，这演戏的功夫到家了——别说刘知友了，就是我们几个都看不出来破绽。"

任嵘苦笑了一声，一边穿衣服，一边说道："我也是被逼的，刚才真不知道说什么好了。正好想起来我邻居的家务事，就拿来用用——对面永安大厦怎么样了？是不是也在监视我们，先别让其他人上来。"

说话的时候，任嵘走到了窗边，小心翼翼地向对面永安大厦望去。趁任嵘全神贯注观察情况的时候，郝文明小声对身边的欧阳偏左说道："你信是他们家邻居的事？"

"你就当他邻居的事情听啰。"

与此同时，快递员已经跑下了居民楼。随后进了对面小卖店的门，看到周围没有外人，他冲自己老板苦笑了一声，说道："真他娘的晦气——四楼的何安华是个兔爷，我都不好意思说看见什么了。违背天道啊，呸！"

老板看了快递员一眼，说道："管他是不是兔爷，这个人没问题吧？现在开始，所有进入永安大厦范围的人，都要查清楚。老刘，咱们可都是上了民调局黑名单的人，这次犯险回到首都，一不小心下场就是去轮回了。”

刘知友有些忌惮小卖店的老板，赔着笑脸说道：“师叔您老放心，那个兔爷没问题。我练的就是过目不忘的本事，民调局那些人的照片都记住了，没有这个兔爷。”

老板点了点头，继续说道：“何塞也上去探过了，808 里面有人。这个人带着术法，还会隐藏自己的气息。看样子老四说得没错，里面八成就是孔大龙了。等吧，等人都到齐了，大家伙一起四面八方冲进去，十个孔大龙也死定了。”

刘知友犹豫了一下，还是开口说道：“师叔，还要等他们吗？我们这些人差不多了。您老人家说的，这里是首都，我们稍有不慎就要下去轮回了。小心夜长梦多，真把民调局的人招来了。”

“对付孔大龙是我们一家的事情吗？凭什么出血出力是我们，就让他们坐收渔翁之利？”老板冷笑了一声，继续说道，“海上那位老先生的敕令是下给我的？那是给我们所有人的。不管这么样，人基本到齐之前，我是不会出手的。”

说到这里，老板缓和了一下语气，对刘知友继续说道：“去和他们说，只要孔大龙不出来，我们也不进去——对了，何欢到了吗？”

刘知友微笑着回答道：“何师叔也是刚刚到的，他说先进大厦里转一圈，顺便在几个必经之处摆下阵法。孔大龙这人狡猾得很，就算他走狗屎运从 808 逃脱了，这些阵法也够他喝一壶的。”

“还是何欢有心机，当年要不是他警觉，我们这些人早死在孔大龙手里了。”想起当年的往事，老板还是有些心有余悸。他深吸了口气，冲刘知友摆了摆手，说道：“忙你的去吧，新到的同道你来安排。让他们自己选择位置，人到齐之后我们就冲进去。”

刘知友答应了一声，离开了小卖店。他在小卖店门口顺手捡起来一个不知道是谁的快递，快步走进了永安大厦。

此时，大厦门口的物业已经换成了他们的人，看见刘知友进来，还装模作样地让他走货梯。这也是他们定下的暗语，示意 808 里面的人还没有出来。

刘知友先到了九楼，确定自己的人已经就位之后，这才走到八楼拐角的 801 房间门口，敲门说道："我是德邦快递的，麻烦开一下门，您说您有几件退货要发走。"

801 的大门打开，一个六十来岁的老头子出来看了他一眼，嘴里嘟囔了一句，将刘知友让进门内。

"刚才我怎么说的？一个人一个小时之内不能两次到八楼来。"老头子恶狠狠地说了一句，又缓和了一下语气，继续说道，"他还是一定要等到人到齐吗？这次机会错失了的话，下次就是孔大龙围堵我们了。"

刘知友苦笑了一声，说道："您老也知道他老人家的脾气，定好的事情万难更改。不过其他人也是有些过分了，一直磨磨蹭蹭的，不肯早点到。"

刘知友的话还没有说完，他的手机突然响了起来。接通之后，一个苍老的声音说道："808 有动静，里面的人要出来了。"

听到 808 里面的人要出来的时候，刘知友和老头子都将目光对向了桌子上的电视，电视屏幕上显示着正对着 808 号房间的监视画面。

"让他准备，就说孔大龙要出来了。"老头子的眼睛紧紧盯着电视屏幕，对身边的刘知友继续说道，"弄不好他闻到什么了，打算要逃走——再不动手就真来不及了。"就在他说话的时候，808 的房间门突然开了一道缝隙。

这时老头子也顾不得什么了，伸手将放在茶几上的一对钢鞭抄在了手里。就等着 808 房间里的人出来，他第一个冲出去拼命。不过就在这个时候，808 的房门却重新关上了。房门关上之后，还传出来了反锁的声音。

见 808 房门重新关上，老头子长出了口气，随后将手里的钢鞭放回到茶几上，自言自语地说道："这老狐狸想干什么？那个谁，你现在回去和他说，孔大龙应该已经发现我们了，别再犹豫了，小心海上再传来消息，重新颠倒猫鼠的位置。"

刘知友擦了擦额头上的冷汗，说道："是，弟子这就是传话。算着……"他的话还没有说完，就见监控画面上多了几个人影。一个房屋中介打扮的男人，带着一男一女到了 808 房间门口。

中介敲了敲房门，说道："周先生，我是前天约好的小郭，峥鑫地产的小郭啊——咱们约好的，今天我带客户来看房子。劳驾您开个门，我们进去看一眼户型就好。"

中介的话刚刚说完，808 的房门再次打开。眼看就能看到屋内那人长相的时候，中介向前一步，挡住了摄像头。中介客气了几句，带着身后的一男一女进了 808 号房间。

看着电视屏幕上冒出来的三个人，老头子愣了一下。反应过来之后，对刘知友说道："问问下面是怎么回事！为什么会有人进 808？我是怎么说的？楼下的人都是摆设吗？他想干什么？怎么还有人……"

老头子的话还没有说完，就见一个身穿电工制服的男人也到了 808 号房门前，敲门说道："808 的住户，是你报修的空调开关漏电吗？我是物业的，麻烦你开下门。"

808 房门再次打开，这名电工又挡住了摄像头的拍摄，随后也进去了房间。片刻之后，之前进去的中介带着那一男一女走了出来。中介一边走，一边回头说道："麻烦您尽快腾房子吧，什么时候搬家您言语一声。我们公司也有搬家的业务，您留步，明天我过来收房子。"

中介转身的一瞬间，808 的房门关上，老头子和刘知友始终没能瞧见 808 住户的长相。这种敏感的时候，突然出现这样三个人，很是古怪，老头子对刘知友说道："小心孔大龙借这三个人金蝉脱壳，你亲自下去，想办法查清楚这三个人当中，有没有孔大龙假扮……"

老头子的话还没说完，808 的房门再次打开，刚才进去的电工走了出来，说道："是空调开关老化了，换上就好了。现在没事了，一会儿我们经理会给您打电话确认一下。"说完，电工也离开了。

这时候，刘知友已经在打电话确认了，随后对老头子说道："我问过了，十五分钟之前，808 的住户报修空调开关漏电。电工是大厦的老人，应该没什么问题。我还让下面的同道假扮成警察拦住了那三个人，如果不确定的话，那就不用麻烦了……"

说话的时候，刘知友在自己脖子上比画了一下，示意如果不确定，就对这三个人下杀手。

老头子点了点头，随后对刘知友说道："不止前面那三个人，还有刚才进去的电工，都要仔仔细细地查验，不能让孔大龙从里面混出来。还有，再有人要进 808 的话，务必提前做好准备。起码要拍到屋里那个人的相貌。"

"这个您老人家放心，我亲自去楼下交代。下面的人也是，怎么把人放上来的。"刘知友说了一句，恭恭敬敬地对老头子鞠了个躬，随后装模作样捧着个空纸箱子，假装收了一大堆退货出来。

刘知友离开之后，老头子重新盯着电视监控。刘知友走到 808 门口，就在这个时候，808 的房门忽然打开，随后里面一个声音说道："你是送快递的吧？帮我个忙，我有个同城快递……"

刘知友没有任何多余的表情，好像一个真正的快递员一样，没有丝毫犹豫便进到了 808 的房间里面。与此同时，801 的房间里，老头子看着眼前这一幕，自言自语说道："什么意思？你到底是发现了，还是没发现？"

刘知友进了 808 房间之后，足足过了四十分钟才从里面出来。他捧着一个大号的纸箱子，出门之后还不忘替里面的人关好了房门。这次是刘知友的身体挡住了摄像头，始终看不到房间里面那人的正脸。

刘知友乘坐电梯下楼，三个男人便走了过来，呈品字形将他围在中间。随后好像押解犯人一样，将刘知友带到了大厦对面的小卖店里面。

见到了刘知友，小卖店老板怪笑了一声，说道："我现在应该怎么称呼你？叫你刘知友呢？还是孔大龙？"

"您老别玩笑，我自然是刘知友。"刘知友吓得脸色煞白，对老板继续说道，"您老别上当了，我进去之后，他就说……"

"哪个他，是孔大龙吗？你看准了？"老板脸上都是关切的表情，等待刘知友的回答。

"808 房间里面是个五六十岁的老头，我不敢肯定是不是孔大龙。"刘知友擦了擦头上的冷汗，继续说道，"进去之后他就开始翻箱倒柜找东西，折腾了快一个小时才算找好，就是我抱下来的这个箱子……"

老板听了，急忙将箱子打开，将里面的东西一股脑儿地倒在地上。都是一些不值钱的小玩意儿，有孤零零的一只皮鞋，还有空调的遥控器，以及几本不知道什么年代的杂志。再看快递单子上的地址，竟然是民俗事务调查研究局！

“姓孔的发现我们了！”老板还要再说几句的时候，五六辆汽车停在了小卖店门口，随后从车上下来二十多个人，直接挤进了这个不大的小卖店里面。

为首的一个人向小卖店老板点了点头，说道：“贺老，怎么样？你们应该没闲着吧？已经送孔大龙去投胎了吗？”

见到了来人，老板少有地起身迎接。两个人作势抱了抱拳，老板开口说道：“这不是在等你们吗？你们可是来晚了，比预定的时间晚了两个小时。”

为首的人回答道：“别提了，刚刚出机场就被民调局的人拦阻了，他们已经知道我们进首都了。不只是我们，还有其他的同道，都被劝走了，我还是要了点小花招……”

他的话还没有说完，又有几辆汽车开了过来，也下来二十来个人。领头的人见到了小卖店老板和前一批为首之人，笑着说道：“来晚了来晚了，你们是不是已经搞定了？姓孔的已经去投胎了吧！”

第十九章　行动开始

对面的居民楼里，民调局的几位高层已经忙得不可开交了。房间里的墙壁上挂满了照片，对应的都是黑名单上出现在永安大厦的人物。为了把照片弄过来，民调局众调查员颇费了一番功夫。好在刘知友试探过后，那些人不再警惕这边，任嵘让人送来了一台传真机，算是解决了问题。

“现在证实了，楼下小卖店里面坐镇的是贺钟锣，他是第一批人的联络者。已知聚集了六十三个人，不知道为什么一直没有对 808 动手。”郝文明指着墙上小卖店老板的照片，说完又指向旁边相貌有几分相似的爷俩，继续说道，“何欢、何塞叔侄俩已经进入大厦里面，具体位置不详，不过应该是在 808 房间附近。何塞是和贺钟锣齐名的人物，做事风格狡诈。据说他曾经救过贺钟锣等人的性命，不过具体的情况不清楚。”

郝文明一边说话，一边用铅笔在墙上画出来永安大厦外部的大概情况。他一边画，一边继续说道：“刚刚查到的消息，永安大厦的物业公司归属于双楠集团；而双楠集团的老板和贺钟锣交情颇深，现在永安大厦多半的物业人员都变成了名单上的人。

“外面的小卖店、大厦一楼的文具店，以及对面的京味快餐店都被贺钟锣他们控制住了。因为刘知友能认出来民调局的人，所以我们现在还不能进入这些地方侦查。更麻烦的是新赶来的两批人马……

“第一批人马为首者叫俞枚仁，他原本已经被二室的人劝走了。这小子在机场要了花招，没有登机，又回来了。这个俞枚仁颇有点手段，一路上避开我们监控的同时，又联络上了其他一些人。大家刚才看到了，赶到这里的时候，连他一起，已经是二十二个人了。

“最难缠的是刚刚赶到的朱楠，他和俞枚仁正好相反，进首都之前便联络好了几十个人。不过一到首都便立即分开，这些人一路上多次更换车辆，甩开了我们民调局的追踪，最后赶到永安大厦附近聚齐。”

说到这里，郝文明顿了一下，轻轻叹了口气，继续说道：“不是我说，这还不是最后的牌面。就这么一会儿工夫，又有不少黑名单上面的人物出现在首都了。加上之前被劝返又偷偷跑回来的，至少还有两百多人正赶过来。”

说完，郝文明分别在何塞、贺钟锣、俞枚仁和朱楠的照片上画了个圈，随后继续说道：“想要解这个局其实也不是很难，只要快速解决这四个领头的。剩下就是小喽啰了，还没有赶到的也不敢再赶来了。”

听完了郝文明的话，任嵘先是沉默了一会儿。随后他走到了几张照片前，挨个看了一眼，这才说道：“现场超过一百个人了——现在我们也要改变一下应对策略了，召回第三、第四室的调查员，只留第二室的调查员继续在外围劝返，我们要做好战斗的准备了——郝主任，还联系不上六室的人吗？”

郝文明苦笑了一声，说道：“非但联系不上六室的人，我刚刚还得到消息，孙德胜给他们一家三口都买好了去外地的机票，半个小时之后飞机就起飞了——不是我说，任局，你得做好没有六室参与的准备了。”

这是算准了会出大乱子，孙德胜那小子提前拖家带口逃跑了！任嵘心里骂了一句，随后他深深吸了口气，对面前的郝文明、欧阳偏左等几个人说道：“我们不能这么被动了，不能眼看着他们的人越聚越多。郝主任，有贺钟锣的联系方式吗？我要给他电话。”

最后一句话说出来，屋子里面的几个人都很意外地看向这位新任的民调局局长。任嵘也看了他们一眼，随后说道：“我要给他们一点儿压力，把电话给我。”

郝文明和欧阳偏左对了一下眼神，随后还是将贺钟锣的电话给了任局长。任嵘直接拨通了电话，按下免提等待对方接通。片刻之后，一个有些沉闷的声音说道：“是孙局长吗？我算着你差不多该找我了，怎么还换电话了？”

任嵘说道：“看来你是误会了，我不是孙德胜，我是民调局新任局长任嵘。孙德胜局长已经高升了，现在开始民调局所有的事情由我来负责——贺先生，你还在听吗？”

听到民调局新换了局长，贺钟锣也有些发蒙。怎么这样的单位也敢换一把手？孙德胜不干了？这是什么情况——听到了对方在叫自己，他才反应过来，说道：“这不是孙局长使的什么计策吧？那个谁，麻烦你转告他，我们回来不是找麻烦的，事情办完之后我们这些人一个不留，马上就走！”

见贺钟锣完全不把自己放在眼里，任嵘深吸了口气，说道：“贺先生，这个电话我是代表六室的吴仁荻主任打的。他让我告诉你们一声，吴主任准备去永安大厦看看你们，让你们做好准备。”

为接手民调局，任嵘也是做了些准备的，他甚至都摸清了六室几个白发男人的脾气，编瞎话都用上了吴仁荻说话的口气。

果然，搬出来吴主任这尊大神之后，对方的态度马上不一样了。贺钟锣先是沉默了片刻，随后缓和了语气，说道：“一点小事情，就不要麻烦吴主任他老人家了。说起来我们也算是半个同门，他老人家辈分比我们高出太多，应该不会和我们小孩子一般见识。那个谁，刘局长，我们办完事情马上就走。”

“我姓任！”任嵘见自己狐假虎威的计策有效果，继续说道，“你的话我会转告，不过吴主任听不听就不关我的事了。等他到了之后，亲自和你们说吧。”

电话里面马上传来了贺钟锣的声音：“别、别、别——钱局长，麻烦您和吴主任说一下，两个小时，我们两个小时之后就走。绝对不给他老人家添麻烦，也不会给你们添麻烦。”

“我姓任，任务的任——任嵘！”任局长气得够呛，又重复了一次自己的姓名，继续说道，“你亲自和吴主任讨价还价吧。吴主任，麻烦您接一下电话，是贺金锣的……”说完，没等电话那边的贺钟锣反应过来，任嵘已经挂断了电话。

挂了电话，任嵘长出了一口气，用袖子擦了擦额头上的冷汗，对面前几个人说道：“我是不是玩得太大了。”

对面的小卖店里，一身大汗的贺钟锣怔怔地看着手里的电话，对面前几个人说道：“完了！吴仁荻挂了我的电话，怎么办？还要不要继续了？”

第二波赶过来的俞枚仁说道：“那还用说吗？趁他老人家没到之前，咱们赶紧走……”

没等他说完，最后赶过来的朱楠开了口，说道：“吴主任还要多久赶到？不要等其他人了，我们赶紧下手吧。吴主任不是重点，808的孔大龙才是。杀了他，我们就是方士正统，和吴主任是同门，那时他还会找同门的麻烦吗？”

听了朱楠的话，小卖店里面几个人又有些心动了。朱楠说得没错，吴仁荻到底算不算麻烦，前提要看能不能尽快了结808的孔大龙。

当下，贺钟锣也不再等其他人了。看了一下时间，他对俞枚仁和朱楠这两个和自己平起平坐的“同门”说道：“那就先了结孔大龙，刘知友，说说吧，我们当中只有你进去过808，里面那个人是不是姓孔的？”

此时的刘知友浑身上下血淋淋的，刚才这几个他惹不起的同门前辈怀疑他是孔大龙假扮的，对他施展手段验明正身，只不过手段有些刺激——水淹、火烧还有针刺，还在他身上割了一道道血槽，证明他不是孔大龙易容改扮，或者披着他刘知友的人皮瞒天过海的。

证实了刘知友确实是本人之后，又接到了任嵘狐假虎威的电话，折腾了好一阵，现在才有工夫来问他在808到底见没见到孔大龙。

刘知友擦了一把眼泪（疼的），说道：“那个半大老头说有个同城快递，让我进去收一下。我进去之后，他便开始磨磨蹭蹭的。我趁机也试探了一下，不过也不敢太过分，如果真是孔大龙的话，怕再把他惊跑了。只说了几句圈子里都明白的切口，如果他就是姓孔的，不经意间多多少少会露出点破绽。您老几位知道，我姓刘的练的就是眼力……

“结果他一直磨磨蹭蹭地找东西，折腾了快一个小时才找出这些破烂来。最后给的收货地址惊到我了，正是民调局的地址。要是单说这个，那必定是孔大龙无疑，不过除了地址之外，再没有别的值得怀疑的地方了。”

“你小子说了等于没说！”贺钟锣瞪了唯唯诺诺的刘知友一眼。之前进到 808 房间的地产中介、年轻的夫妇俩及大厦电工都被他控制了起来，已经仔细查过，里面并没有人是孔大龙伪装的。只是没有时间细审了，因为忌讳民调局，也不敢闹出什么人命，只能先关了起来。

这时，贺钟锣对俞、朱二人继续说道：“现在何塞、何欢爷俩已经在 808 附近了，为了防止孔大龙逃跑，我已经让人租下了 807 号和 809 号房间，现在安虎和苏宵良分别守着这两个房间。这样，俞枚仁你和朱楠现在就带人也去这两个房间，我和何家爷俩去楼上 908。”

说到这里，贺钟锣抬起胳膊，露出来手腕上的手表，说道：“现在正好是下午两点半，十分钟之后，两点四十整我们从上、左、右三个方向冲进 808，刘知友你看着监控，一旦有什么突发的事情，你一定要立即报告给我知道——任孔大龙有天大的本事，也不可能同时防住我们三波人马！”

“等一下，谁说现在是两点半的，明明是两点二十七。”

“胡说，你们都戴的什么表？我昨天刚刚对的表，明明已经两点三十五了嘛！”

俞枚仁、朱楠两人戴的是镶满了钻石的手表，三块表竟然对出来三个完全不同的时间。幸亏提前发现了，要不然后果真的不堪设想，弄不好最后他们就会死在这不准时的名表上了。

贺钟锣有些不祥的预感，恨恨地看了两个人一眼，他无奈地说道：“对时间吧——以我的时间为准，现在两点半，十分钟之后两点四十整，我们三方一齐杀进 808。没事你们也买块走得准的手表，还有脸说自己是修道之人，你们到处看看，哪个寺庙和道观的主持戴你们这样镶满钻的手表？”

对完时间，贺钟锣带着自己手下几十个人先到了八楼楼梯口。吩咐他们等到两点四十的时候动手，这些人直接从正门冲进去。这样一来就万无一失了，孔大龙只剩下从窗户跳下去的唯一出路，殊不知他们已经在正对着八楼窗户的地面布下了阵法。这样一来，孔大龙左右都逃不掉一个死。

贺钟锣将801的何塞叫了出来，随后两个人到了楼上908和这里的何欢会合。看着时间一分一秒接近两点四十，饶是贺钟锣和何塞这样的成名人物，也紧张得手心里直冒汗。

就在时间刚刚到两点三十八的时候，楼下突然传来一声巨响，紧接着又传来一阵阵惨叫声。贺钟锣心里一惊，不明白出了什么事情，刚刚对的时间，难道又走快了？不过既然楼下已经打起来了，那自己也不能闲着。

贺钟锣急忙施展术法，他们三人脚下的地板顿时裂开，接着三人落到了808号房间的客厅里。只不过下来的时候不凑巧，赶上807房间的俞枚仁也带人冲了进来。贺钟锣正好砸到了一个“同门”的脑袋上，直接将此人砸晕在地。

这时候也顾不上这许多了，贺钟锣四下一打量，就见通往隔壁809号房间的墙壁上被炸出来一个大洞，朱楠满身鲜血倒在地上，而朱楠带来的“同门”在他附近躺了一地，此时都已经断气了。

朱楠算是稍好一点，虽然身上多了一个血窟窿，但总算保住了性命。贺钟锣什么都顾不上了，大吼问道：“怎么回事！不是说好了两点四十我们一起动手吗？你充的什么大个！”

朱楠踉踉跄跄地爬了起来，有气无力地说道：“谁说是我先动的手？还有两分钟的时候，姓孔的自己炸开了这面墙——我的人就趴在墙边等着动手，结果就这么被炸死了。”

朱楠说话的时候，贺钟锣已经注意到了808客厅地面上摆着一套监听的设备。他马上明白了过来，刘知友带回来的“快递”里面有窃听器。他们这些人刚才是怎么商量的，孔大龙听得明明白白。他们中计了！

好在孔大龙还没有跑远，炸开了809的墙伤了七八个人之后，他应该是第一时间逃到809房间，然后逃了出去，此时埋伏在808门口的人才冲进房间里。虽然有人看见个人影跑了出去，不过谁都没有想到这个人影就是孔大龙，竟然没有一个人去追他！

“追！”贺钟锣这时候已经豁出去了，不管再死多少人，也一定要赶在吴仁荻过来之前，解决掉孔大龙。

百十号人冲出了 809，到了走廊一看，已经看不到孔大龙的人影了。这时候，贺钟锣手里的对讲机传出了刘知友的声音：“我看见他了，孔大龙进了 810 房间。”

难怪这么快就看不见人了，看来孔大龙是早有准备。贺钟锣急忙带人冲到了 810 房间，刚刚踹开房门，就看到客厅地面上有一个大坑，孔大龙竟然已经逃到了楼下。

这时候已经来不及多想了，贺钟锣带着何塞、何欢爷俩顺着窟窿跳了下去。几乎就在他们三人跳下去的瞬间，身后准备跟着往下跳的人群中又有人发出来惨叫声……

楼下 710 房间里面什么都没有，三面墙完好无损，大门也紧紧关着，哪有什么孔大龙的身影？贺钟锣不祥的预感越来越强烈。当下他对何家爷俩说道：“你们俩在这儿守着，我上去看看怎么回事。”说罢，他施展身法，纵身一跃便跳回到楼上 810 房间。

这时候，就见房间里面的“同门”倒了一片，俞枚仁、朱楠二人也倒在了血泊中。贺钟锣已经彻底蒙了，揪起来一个“同门”吼道：“出什么事了！别告诉我这也是孔大龙干的！”

这个“同门”已经迷糊了，他痴痴地看着贺钟锣，说道：“那你让我怎么说？”

第二十章　连续失手

此时的贺钟锣已经不知道如何是好了，他冲对讲机那头的刘知友说道：“怎么回事！你不是说孔大龙就在这里吗？刘知友、刘知友……你死了吗！”

无论贺钟锣怎么叫喊，始终没有听到对讲机回复。就在他以为刘知友也被孔大龙神奇地杀死时，死人堆里一个微弱的声音说道：“还不明白吗，刘知友是孔大龙的同伙，我们里面不止他一个人……”

说话的是朱楠，此时他胸前的衣服已经被炸烂了。不过朱楠向来小心谨慎，还贴身穿了一件防弹背心改的护身甲，就是这件软甲救了他的性命。他身旁的俞枚仁就没这么好运气了。俞枚仁的胸口出现了一个大窟窿，这时候已经彻底死了。

“是引磷法，侯三儿的引磷法。”朱楠指着俞枚仁身上的血窟窿，继续说道，“孔大龙根本没有进 810，他躲在对面的 811。你们下去的时候，他打开了 811 的房门，趁我们的注意力都在你们那里的时候，施展了侯三儿的引磷法。这一下又是十几条人命。”

别看侯三儿只是个侏儒，却是这些人里面术法最厉害的。他自创了一套引磷法，将高浓度磷粉藏在身上，施展的时候将磷粉射到对手身上，再用术法引燃，磷粉瞬间发出高热，能将对手的骨肉烧出一个大窟窿。

朱楠这几句话点醒了贺钟锣，可不是嘛！刘知友是最后一个从 808 出来的人，又是他带来了一堆乱七八糟的东西，孔大龙的窃听器就藏在里面。现在才明白过来，这都是刘知友和孔大龙设下的圈套。

朱楠这时候就剩下半条命了，他冲贺钟锣苦笑了一声，说道："我认尿了——孔大龙是死是活与我无关了，贺老，我得先保住命。告辞了，要是这次他真死在你手里了，麻烦通告一下，借您的光，以后不用提心吊胆地过日子了。"

说着，朱楠扶着墙壁慢慢向门口走去。贺钟锣原本还想留下他，不过看他就剩下了半条命的样子，就算留下来也帮不上什么忙了，可能还得分心照顾他，索性放朱楠离开了。

贺钟锣又询问了其他的"同门"，确定孔大龙出手之后又回到了对面811房间，他向窟窿下面的何家爷俩说道："你们俩上来吧！孔大龙就在对面，咱们一起——怎么了？你们俩怎么了？"

贺钟锣这才发现，何欢、何塞两人的表情怪异，他们俩身体僵硬，站在原地一动不动。

"怎么了——你们也着了孔大龙的道？"贺钟锣一脸诧异地看着楼下的何家叔侄，刚才自己是第一个下去的，没发现有什么阵法啊。再说何家爷们儿练得就是阵法，什么样的阵法都逃不过他们的双眼，现在这到底是怎么回事？

"废话，姓贺的你眼瞎吗？我们叔侄俩这么僵着好看吗？"何塞脸色铁青，继续对贺钟锣说道，"姓孔的在这儿设了一个变阵，阵法是延迟的。刚刚下来的时候没事，也感觉不到摆了阵法，但只要过了一段时间，阵法便会自动开启。只要阵内有什么风吹草动的，里面的人都会血沸而亡。"

"他能算到这一步？"贺钟锣愣了一下，这时候他已经不敢轻易去动对面811的房门了。吩咐还没死的同门晚辈帮他盯着，贺钟锣从身上抽出来一条长鞭，随后对楼下的何家叔侄说道："你们俩抓住我的鞭子，就一次机会，我把你们俩拽上来。"

说话的同时，贺钟锣一甩长鞭，鞭身好像一根细杆子一样，笔直伸进了窟窿里，送到了何家叔侄手边。何家叔侄没有丝毫犹豫，紧紧地抓住了鞭身，就等贺钟锣发力将他们俩拉上去。

不过这时候，何家叔侄及贺钟锣都没有注意到，一个人影悄悄移到了贺钟锣身后。这人竟然是去而复返的朱楠，趁贺钟锣所有的注意力都在何家叔侄身上，将一把匕首猛地扎进了贺钟锣的后心。

匕首刺穿了贺钟锣的心脏，贺钟锣甚至都没怎么挣扎，便站着咽下了最后一口气。朱楠顺势将贺钟锣的尸体顺着窟窿推了下去，“轰”的一声，掉落在何家叔侄面前。阵法之中突然多了个死人，顿时引发了变阵。

何家叔侄顺着七窍向外冒血，几个呼吸的工夫，便好像烂泥一样瘫软在地上。转眼间何欢便断了气，术法相对深厚一些的何塞先喷出来一口浑浊的鲜血，随后盯着窟窿上面的朱楠，说道：“你不是朱楠——你是孔大龙假扮的！”

“错了，我即是孔大龙，也是朱楠。”朱楠站在洞口，笑着看了何塞一眼，继续说道，“当初从海上回来的时候，为了办事方便，我请那位老人家在敕书里面加了一个朱楠的名字。当年我就用朱楠的名义钓到了不少你们的人……”

说到这里，朱楠在自己脸上揉了一下，果然变成了孔大龙那个小老头的模样。看着强忍着还没断气的何塞，孔大龙继续说道：“是不是还想不明白，海上那位老人家为什么要给你们敕令？”

此时的何塞话都说不全了，他一边吐血，一边断断续续地说道：“徐……他给你……制造机会……让你……一劳永逸……”

“他老人家才没有那么无聊，他是催促我赶紧把事情办完，好回去见他老人家。”孔大龙笑嘻嘻地看了何塞一眼，随后继续说道，“差不多二十年前，我身边也发生了一件有意思的事情……何塞，你怎么走得这么快？”

孔大龙说话的时候，何塞已经仰面栽倒，他说了一半的话只能戛然而止。看着窟窿下面的死尸，孔大龙苦笑了一声，说道：“你知道这么多年，我保守这秘密多么不易。就想找个人好倾诉倾诉——活人信不过，只能找你这样马上就要死的……可惜了，谁都没有听全过。”

孔大龙唉声叹气地回过头来，此时那些跟着贺钟锣等人围剿他的人已经全部气绝。在贺钟锣去救下面何家叔侄的时候，他便神不知鬼不觉地出了手。

孔大龙回到俞枚仁的尸身旁，摸出来自己放在那儿的手机。解锁之后拨了个号码打了出去，电话打通之后，他用朱楠的声音对电话那头的人说道："郑安然，你们赶紧过来，贺钟锣打伤了姓孔的，可惜让他跑了。正在搜整座大厦呢，不能再让他跑了，你那几个人不够，赶紧把林中天他们都叫过来。"

对面的居民楼里，看到贺钟锣等人冲进大厦之后，任嵘开始紧张起来。可惜身边的人手不够，不能冒险进去。而大厦里面的监控也被人掐断，完全不知道里面发生了什么情况。

听到大厦里面传出来爆炸声，任局长说道："不等了，我马上联系以前单位的同事——这些人都死光了没关系，可不能伤到了老百姓。这都动上炸药了，还有什么事情他们不敢干的。无法无天了！"

说着，任嵘就要拨打电话向附近的公安部门求援，却被萧易峰再次拦住："任局，一次爆炸说明不了什么，煤气爆炸有的是。贺钟锣他们也不是傻子，真伤了无辜百姓的话，他们就要吃不了兜着走了。他们动手之前，一定会先疏散百姓的，说不定七八九层的房间都被他们包下来了。高亮局长在的时候就定下来的规矩，警察或者武警只能负责清场或者在事后收拾残局，不能牵扯到事件当中来。"

"所以说他的时代过去了，现在民调局的局长姓任！"任嵘推开了萧易峰，他心意已决，坚持要找自己的老部下帮忙。民调局都是孙德胜的人，既然自己指挥不动他们，那就招来自己能指挥动的人吧。

萧易峰还想要劝阻，却看到自己家主任朝他摇了摇头。萧易峰见状只能作罢，任由任局长继续打电话。

任嵘刚掏出来电话，郝文明的电话先响了起来。郝文明看了一眼来电显示，随后接通了电话，说道："老大，不是让你们赶紧回来——什么？什么叫劝不住了——你自己和局长说吧。"

说到这里，郝文明打开了免提，随后将电话递给了任嵘，说道："我哥的电话，还是您亲自听吧。”

任嵘心里出现了不祥的预感，接过电话，还没等他客气，已经听到了郝正义有些焦急的声音：“任局长，我们这边出意外了。五分钟之前，之前所有答应离开的人，又折返回来向你们那儿进发了，我们已经调整了策略，二室开始围堵这些人。我们三、四室的人尽快赶到永安大厦和你们汇合，稍后可能会出现伤亡，你要早做准备。”

任嵘挂了电话，想到接下来可能爆发与这些修道之人的战斗，他心里越发没底起来。这可是首都，闹出这么大的动静，自己这民调局局长刚做了一天也就算到头了。真把自己的老部下叫来也许更麻烦，那样的话，也许几个小时之后，网上有关警察大战飞天老道的视频就到处都是了。

犹豫了一下，他向郝文明和欧阳偏左两位主任问道：“那什么，以前高、孙两位局长遇到类似的情况，会怎么处理？”

原本以为这两位主任会有什么好建议，没想到郝文明一开口就让任嵘说不出话来了：“他们俩？当年民调局被围攻的时候——那次高老大和他们同归于尽了。任局，我大哥说得有道理，你得早做准备啊。”

见任嵘的脸色越来越苍白，郝文明终于说到了正题上：“任局，我觉得你现在可以调集附近的警察了。以永安大厦煤气泄漏为由，将附近的居民全部疏散。然后以两公里为半径拉上封锁线，不过要留出来一条路，把那些折返回来的黑名单上的人，以及咱们民调局的同事放进来。”

任嵘也没有更好的办法，只能按照郝文明说的办了。既然现在已经和黑名单上的人撕破脸了，也就没有必要继续遮遮掩掩了。当下，除了留下一名调查员配合任局长总揽大局，郝文明和欧阳偏左带上其他所有调查员从居民楼里出来，他们使用了警察的证件，开始疏散大厦里面的人和附近的居民。

之前永安大厦里面的爆炸声音不小，附近的居民几乎都被惊动了。听到是因为煤气泄漏可能还会引发大爆炸，居民们都很配合，纷纷撤离了出去。附近的调查员接到通知，也赶回来开始在永安大厦周边集合。

疏散居民的同时，已经发现有人鬼鬼祟祟地向永安大厦里面冲。开始还有调查员想要拦住他们，却被郝文明拦住：“从现在开始不要阻拦这些人，让他们进去——不是我说，在里面动手，总比在外面被人看见拍到要强得多。”

在高亮时期，一室主任的权力就比其他主任大。现在任局长没有出来，这里就属郝文明权力最大。调查员也不再拦阻这些人，任由他们冲进了大厦。

好在永安大厦也没有多少租户，没多久都疏散了。原本郝文明还想找人打听一下里面的情况，不过谁也说不清楚到底发生了什么事情，只知道八楼九楼闹哄哄的，好像有两拨人打了起来。

一个多小时之后，大厦和周围的居民基本都被疏散了。这期间又进去了百十号黑名单上的人，不过大厦里面静悄悄的，再没有什么异常的声音传出来。

这时，民调局的几位主任也相继赶了过来。他们正商讨对付这些人办法的时候，任嵘终于从居民楼里出来了。他直接到了几位主任身边，说道：“部里的大领导来指示了，这次事件惊动的范围太广，一定要尽快结束。一个小时之内，必须……”

听到任嵘竟然给了一个小时的时限，几位主任脸上的表情都变得难看了起来。任局长见状，还想再给他们一点压力的时候，二室的熊万毅先开了口：“欧阳主任，给咱们局长弄把机关枪去。不用一个小时，他十分钟就把人都杀光了。”

没想到这个熊万毅竟然当着这么多人的面，让自己这么下不来台。任嵘脸上青一阵白一阵的，刚想要发作的时候，一辆大巴车到了现场。车上下来了三四十名身穿武警制服的战士，这些人都是任嵘的老部下，别看身穿武警制服，配备的也是武警装备，却都是警察的身份。

见到了老领导，这些人纷纷跑了过来。任嵘见到这些人之后，一直悬着的心才算放进了肚子里。他不再理会民调局的新部下，跟自己的老部下客气了几句，很快说到了正题：“你们来了就好，这里发生的事情刚才电话里已经说明白了，大厦的平面图你们也看了。现在里面前后已经进去了二百二十六名嫌疑人，我们只有三十二人，敢上去吗？”

“敢！”几十个人异口同声喊了一嗓子，这一下任嵘的信心又回来了。他点了点头，继续说道：“里面都是一些极度危险的人，不管什么情况，只要他们敢做出危险的举动，你们都可以使用任何武力还击。所有的责任我来承担，你们要确保自己的安全。”

说了一通之后，任嵘大手一挥，让这些警察冲进了大厦。几位主任急忙过来阻拦，却被任局长一把推开，说道：“你们不敢承担责任，总有敢担责的——你们怕，就在这里看着，看看别人是怎么替你们分担工作的。”

说完，任局长拿起来对讲机，说道：“报告里面的情况，老何，里面怎么样了？”

对讲机里死一般的寂静！

第二十一章　自相残杀

对讲机里没有声音，任局长有些慌了。原本他以为这些人不过是有点小把戏的江湖术士，虽然人多毕竟也不是神仙，而且都要看民调局六室几个白头发的脸色。自己的老部下虽然只有三十几个人，却配备有现代化的武器，冲锋枪一搂火，那些人该死该伤一个也跑不了——可现在这些老部下怎么联系不上了呢？

“你应该考虑一下辞职报告了。”郝正义走了过来，对任嵘说了一句，扭头对身后民调局的同事说道：“已经有人探过路，现在轮到我们了。来不及制定什么计划了，我们几个主任先进去，你们在后面跟着。不管怎么样，先把刚才进去的人弄出来再说。”

说完，郝正义第一个进了大厦。他的弟弟郝文明没有丝毫犹豫，也跟着一起走了进去。二室的三位主任商量了一下，西门链和熊万毅跟了进去，老莫留了下来带着调查员在外面负责接应。

四室主任维克多不在国内，五室主任欧阳偏左不适合冲锋陷阵，由他的副主任萧易峰代替他进入大厦。萧易峰临走的时候留下了话，只有等到他们几位主任的信号，其他的调查员才可以进去。

萧易峰走进了永安大厦的大堂，这里静悄悄的，看不出来有什么异常的地方。几位先一步进来的主任站在接待口，因为这次的对手不是什么妖魔鬼怪，民调局很多的装备都用不上，不过进来的也不是一般的调查员。

郝文明从背包里摸出来一个小小的纸包，里面是一小撮干巴巴的绒草。当着其他几位主任的面，郝文明点着了绒草，看着这一小撮绒草烧了一半，郝文明一口气将火吹灭。虽然明火灭了，不过还留下来一点火星，同时绒草开始冒出来浓烟。

别看只有那么一点绒草，冒出来的浓烟却十分惊人。两三分钟之后，整个大厅里面到处都弥漫着这种浓烟。

看到绒草烧得差不多了，郝正义取出来一支古怪的手电筒。点亮之后才看到灯罩上面画了一道古怪的符文，映着符文的光柱对着满屋子的浓烟，漫无目的照射过去。

这是郝家兄弟俩的私货，据说是郝正义主任当年给泰王做私人宗教顾问的时候，从泰国的一位巫师那里购买的。欧阳偏左曾经想要量产这种绒草，无奈试了多次都以失败告终。整个民调局也只有他们哥俩会这种手段，看得其他几位主任眼馋得很。

很快，郝正义便找到了他要找的东西，在通往楼梯口的地面上，光柱照过烟雾之后，显现出一团粉红色的光芒来。郝家兄弟俩在这个圈子里都是有名的老炮儿了。只看了一眼，两个人几乎异口同声说道："是慑心法！"郝正义冲自己的弟弟点了点头，补充了一句："是北五路的慑心术，还好，那些人总算有些忌讳，没有下杀手——那三十几个警察应该还能活命。"

说话的时候，郝正义继续举着手电筒照射了一阵子，确定大堂里面再没有其他术法之后，这才向站在最后的萧易峰说道："萧主任，可以让他们进来了，大堂是安全的。我和文明顺着楼梯上去，你们……"

郝正义的话还没有说完，头顶上的天棚突然发出一声巨响，出现了一个大窟窿，随后两具惨不忍睹的尸体从窟窿里掉了下来。

几位主任都被吓了一跳，他们的第一反应，以为死的是刚冲进来的警察。接着发现死者身上穿的是一般老百姓的衣服，郝文明认出来其中一个死者正是之前冲进来的黑名单上的人，他们几个这才松了口气。

浓烟挡住了视线，外面的人不知道出了什么事情。欧阳偏左冲到大厦门口，操着浓厚的乡音向里面喊道："咋的咧？里面莫事吧？"

"没事，欧阳你先别进来！"郝文明喊了一嗓子，凑过去检查了两具尸体。两名死者身上并没有留下什么剧毒、阵法之类，两人刚死不久，都是被法器所伤。两人的心口分别被利器刺中，虽然人已经死了，伤口仍在不停地腐烂。刚刚掉下来的时候还只是要害上有两处细小的伤口，现在已经腐烂成两个血窟窿。

看到了伤口，郝文明向后退了几步，回头有些古怪地对其他主任说道："是林中天幽冥钢刺伤的，死的两个人是吕蛇和杜梓腾，他们都是一伙的，怎么窝里斗了？"

郝文明所说的吕蛇和杜梓腾都是林中天的弟子，江湖传言他们三人之间还有乱七八糟的关系。在黑名单众人当中，这三个人的关系最好。可这两个人怎么死在自己师父手里了？

确定不是上面的人设下尸阵来对付他们，郝文明这才让聚集在门口的调查员进来。因为担心自己老部下的安危，任嵘跟在最后面，也进到了大厦里面。这时，郝正义已经用石灰烧掉了楼梯口的慑心法。留下众调查员看守大堂，郝家哥俩准备上楼梯，继续向上探查。

他们俩小心翼翼地刚上了半层楼梯，已经被锁上的两部电梯指示灯突然亮了起来，随后同时从八楼降了下来。众人担心里面有什么陷阱，纷纷向后退开。等电梯到达一楼，两个电梯大门同时打开，众人这才发现，两部电梯里面竟然横七竖八地躺着二三十个警察——正是刚才被任嵘派进来的他的老部下。

见到这些警察都倒在电梯里，任嵘的脑袋一阵眩晕。他以为这些老部下都牺牲了，当下腿一软，直接跪在了电梯门口。

"任局，你干什么？你的人还没死！"说话的是老莫，他指着电梯里面警察缓缓起伏的胸口，继续说道，"他们只是中了慑心法，失去了意识而已。当年孙德胜和那些人有过约法三章，他们不敢轻易对普通人下手的。来几个人，把他们都抬出来。动手的时候小心点，防着还有什么陷阱。"

这时候，郝家兄弟俩也回到了电梯口。见这些警察只是昏迷之后，郝正义自言自语说道：“把人迷晕了再送下来，这是什么意思？这些人真这么好心吗？”

说到这里，郝正义突然古怪地看了一眼自己的弟弟，随后凑到了他耳边，说道：“老二，你和孙德胜是不是瞒了我什么事情？比方说当年在这些人里面安插了卧底什么的？”

郝文明苦笑了一声，说道：“不是我说，你高估你弟弟了。我不是沈辣，和孙胖子的关系是不错，可还没好到连这种事情都会告诉我的地步。不过老大你说得有道理，安插卧底这样不要脸的事情，孙胖子做得出来。”

这时候，电梯里面已经清理干净，郝正义突然说了一句：“既然电梯都下来了，那我也不用多费力气了。我坐电梯上去，老二，你们听我的动静。喊一声你们也坐电梯，喊两声你们就走楼梯。”

郝正义的话还没有说完，顺着头顶上的窟窿，又有尸体摔了下来。郝正义看着远处的尸体，更加坚定了乘坐电梯的信心：“上面正在窝里斗，他们自己打起来了，没空管电梯了。”

见自己大哥执意要坐电梯，郝文明说什么也要跟上。他们哥俩的感情极为深厚，郝文明不愿郝正义只身犯险，不由分说跟着一起进了电梯。电梯门就要关上的时候，萧易峰突然闪身蹿了进来。

郝家哥俩对萧易峰进电梯感到有些意外，五室一直都是负责后勤保障的，可这位副主任最近有些反常了，什么时候他萧易峰变得这么积极了？

郝文明按下了八楼的按钮，这时候已经没有时间废话了。三人分别把自己的家伙掏了出来，郝文明一手握着手枪，另一只手拿着民调局制式的甩棍。郝正义则是一把蛇形匕首，他还带着一支左轮手枪，只是不清楚八楼的情况，暂时没有亮出来。萧易峰的武器有些夸张，他竟然从衣服下面掏出来两把蝎式微冲。

注意到两位郝主任看着自己的眼神，萧易峰干笑了一声，说道：“这都是我自己偷偷摸摸捣鼓的，这次正好拿出来试试效果。回去之后，我和我们欧阳主任说一下，也在四室推广。”

“别看你们五室不需要处理事件，手里可都是好东西。”郝文明盯着萧易峰手里的微冲，有些酸溜溜地继续说道，“回去再倒腾点火箭炮什么的，我拿到一室推广。”

话刚说到这里，电梯已经到了八楼。随着“叮”的一声轻响，电梯门缓缓打开。郝文明和萧易峰立即朝电梯外面举起来枪支，不过门口并没有什么异常的情况。这时候来不及用绒草试探阵法了，郝正义采取了最简单的办法。他张嘴咬破了舌尖，一口舌尖血朝电梯门外喷了出去。

这口血喷出来之后，电梯外面并没有异常反应。萧易峰第一个冲出了电梯，他一脚踩在溅有舌尖血的地上，两只微冲一左一右指向身体两侧。这时候，三个人才发觉八楼的走廊空荡荡的，一点异常的情况都没有。

“808……”郝文明也跟着蹿了出来。他身体紧贴着萧易峰，给自己的大哥郝正义让出来位置，同时继续说道：“我们过去看看，到底什么东西能让那些人拼着彻底得罪我们民调局，也要冲进这永安大厦。”

说话的时候，郝正义已经出了电梯。他一把拉住了准备去808的萧易峰，说道：“都这么长的时间了，808里面不管有什么，现在必定也空了。而且这里太安静了……”

说话的工夫，郝正义将匕首换到了左手，右手伸进衣服里面，摸出来一个小小的瓷瓶。瞧见郝正义手里的瓷瓶，郝文明好像见到了什么可怕的东西一样，飞快后退了半步，说道：“这是老杨的尸油吧？老大，你从老杨那里偷出来的？”

“我为什么要偷？为什么杨枭不能给我？这是他最近改良的方子……”郝正义古怪地看了自己弟弟一眼，随后屏住了呼吸，慢慢拔掉了瓷瓶的塞子。瓷瓶打开的一瞬间，一股无法形容的漫天臭气弥漫在八楼的楼道中。

萧易峰实在受不了这味道，直接蹲在地上哇哇大吐了起来。郝文明之前有闻过这奇臭的经验，当下屏住了呼吸，勉强支撑着，没有像萧易峰那样狼狈。

这时候，从八楼的各个房间里，都开始有模糊的人影穿过房门飘散出来，缓缓地向三人这边飘过来，眼看就要将三人包围的时候，郝正义急忙将瓷瓶塞子重新塞好。这些人影顿时失去了目标，在原地徘徊了片刻，又回到了各自的房间。

见到这样的情形，郝正义看了一眼自己的弟弟，说道："比我想象的还要麻烦一些，没想到会死这么多人。"说话的时候，他向前一步，踩在自己刚刚喷出来的舌尖血边缘，一把推开了面前803的房门。

房门推开之后，就见里面横七竖八躺着四五具尸体。从现场来看，这几具尸体竟然都是互殴而死的。到底发生了什么事情？能让这样的人互殴还出了人命。郝正义又拉开了其他几间房的房门，无一例外，里面都有尸体。房间大点的里面的尸体也多一点，小房间里面也有一两具尸体，总之，每个房间都不落空。

三个人面面相觑，这到底是这么一回事？终于，郝正义推开了808的房门，就见房门口堆满了尸体，房门拉开的一瞬间，有尸体直接从屋子里面滚了出来。略数了数，房门口至少有二十多具尸体。郝正义朝房间里面看了一眼，与809号相邻的墙壁已整体坍塌。

"贺钟锣！俞枚仁，还有何家叔侄，他们都在这个屋子里。"说话的时候，郝正义指了指房间当中四具并排躺着的尸体，正是第一波进来的贺钟锣等人。

"我明白了，这是有人下了套，在808号房设下了诱饵，专门钓贺钟锣他们这些人的。"郝正义说了一句，转头看了自己的弟弟一眼，继续说道，"到底是谁闹这么大？"

说话的时候，郝正义跨过了这些尸体，独自一个人进到房间里面，这时候，他才发现头顶上天棚也有一个窟窿。

808房间明显被人翻找过，郝正义打算在这里看看，也许能找到什么线索。郝文明和萧易峰也跟了进来，三个人找个一圈，结果还是一无所获。当他们三个人准备离开808号房，刚到门口，走廊尽头810、811的房门同时打开，从里面走出来几个相貌怪异之人，三拨人刚巧撞个正着。

瞧见郝正义三人从808房间走出来，那两拨人陡然"明白"过来，在各自带头之人的指挥下，向他们三人冲了过来："那人被他们救走了！赶紧冲啊，一定要把那人了结了。"

见这些人冲过来，萧易峰毫不客气，举起微冲朝头顶就是一梭子，听到了枪声，冲过来的人急忙闪开躲避。其中有人喊道：“是民调局的人——不能放他们走。”

第二十二章　借刀杀人

对面的人里面，有人抬手射过来一把飞刀。这把飞刀飞到三人附近时，突然化成无数把一模一样的飞刀，天女散花一般朝三人射了过来。好在萧易峰反应够快，两把微冲一齐向射出了子弹。随着一阵枪响，飞刀纷纷被打落掉掉地上。

看清了飞刀的主人，郝文明骂道："申魁你疯了吗？敢对我们出手，上次绝龙岭我还放了你一马！"

对面飞刀的主人答道："郝主任，对不住了，今天不管是谁，想要救走孔大龙，只有死路一条。看在往日交情的份上，你把姓孔的交出来，算兄弟我欠你的人情，日后我们这些人必定还有分人心……"

没等这个人说完，身边有人打断了他的话，说道："申魁你闭嘴，和他们说这么多干吗？是不是想要通风报信？还是说，刚才的事情你也有份？"

"去你的，蓝巍衍你眼瞎了吗？没见我刚才杀了好几个人吗？"这个叫作申魁的人大怒，转头冲自己的同伴去了。他也不管不顾了，继续说道："朱楠说得没错，我们当中有人暗通孔大龙，我看就是你！"

说话的同时，申魁嘴巴一张，朝那个叫蓝巍衍的男人喷出来一把飞刀。他们距离太近，蓝巍衍避无可避，当下就被飞刀穿喉，倒在地上挣扎了几下，便停止了呼吸。

"申魁你疯了吗？结盟的人你也敢杀，会遭报应的！"和蓝巍衍一伙的几个人见状，赶紧退回到房间里面。接着又将房门关上，在门里面继续说道："进来之后你就一直滥杀，我看你就是孔大龙埋在我们当中的钉子。"

"你放屁！我杀的人不都是你们认可的吗？你们不怀疑，我怎么会下手？我一直被你们当枪使，现在又想污蔑我，然后好对我下手了是吧——明白了，你们才是孔大龙安排的内应！"申魁已经杀红了眼，不顾身旁同伴的劝说，往前两步，双手一甩，两只手上突然各出现了一把飞刀，朝对面房门射了出去。

与此同时，对面房门缝隙间突然闪过一道红光，随后一团火球竟然"穿"过了房门，向申魁等人射了过来。申魁等人躲闪不及，顿时被火球击中，几个人身上立即着起了大火。这火燃烧得极快，只四五秒钟，便将这几个人都烧成了焦炭。

而对面房间里面的人结局也不太好。申魁死前射出来的飞刀，直接射穿了房门，在房间里面变成无数把，随后四处散射开来。房间里的人躲避不开，都死在了飞刀之下。转眼间，两拨人就这么糊里糊涂地都死掉了。

郝家哥俩和萧易峰三人都看傻了眼，见过窝里斗的，却没见过这种斗法。这哪是什么窝里斗，分明是自杀才对。

萧易峰缓了口气，跟面前的两位郝主任说道："你们说，这也是孙德胜局长干的吗？他人都不在民调局了，还能这样借刀杀人，神了！"

"他要有这个本事，民调局这座小庙早容不下他这尊大菩萨了！"郝文明也有些发蒙。不过他毕竟是带孙胖子出道的人，孙胖子有多大的本事，郝文明还是知道的。顿了一下，他继续说道："不是我说，能玩出这种花样的人，心眼儿可不在孙胖子之下。老大，你说呢？"

"没听到他们两边都在说孔大龙这个人吗？"郝正义说话的时候，从门后面走了出来。一边小心翼翼地前行，一边继续说道："古怪八成落在这个姓孔的身上，老二，你知道的人里面有叫孔大龙的吗？"

"孔大龙——这名字听起来就不像是有本事的。"郝文明跟在自己哥哥身后，继续说道，"不是我说，可惜孙胖子不在这里，不然他八成能知道这个姓孔的是谁。小萧，你知道这个姓孔的是谁吗？”

萧易峰犹豫了一下，说道：“车前子刚进民调局的时候，孙局长让我们五室调查过他的底细。具体的我记不太清楚了，不过车前子的师父就叫孔大龙，还有一种说法，说孔大龙就是车前子的父亲……”

听了萧易峰的话，两位郝主任都停下了脚步，不约而同都回头看了萧易峰一眼。两人都是一脸不可思议的表情，怎么也想不到孔大龙竟然和车前子有关系。不过要这么说的话，孙胖子对车前子异常的热情，也就说得通了。

就在这个时候，郝文明的对讲机响了起来。任局长通过对讲机问道：“郝主任、郝主任，你们那边没事吧？我们听到枪响了……没事吧？需不需要我们上去支援？”

距离刚才开枪已经过了两三分钟，这时候才想起来问。真是孩子刚死，奶来了——郝文明有些无奈地看了自己大哥一眼，正要回答的时候，对讲机里面突然响起来另外一个人的声音：“任局长，你们赶紧上来……我们刚刚遭到埋伏了……萧易峰殉职了，我们家老大也身受重伤。你快点来吧……不是我说，要坐电梯，外面都是那群邪道……”

这人说话的声音、口气和音调都和郝文明一模一样，郝家哥俩和萧易峰三人大惊，郝文明急忙朝对讲机大声喊道：“圈套！任嵘这是个圈套。刚才那个人不是我，听到了没有！听到了快回话！”

郝文明的警告没有任何回复，随后对讲机里又传出来任局长的声音：“知道了，郝主任你们再坚持一下，我们马上就到——熊主任，赶紧组织人手冲上去，不管牺牲多大，也要把两位郝主任救下来。我也上……”

对讲机被屏蔽了，却还能听到声音。郝文明三人急忙取出来各自的通信工具，这时候才发现手机没有信号，另外两个对讲机也只能接听，却传不出去声音。

“这个孔大龙算计到我们头上了！萧主任你赶紧乘电梯下去，别让他们上……”郝正义的话还没有说完，就见停在八楼的两部电梯突然快速下坠。接着楼下传来了一声巨响——对手早料到了他们准备干吗，提前直接将电梯毁了。

这时候，楼下又传来了一阵枪声，三人急忙向楼梯口跑去，一边跑一边扯着嗓子喊道：“别上来！这是个圈套！”只是楼下的枪声又响又密，完全盖住了他们说话的声音。

三人冲进了楼梯口，这时候发现楼梯上密密麻麻摆下了几十道阵法。明摆着告诉他们，想下去可不是那么容易的事情。

好在郝正义早有准备，他从袖口里面掏出来一根又细又长的钢索，一端固定在楼梯栏杆的把手上，翻身跳下了楼梯。他一手拽住钢索，顺着楼梯旁边的空间往下降。快降到三楼的时候，就瞧见民调局众人和几十名黑名单上的人在二楼交上了手。

双方各有损伤，幸亏民调局调查员身上都穿着内甲，虽然受伤不轻，却没有什么生命危险。他们的对手只要敢冒头施法，马上招致一堆子弹的攻击。就这么一会儿工夫，已经有了不小的伤亡……

让郝正义没想到的是，任嵘竟然冲在最前面。这位新局长不知道从哪儿弄到了一把民调局的制式手枪，不顾自己的安危，朝对面的人连开了四五枪。他射击极准，几枪下来对面已经倒了三四个人。放眼整个民调局，也只有沈辣的枪法能压他一头了。

不过出头鸟也是危险的，对面一个大胡子见任嵘连伤了他们多人，当下掏出来一张火符，手一甩符纸朝任局长飞了过去。

任局长见到一团黑影朝自己飞过来，条件反射朝黑影就是一枪。子弹正好击中了符纸，随着一声巨响，火符当即爆炸。爆炸的冲击力直接将冲在最前面的任嵘及三四名调查员掀翻在地，这还不算完，符纸爆炸之后，变成数十个火球向民调局众人飞撞了过去。

前面的调查员包括任嵘在内，身上都被火球打中，他们身上立即燃起了大火。好在这只是一般的火，他们在其他调查员的帮助下，脱掉了着火的衣服，随后被带去大厦外边治疗。

趁民调局这边手忙脚乱，对面的人继续施法。一个小胡子将自己调制的药水泼到几个已经死掉的同伴身上，随着他念动咒语，几具尸体直挺挺地站了起来，然后摇摇晃晃地向民调局众人冲了过来。

民调局这边连开数枪，打在这些尸体身上。民调局特制的子弹有除魔驱邪的作用，不过不知道为什么，子弹打在尸体身上竟然没有一点反应。这些人利用尸体做盾牌，向民调局这边逼了上来。

见情况对民调局不利，郝正义果断掏出左轮手枪，一枪放倒了操控尸体的小胡子，随后又打倒了几个冲在前面的。民调局的调查员见状，立即开枪，一顿乱枪之后，又打倒了四五个人。

别看郝正义只有一个人，却牵制住对方大半的火力。一击得手之后，他立即翻身躲到了楼梯后面。换好子弹之后，又向黑名单上的人开了几枪。

这些人被前后夹击，眼看就要崩溃的时候，从三楼跳下来一个女人，她是冲着郝正义来的。这个女人落到郝正义所在楼梯的上半层，手里一柄长剑朝郝正义甩了过去。

长剑脱手之后，竟然像一条灵蛇般，在空中游走着向郝正义蹿了过去。郝正义急忙抽出来自己的蛇形匕首格挡，匕首与长剑击撞，竟然发出来铜钟被敲响一样的声音。郝正义被震得一口鲜血喷了出来，匕首失手掉到了地上。

与此同时，另外一个人顺着刚才郝正义的路线，从上面的楼梯跳了下来。这人三十来岁的年纪，中等偏下的身材。脸色白得和民调局的白头发有一拼，虽然是个男人，但一举一动透着一股阴气。

看清男人的相貌之后，民调局几位主任脸色都一沉。在欧阳偏左的示意下，民调局的调查员停止开火，双方都得到了暂时喘息。

站在黑名单众人的身后，男人看也不看受了重伤的郝正义，对身前的黑名单众人说道："我让你们守着这里，我们俩去找孔大龙。你们就这样守的吗？我们再晚下来一分钟，你们差不多都要死光了吧。"

这时，刚刚治伤回来的任嵘瞅准机会，朝男人的脑袋举手就是一枪，欧阳偏左等人下意识想拦住他，却还是晚了一步。

"啪"的一声枪响，任嵘以为男人就要被爆头的时候，男人的手指头已经伸到自己脑门前，迎着弹道轻轻一弹。就听见一声脆响，他竟然将子弹原路反弹了回来，直接命中了任局长的肩头。

“都莫动手！”见民调局的调查员纷纷举枪对准男人，欧阳偏左急忙大吼了一声，叫住众调查员之后，他这才向对面一身阴气的男人说道：“毕先生，好久不见咧——听额一句劝，你和他们不是一伙，莫要蹚这里的浑水。”

男人叫作毕彦，和身边那些人不一样，他并不是黑名单上面的人，本事也比那些人大得多。他曾经还帮民调局处理过几次事件，和杨枭的关系也不错。当年拟定黑名单的时候，老杨替他说了不少的好话，因此才被排除在黑名单之外。说起来毕彦和民调局的关系算是不错的，也不知道这次他为什么要参与其中，与民调局为敌……

毕彦看了欧阳偏左一眼，说道：“欧阳主任，看在杨枭的面子上，我不计较刚才那个人开枪。不过麻烦你们撤出这座大厦两个小时，两小时之后，我们离开。大厦还给你们，至于大厦损坏要多少赔偿，你们开个价，他们绝对不敢还价。至于那些死在你们民调局手里的人嘛——我替他们做主了，死了也就死了，以后谁也不许再来找民调局的麻烦。”

“毕彦，别给脸不要脸啊，我们六室的人马上就要到了！”见这人不给欧阳偏左面子，熊万毅从地上跳了起来，捂着伤口对毕彦说道，“到时候你想走都走不了，都闹到这种程度了，你以为杨枭还敢保你吗？”

“聒噪！”毕彦根本不把熊万毅放在眼里，冲他喷出来一口浓痰。这口飞痰的速度竟然不亚于刚才的子弹，直接打穿了熊万毅的胸口。见熊万毅倒在血泊中，毕彦多少有些后悔，说道：“你们都看到了，是他不尊重我。还有，你们是不是还不知道？中午的时候，你们的孙德胜局长，把六室的白头发全部带走了。他们上了高速一路往南走，现在这个时候，应该已经到……”

“毕彦，废什么话！要么把他们都赶走，要么就超度了他们！”这时候，刚刚伤了郝正义的女人顺着楼梯走了下来。郝正义没有支撑住，这时候已经昏迷不醒了。

见到女人下来，毕彦好像换了个人似的，赔着笑脸说道：“你怎么还下来了，回去歇着嘛——这里有我就行，你别动了胎气，好不容易怀上孩子，我就指望他延续我们毕氏一门的香火了。”

“再找不到孔大龙，才会急得我动了胎气……”女人瞪了毕彦一眼，随后对身后众人说道：“这里交给我们夫妻了，你们赶紧去找孔大龙。多问问朱楠，或许他能帮你们找到孔大龙……还等什么？去啊！”

黑名单众人这才反应过来，起身想冲上楼梯。民调局众人想要开枪阻拦，却被毕彦和女人挡住。几位主任不发话，谁也不敢向那些人开枪。

就在这时，又有几个人影进到了大厦里面，因为两边正在紧张地对峙，谁都没发现大堂里面突然多了几个人。

熊万毅忍不住了，他对手下的调查员说道：“开枪！毕彦只有一个人，我看他能挡住几发子弹，你们听着！谁敢上楼就等着挨枪子吧……”

还没等毕彦有所动作，民调局众人身后突然有人大喊了一句：“不是我说，真是大制作啊，太他妈真实了……怎么你们选的拍摄地点和哥们儿我选到一起了？”

第二十三章　入囚脱困

听到这油腻腻的声音，不用回头看也知道孙胖子来了。按着孙胖子的脾气，这么大的场合，他不带上四五个六室的白头发都不好意思出现。

所有人看过去的时候，果然就见孙胖子带着车前子，在沈辣、二杨还有屠黯的簇拥之下，来到了众调查员的身后。冲欧阳偏左等几位主任笑了一下，孙胖子开口说道："不是我说，你们什么时候背着我也往影视圈发展了？这大场面得花俩钱吧？熊玩意儿，就数你最下本了。身上这窟窿眼跟真的似的，还呼呼地往外冒番茄酱……"

说话的时候，孙胖子已经走到了熊万毅身边，伸出手指对着他的伤口捅了一下，疼得熊主任直翻白眼，不由自主倒退了几步，大声吼道："孙胖子你故意的吧？明知道老子受了伤，还敢这样……"

"哟……真受伤了？"孙胖子"意外"地睁大了眼睛，看着龇牙咧嘴的熊万毅继续说道，"不就是拍场戏吗？怎么还把自己整受伤了——这不是任局长吗？看看人家这装化的，又是烧伤，又是枪伤的。明白了，这是男一号啊，哥们儿我受累打听一下，你们这剧组有床戏没有？这个咱们得认真学习一下……不是我说，咱们国产电影算不错了，就是床戏还差点儿，放不开。你们看看人家日本……"

见孙胖子带着一群白头发出现，对面黑名单上那些人脸上要多苦就有多苦。几乎所有人都看了毕彦一眼，心里都是一句话：你不是说这胖子带着一窝白头发离开首都了吗？这算什么？绕了一圈又回来了？

毕彦这时候心里也有些发凉，他冲孙胖子身后的杨枭干笑了一声，说道："枭哥，麻烦你帮兄弟解释一下，我这是误入歧途了——看在以前我也帮着你们办过事的分上……"

"别叫我枭哥，大家也就是见面点头的交情，其实不太熟。"杨枭一句话将毕彦堵住，随后他又冲孙胖子说道："这谁啊？我看着眼熟，怎么想不起来叫什么了？"

"这我哪知道？剧组请的反四反五吧。"孙胖子笑嘻嘻地看了对面黑名单上的人一眼。这些人便是当年和他谈判，得了好处才离开首都的。现在又在这里见到，孙胖子脸上的笑容更加灿烂了，拉过了身边的车前子，说道："兄弟，你得好好学学了，看看人家演的，一个一个都跟王八蛋似的。"

现场唯一一个不知道好歹的就是毕彦的女人了，她虽然也是黑名单上的人物，不过当初孙胖子看她是女人，没和她一般见识，给足了好处才让她离开首都的。这女人还以为是孙胖子怕了自己，她仗着自己有几分姿色，在圈子里混得开，谁都让着她几分，久而久之，有了一种自己本事很大的错觉，后来又找了个有本事的男人，于是更加张狂得没边了。

"孙胖子，别以为你带了六室的人过来，姑奶奶就怕了你。呸！"女人说话的时候，再次催动灵蛇一样的长剑，向孙胖子这边蹿了过来。

眼看着长剑到了孙胖子面前，站在他身边的杨军手里突然多了一柄细长的腰刀，直接朝长剑劈了下去。随着一阵金属相击的声音响起，长剑被直接斩成了两段，接着变成了两截被斩断的蛇尸，落到了地上。

这长剑是毕彦用赤瞳蛇炼制的法器，因为女人怀了他的骨肉，便将法器送给她护身。没想到因为这个女人不知天高地厚，将他这件法器毁掉了。法器连心，长剑断成两截的同时，毕彦一口鲜血喷了出来。身体倒退了好几步，最后靠着墙才没有倒到地上。

女人见长剑被毁，连累自己男人受伤，她这才有些慌了，急忙过去扶住了毕彦，张嘴却说道："你的法器不灵啊，差点连累我肚子里的孩子……"

“哈哈哈哈！”没等女人说完，孙胖子哈哈大笑了起来。他一边笑一边朝毕彦竖起了大拇指，说道：“徐霄娘现在是毕夫人了吧？好啊！一看就是贤妻啊，怎么都有孩子了？真好啊。孩子起名字了吗？叫王什么来着？”

问毕彦的孩子叫王什么，孙胖子摆明在暗示孩子不是毕彦的种。脸色原本就白的毕彦，这下更是一点血色都没有了，白得好像一张白纸。

“孙德胜你欺人太甚！”毕彦大吼了一声，随后身子一闪在原地消失。同一时刻出现在孙胖子的面前，伸出五根发青的手指向孙胖子的脖子插去。

孙胖子的身边都是白头发，哪能容得下一个毕彦造次。毕彦出手的同时，杨枭已经出现在他身后，一把揪住了他的头发，向地面猛摔了下去。老杨做事心狠手辣，下手就没有轻的。这一下直摔得毕彦又从地上反弹回来，接着又重重地摔回到地上。

毕彦全盛之时尚且不是杨枭的对手，如今强弩之末就更不行了。摔到地上之后，他又喷出来一大口鲜血，眼见着就要没命了。见他受了这么重的伤，沈辣微微皱了皱眉头，想要对杨枭说点什么。不过话到嘴边，犹豫了一下，还是咽了回去。

孙胖子古怪地看了一眼杨枭，随后笑嘻嘻地说道：“这探班也探得差不多了，哥们儿我一会儿还得去见王家卫，电影的名字都定好了，《重庆森林》的姐妹篇——《永安大厦》。兄弟，你说我这个电影名字怎么样？”

车前子没理会他这茬儿，看了一眼毕彦，说道：“赶紧的吧，我还等着吃饭呢。哎，那个姓毕的，要不然你自杀了吧。你死了我们好回去吃饭，最多喝酒的时候洒地上一杯，算你的。”

这时候，欧阳偏左凑了过来，对孙胖子说道：“大圣，别管这个瓜屄咧，郝正义还在上面躺着……”

欧阳偏左这句话给徐霄娘提了醒，她也不管地上的毕彦了，身子一晃到了不远处的郝正义身边，用一柄钢刺抵在郝正义的太阳穴上，说道：“我让他给毕彦陪葬……”徐霄娘也是不管不顾了，她身边的“同门”还没反应过来，徐霄娘就手上使劲，要刺死郝正义。

就在这时候，楼梯上响起来一声枪响。徐霄娘的太阳穴被打出来个窟窿，她哼都没有哼一声，便倒地身亡了。

所有人向上面看去，动手的是刚好赶下来的萧易峰。见大势已去，黑名单上的那些人都没敢向他出手。他们纷纷丢下手里的法器，坐在楼梯上等着民调局的人过去，将他们都抓起来。

见徐霄娘已经身亡，杨枭这才对孙胖子说道："大圣，老毕之前也给民调局做过不少事情。放他一马吧，起码他身上没有人命。"

其实刚才孙胖子已经看出来问题了，杨枭摔打毕彦的时候，看起来像是下了死手。可老杨是什么人？真想要弄死毕彦的话，绝对不会用这么笨的法子，他刚才那两下就是给孙胖子看的。

"老杨，哥们儿我再说一遍，我不是民调局的人了。"孙胖子嘿嘿一笑，冲刚刚缓过神来的任嵘说道："任局长，哥们儿我是来看拍摄地点的。你们先忙，我们上去看看！"

说完，孙胖子也不管其他人，拉上车前子，带着几个白头发上了楼梯。等占着楼梯的人都被民调局的调查员押走，孙胖子走到了郝正义身边，确定郝主任并没有什么大碍，才让萧易峰将他抱了下去。

有屠黯开路，楼梯上摆设的阵法根本不值一提。屠黯甚至都懒得费心破解，直接施展术法一路碾压了这些在他眼里不入流的阵法。他们这些人顺着楼梯往上走，走到二楼的时候，见孙胖子没有停下脚步的意思，沈辣忍不住开口问道："大圣，你不打算看看这层吗？兴许你要找的人就藏在这里。"

孙胖子嘿嘿一笑，说道："辣子，不是我说，要是你打算弄死对手所有人的话，会选择方便对手逃走的地方动手吗？如果是哥们儿我的话，一定会藏到靠上的楼层。一来呢，可以把人都引上去，方便集中解决；二来呢，对手即便发现中计，也不能立马逃走。"

这时候，车前子插了句嘴，说道："胖子，可惜你不是那个人。起码有好几十人没有被弄死吧？最后还是便宜那个姓任的了，你们等着看吧，九成这个功劳就要算到他头上了。"

听了车前子的话，孙胖子笑了一下，说道："兄弟，你又怎么知道，这几十个人被抓走，不是那个人算计好的？狡兔死、走狗烹的道理他比谁都懂。留下来几十个人，要比把所有人都弄死强。”

孙胖子刚说到这里，落到后面的屠黯突然说了一句：“四楼拐角藏着个人……是郝文明。”

听了屠黯的话，孙胖子急忙停下脚步，还没等他躲到后面去，又听到了屠黯的下半句话，这才松了口气。随后他恶作剧般蹑手蹑脚走到了四楼拐角，冷不丁跳了出来，结结实实地吓了藏在拐角的郝文明一跳。

“啊……大圣你可吓着我了。”郝文明吓了一哆嗦，见是孙胖子，这才苦笑了一声，说道，“下面怎么样了？不是我说，看见我们家老大了吗？刚才听到有人上来，还以为是那些邪道呢，我还打算杀他们个冷不防。”

“咱们家老大没事，这不是有我吗？”孙胖子嘿嘿一笑，继续说道，“再说了，你不是还把老萧派下去了吗？有他盯……”

“哪个老萧？萧易峰？”郝文明愣了一下，继续说道，“小萧还在楼上——不是我说，这楼梯上都是阵法，我们俩一个一个阵法破掉，他被困在六楼的惧安阵里了。幸好那种阵法只能困住一个人，我这才下来的……”

萧易峰还在楼上……孙胖子立刻反应过来，当下冲屠黯说道：“老屠，别让楼下的萧易峰跑了。”

屠黯也反应了过来，当着几个人的面，他施展出遁法去追赶楼下的萧易峰。郝文明多少明白点了，他对孙胖子说道：“楼下还有一个萧易峰是吧？这次进来这座大厦里，一直遇到邪事。我们好像被什么人算计了，每一步都被人算计到了。大圣，真不是你干的吗？要是你算计的，那可有点缺德啊！”

孙胖子难得地苦笑了一声，说道：“你还不信我？我孙德胜这辈子什么时候算计过郝头你？”

“我被你算计得还少吗？从十年前你和沈辣刚进民调局开始，抱月玉棺得了夜明珠分我了吗？”郝文明看了孙胖子一眼，随后继续说道，“不扯这些没用的了，你们赶紧上去把小萧弄出来。对了，这大厦里面还有个硬点子。刚才我和小萧都感觉到了，不过那个点子好像在找什么人，完全没把我跟小萧当回事。”

“硬点子？不是毕彦吧？”听了郝文明的话，杨枭第一个想到下面重伤的毕彦。

“那个娘们唧唧的毕彦？他不是你朋友吗？也没上不许进首都的名单啊……”郝文明摇了摇头，继续说道，“不是他，毕彦我还是知道的，他身上带着阴风呢。这个点子的本事不在毕彦之下，气息也不一样。刚才差一点就要了我和小萧的性命，后来发现我们不是他要找的人之后，直接就把我们俩无视了，名单上可没人有这样的本事！”

“管他是谁呢！”孙胖子笑了一下，继续说道，“郝头，下面的事情都摆平了，麻烦你带我们上去，先把老萧救出来。不是我说，风水轮流转回来了。咱们把这大厦转一遍，看看他们那些人到底在找什么。”

知道自己大哥没事，郝文明心里也踏实了。加上六室的白头发几乎都到了，能凑齐这个阵容就没有办不到的事情。之前一直被人算计，现在孙胖子到了，加上这几个白头发，怎么也要揪出来幕后之人出出心中恶气。

当下，他们继续顺着楼梯往上走，果然在六楼拐角的位置，见到了有些疯疯癫癫的萧易峰。他来回在这个只有两平米的拐弯处打转，嘴里念念叨叨：“入囚二十一，左七右一归八题……入囚二十二，左六右十七放虎归山林……”

他一边念着，一边不停在原地打转。孙胖子等人到了面前，萧易峰都没有发现，仍在不停地念，不停地转。

“萧易峰有点意思。”屠黯去追赶“萧易峰”了，现场资历最老的就是杨枭了。老杨看了一眼满身大汗的萧易峰，直接上去绊倒了他。没等萧易峰爬起来，老杨将铜钉子抵在萧易峰的后脖颈上，问道：“入囚八十一怎么说……”

萧易峰还没有从沉迷状态中走出来，他有些迷茫地看了杨枭一眼，回答道：“入囚八十一，左九右五做皇帝——杨枭……你们什么时候来的？我刚才在干什么？”

“你刚才在念囚咒。”杨枭抿嘴一笑，说道，“以前不知道你是龙甲的弟子，入囚脱困这门手艺早在世上失传了，没想到你竟然会用，之前真小看你了。”

这时候萧易峰也反应了过来，借着杨枭一拽之力站了起来，苦笑着说道：“这是我在一本古书残本上发现的，可惜了，当中五十五、五十九还有七十二的口诀不全。我不能被阵法魇住，只能来回不断地背这些……”

这时候，车前子多了句嘴，说道：“你们乱七八糟的都在说什么？什么入囚脱困？是不是就是囚歌？手里捧着窝窝头那种？”

杨枭之前吃过车前子的亏，不敢小看这个半大小子，也是看在孙胖子的面子上，解释了两句，说道：“那是南唐道人何琉自创的脱阵口诀，不管天下什么样的阵法，只要将口诀从一念到八十一，都可以脱阵而出。可惜他死后这口诀就只剩下残本了，后人再也背不全了。”

车前子不服，说道：“不是说他死后就只剩下残本了吗？杨枭你是怎么知道的？”

杨枭腼腆地笑了一下，指着自己的鼻子，说道：“因为我在他生前就看过了。”

第二十四章　模糊人影

这几个白头发神神道道的，车前子自然不信杨枭的话。他翻了翻白眼说道：“谁信你谁是傻子，下次你可以说你看上了人家媳妇，奸夫淫妇一起弄死了人家丈夫，然后人家丈夫兄弟武松回来……”

杨枭也不和车前子一般见识，他抿嘴一笑，对萧易峰说道：“回去等有时间的，你去六室找我，我把全部的口诀都告诉你。不过别太依靠这口诀，晚唐之前出现的阵法还管用，之后嘛，能不能脱阵就要看你的人品了。”

“回去之后再说人品的事，不是我说，现在忙点正事吧。”说话的是孙胖子，他见萧易峰身上没有什么伤，继续说道，“老萧，上次在广州的时候，你给哥们儿我的那种冲锋枪没富余的吗？怎么没见下面的人用？”

“广州那次给你的是带弹仓的喷子……”萧易峰是聪明人，明白孙胖子是什么意思。他苦笑了一声，继续说道：“不用问了，我自己说——我比你早三年进的民调局，是高亮局长特招进来的。先跟了郝文明主任三个月，然后去了二室跟丘不老主任。你重组民调局的第二天调我去了五室，当年提的副主任……”

“跟哥们儿说这些干什么？好像我不信你似的，老萧，你这样不好，伤咱们哥俩之间的感情……”说到这里，孙胖子装模作样地叹了口气。随后他马上扭脸又向郝文明问道：“郝头，那什么……我结婚的时候，你送我什么东西来着？你看看我这脑子，刚刚我们家一一还打电话说这事儿来着。”

“少来这一套，我送了个屁。你结婚的时候我送了两千块钱的礼金，你还说我小气，说了半年多……”郝文明作势踹了孙胖子一脚，整个民调局里，敢这么动孙胖子也就是他郝主任了。

孙胖子嬉皮笑脸地躲开了这一脚，说道：“这不是记差了嘛，想起来了，是杨书记，哥们儿我结婚他送了个烟灰缸。不是我说，这事我记他一辈子——不闲扯淡了，咱们继续往上面走。”

一行人继续顺着楼梯向上走去，再往上的阵法基本已被郝文明和萧易峰破坏掉。趁着上楼的工夫，郝文明将之前他们在八楼经历的事情跟孙胖子等人说了一遍，最后说道：“大圣，这么多年了，我还是第一次碰上比你还能算计的人。我们每一步他都算计好了——不对，是所有进入大厦的人，每一步都被他提前计算好了。遇到这个人，你可得小心。”

说到这里，他们也到了八楼的走廊。郝文明指着走廊两侧的房间，继续说道：“不是我说，几乎每个房间里都有死人，808死得最多，都是在黑名单上挂了号的邪道。”

郝文明说话的时候，杨枭深深吸了口气，随后说道：“死人的味道很重，但没感觉到魂魄的存在。谁在这里用过尸油了？还是我新炼制的。”

说到这里，杨枭一脸纠结地看着孙胖子，说道：“我新炼制的尸油是驱邪祟的，好了，现在想找个魂魄过来问话都不能了。”

“老杨，还没开始你就又翻车了？这不像你的风格嘛。”孙胖子好像算到了会有这个结果一样，他笑嘻嘻第看了一眼杨枭，转头对沈辣说道：“辣子，看你的了。”

沈辣点了点头，随后他的身后飞出来两道亮光。亮光一闪之后便消失得无影无踪，还没等车前子开口问，沈辣已经先开了口，说道：“死了五十五个人，和郝头说的一样，都是黑名单上的邪道。813、816这两个房间里面没人，不过里面摆设了六道阵法。”

说到这里的时候，两道亮光重新出现在沈辣的面前，随后亮光收敛，车前子这才看清是两把短剑。

郝文明有些惊讶地看了沈辣一眼，说道："辣子你添新本事了，我都不知道。我在民调局半辈子了，也没听说谁有这种本事。"

孙胖子看出来车前子的疑惑，他替沈辣解释说道："你二哥操控短剑在这一层飞了一圈，它们代替了他的眼睛，可以看到这一层所有房间里面的情况。"

车前子对沈辣远不如对孙胖子亲切，他也不知道哪根筋不对，竟然来了这么一句："好本事，这么厉害的本事是在澡堂子里练出来的吧？"

沈辣无奈地看了这半大小子一眼，随后冲孙胖子说道："看你的面子，我不和他一般见识。大圣，你得教教他了，这脾气早晚挨打。"

孙胖子嘿嘿一笑，和起了稀泥。说道："先忙正事，辣子，808里面肯定没有活人，也没有阵法吗？冷不丁跳出来个死人，哥们儿我也受不了。"

沈辣也不说话，自己走到了808门口。二话不说，直接推开了房间。门口还是成堆的尸体，这些人一脸死不瞑目的样子，不过民调局的人都是见惯了死人的，也不怎么在意。看到没有什么危险，孙胖子这才跟到了808门口。二杨护着他，穿过满地的尸体进到房间里面。

"808里面到底藏了什么人？竟然杀光了这一层的邪道！"孙胖子站在窗口，向下看了一眼，继续说道，"耗子和猫又掉转过来了，就是不知道现在那只老猫哪儿去了。"孙胖子一边自言自语，一边走到了卧室里，想看看有没有什么线索。

这时候，一直没有开口的杨军，突然说道："大圣，既然郝主任说那个人精于算计，就不会轻易留下来什么线索。就算发现了什么，也可能是那个人故意留下的圈套。"

孙胖子一边找，一边笑嘻嘻地冲杨军说道："大杨，哥们儿明白你说的道理，不是我说，这老虎也有打盹的时候——兴许那个人自己都不知道，什么时候留下来了致命的线索。要是万里有个一……"

说到这里，孙胖子脸上的表情有些细微变化，不过他很快又恢复了嬉皮笑脸的样子，说道："不是我说，看起来这个人还真是什么线索都没有留下来。算计得这么深，还如此的小心谨慎，不好对付呀！"

说到这里的时候，孙胖子捂着鼻子又到了死尸旁边。看了一眼地上的尸体，他对凑过来的车前子说道："兄弟，看到了吗？这些人都不是死在这里的。是死后被人移过来的，你猜猜看，为什么要把他们弄到这里来。"

"还能为什么？变态呗。"车前子直截了当回答了一句，随后继续说道，"看这死人堆得跟小山似的，进来还得踩着他们——不对！这下面有东西，那个人用死人盖住了，不想被别人看见。"

车前子有心想要搬开尸体，却又嫌恶心。就在他左右为难的时候，杨枭突然朝那一堆尸体吹了声口哨，就见早死透了的尸体竟然慢慢爬了起来，自动走到倒塌的墙壁旁边重新躺下，将 808 的门口让了出来。

虽然在民调局待了一段时间，不过见到了这阵势之后，车前子还是被吓了一跳。他向后连退了几步，避开了这些尸体。等这些尸体都挪开之后，这才看向门口的地面，地上并没有什么奇怪的东西，除了血水，剩下一些好像是细沙之类的东西，看起来像是某个死者的鞋底带进房间里面来的……

车前子蹲在地上看了半天，也没有发现什么异常的地方。他有些失望地站了起来，冲身后的孙胖子说道："我看走眼了，还以为哪个人临死之前把凶手的名字写在这里了。什么都没有……我就说那个人是变态吧？"

孙胖子眯缝着小眼睛，嘿嘿笑了一下，说道："兄弟，别说你了。刚才哥哥我也以为尸体下面有猫腻——不是我说，看来这里没什么有价值的线索了。那八楼也不用找了，咱们继续往上走。郝头，你不是说这里有个硬点子吗？咱们顺手把点子拔了。"

"大圣，你可千万别大意。当年的高老大怎么样？也是一肚子的算盘珠子，论起来算计还在你之上，结果呢……"说到这里，郝文明的表情突然变得怪异了起来。随后他叹了口气，又摆了摆手，说道："不说了，不说这个了。"

"不说就不说吧，我们继续上去看看，兴许还能有什么意外的收获。"孙胖子笑了一下，继续说道，"本来以为这次哥们儿我能扳回来一局呢，没想到让他假扮成老萧跑了。老屠也是，抓个人这么长时间都没有抓回来。这么长的时间，儿子都生出来了……"

808没有找到什么有价值的线索，孙胖子干脆放弃在这一层寻找了，他带着一行人上了九楼。永安大厦六层之上楼层的格局都一样，走廊两边都是外租的房间。房门紧闭着，有了八楼的经历，车前子看这里也觉得阴森森的。

刚刚到九楼，杨枭就愣了一下，随后对孙胖子说道："大圣，这一层还有活人，910里面有两个人，对面911也是两个人，不知道是不是黑名单上面的人。"

听了杨枭的话，沈辣原本想驱使两把短剑去查看一下，却被孙胖子拦住，说道："辣子，不用你动手。"然后他对车前子说道："兄弟，麻烦你走一趟，去把910和911这两个房间里的人叫出来。别怕，里面绝对不是黑名单上的人，应该只是大厦的租客。"

想到刚才808房门口的那一堆死人，车前子便有些犹豫，嘴里硬撑着说道："别闹了，这都打成热窑了，谁的心那么大？都这样了还不走？一看就不是什么好人……"

"就是打成热窑了才不敢走，你想想啊，外面又是死人又是打枪的，一般人敢出去吗？"孙胖子嘿嘿一笑，继续说道，"听哥哥我的，你去敲门，随便编个理由把人叫出来就行。剩下的不用你做，交给哥哥我了。"

虽然车前子认识孙胖子才几个月，不过他心里明白这个胖子不会害自己。指不定他心里正算计谁呢，走一趟就走一趟吧。自己打六岁开始就能驱除邪祟，九岁开始干架，这两件事情的经验十分丰富，只要对方手里没枪，那就没有什么好怕的。

当下，车前子在孙胖子等人的注视下，走到了910房间门口。他按了两下门铃，说道："警察！赶紧把门打开，准备好身份证检查，开门开门！警察查房。"

车前子喊了一阵子，却没有等到房间里的人回应。正当他开始疑惑房里是不是没人，杨枭是不是搞错了的时候，突然发现房门猫眼处晃了一下，似乎有人正透过猫眼在观察自己。车前子原本就是疯狗的脾气，见到房间里有人却不给自己开门，当下脑袋一热，对着房门猛踹了一脚。

车前子这一脚的力道猛了点，加上房门本身就不太牢固，合页有点松动，这一脚竟然直接将大门踹倒，将房内一个只穿了大裤衩的男人压在门下，不停地惨叫着：“哎哟！可撞死我了，哎哟哎哟，救命啊！”

见到男人被房门压住，房间里面跑出来一个肥胖的女人。不知道是不是因为抽烟抽的，胖女人嗓子哑得好像个男人一样。她一边往上抬房门，一边粗声粗气地说道：“我就说别去看，别去看，你非要逞这个能——大哥，要多少钱您直接说吧？三千五千我们就给了，但如果是要十万八万的，那就直接杀了我们吧。”

“什么乱七八糟的？警察查房听不明白吗？准备好身份证，一会儿我过来检查。”说话的时候，车前子转身到了 911 门前，刚准备直接踹门的时候，房门突然打开，里面一个四十来岁的男人拿着两张身份证，说道：“终于来警察了，我报警都快一个小时了。刚才楼下一会儿打枪一会儿爆炸的，我们也不知道出了什么事情，报警好久了，你们现在才来。”

“你报的警啊！”车前子歪打正着，正好碰上了报警的人。当下将两张身份证收了起来，看了一眼身份证，嘴里继续说道：“你是安山人？来首都干什么来了？是工作、旅游还是就医？怎么住到这里了？”

这都是车前子从电视里学来的，别看他年纪小，这样的场面话说得有鼻子有眼，中年人赔着笑脸说道：“我是带着老人看病的，这不是贪图这里便宜吗？我们爷俩一晚上八十块钱，可惜远了点，去医院坐地铁都要一个多小时。”

这时候，910 房间的男女也拿出来身份证，交给了车前子，说道：“我们两口子刚才也听到了，还想着下去看看怎么回事。还没等出门就让人堵回来了，也是个老警察，说大厦里面闯进了好几个越狱的犯人。不让我们出去，还说一会儿有他的同事过来，挨门查身份证……”

这两句话说得车前子一激灵，有警察来查身份证，说的不就是自己吗？怎么连自己这个无足轻重的小人物都算计到里面了？他忍不住向这四个人问道：“什么老警察？你们看清他长什么样子了吗？”

车前子说话的时候，两个房间的人越看车前子越觉得不对劲，这个警察也太年轻了。刚被压在门下面的大裤衩子问道："小伙子，你真是警察吗？你多大了？有十七没有？把警察的证件拿出来，我们也要看看……"

"我三十了，长得年轻点不行啊！"车前子皱了皱眉头，正打算继续说点什么的时候，突然发现没了房门的910房间里，多了一个模糊的人影。这个模糊人影站在那一对夫妻身后，正古怪地看向自己，好像在看什么稀奇古怪的东西一样。

看到了模糊人影，车前子立刻扭头向孙胖子那边大声吼道："不对！这屋子里有东西——你们赶紧过来帮忙！"

车前子大声喊叫的同时，也惊动了这个模糊人影，它立刻向车前子扑了过来。

第二十五章 鬼

车前子从小便有和鬼魅邪祟打交道的经历，不过眼前这模糊人影他却认不出来是什么。没有鬼魅的气息，也不是狐黄白柳灰之类的“仙家”，就是一道模模糊糊的影子，从里到外透着一股邪气。

不过不认得归不认得，车前子可是自打六岁开始就和各种邪祟打交道的，拥有丰富的经验。短暂的惊慌之后，见模糊人影向自己扑过来，他向后退了一步，随后迎着模糊人影猛地反冲上去，跳起来冲模糊人影就是一个嘴巴。

模糊人影从来没见过这样的“疯狗”，见车前子朝自己反扑过来，它反而愣了一下。就这一愣神儿的工夫，车前子的巴掌已经扇到了它脸上，直接将刚冲到门口的模糊人影扇回到屋子里面。

就这样，车前子还不算完。没等模糊人影反应过来，他又已经冲进了房间，一脚踹中模糊人影裆部，一把攥住它的脖子，正反给了四个大嘴巴。在车前子的手上，模糊人影一点还手的机会都没有，好像碰上了蛇的青蛙一样，哆哆嗦嗦地哀号着。

这时候，孙胖子几个人也到了门口。孙胖子原本还想让杨枭去保护车前子，瞧见眼前这副场景，老杨摊开了双手，苦笑了一声，跟孙胖子等人说道：“要不你们劝两句？不是我替它说话，这有点欺负‘人’了。”

孙胖子嘿嘿一笑，对车前子说道：“兄弟，给它留一口气。说不定这里面怎么回事就得问这个家伙了，打两下意思意思得了。老杨你赶紧拉住我兄弟，他打上瘾了，听不见我说话。”

除了民调局这几个人之外，那两户租户看不见人影，只看见刚才自称警察的半大小子对着空气一顿拳打脚踢。一边“打”，嘴里一边骂骂咧咧地说道：“我还能让你这个王八蛋欺负了？出门的时候，你妈没告诉你，离你爸爸我远点吗？哎！谁教你的臭毛病，还敢跟你爸爸还手！”

这哪是什么警察？分明是精神病院里跑出来的武疯子。孙胖子他们几个看起来也不太正常，这些人里面有一半是染了白头发的杀马特，加上一个总是笑眯眯看起来像精神分裂的胖子，也只有那个干瘦的半大老头和他身边的年轻人像正常人。当下，四名租客或向后退，或上前几步，都想躲进911房间。

“警察！”萧易峰先一步拦住了四名租客，随后掏出来警察的证件，给他们看了一眼，随后说道，“刚才除了楼下的动静，和之前不让你们离开的老警察之外，还遇没遇到过什么古怪的事情，比方说什么特殊的声音，或者人影……不舒服的感觉也算！”

“他们算不算？”大裤衩指了指被杨枭拉起来的车前子，继续说道，“领导，我多句嘴啊，这个武疯子也是警察吗？你们是不是先给他看看病？”

这几名租客看不见人影，解释起来有点麻烦。不过萧易峰还是起了飞智，咳嗽了一声，说道：“那位同志有癫痫病，刚才是发病了——说正事，刚才发现什么异常的情况吗？”

几名租客都摇了摇头，在他们看来，眼前这几个“警察”要比之前楼下的枪声、爆炸声还要古怪。这几名租客都不是黑名单上的人，从他们身上也感觉不到术法的气息。郝文明看了他们一眼，凑到孙胖子耳边说了几句悄悄话。

听了郝文明的话，孙胖子笑眯眯地点了点头，随后从萧易峰手里拿过了几人的身份证，看了一眼，又将身份证还给了他们，说道：“那就没事了，你们还得听老警察的话，回去关上门。不管外面发生了什么事情，都不要出来。”

胖女人收好了两个人的身份证，随后对孙胖子说道：“什么时候能完事？我们还得出去吃饭。要不这样，你们警察能不能送我们出去？要不然我点外卖，你们帮着拿上来也行。”

孙胖子笑呵呵地回答道：“这恐怕不行，辛苦你们再忍忍。等我们抓住那几个越狱犯之后，别说出去吃饭了，你们出去生孩子都没人管。相互理解一下，我们也是在执行公务——老杨，赶紧把我兄弟劝出来，咱们还得去上面一层。”

这时候，车前子已经被杨枭劝了回来。老杨一只手抓着人影，另一只手抓着车前子，这才将他们分开。不过小道士的疯劲还没过去，趁杨枭不注意，又给了人影几巴掌。在那几个租户的眼里，车前子哪像什么癫痫，怎么看都更像一个精神病人。

大裤衩两口子回到房间之后，两人对视了一眼，大裤衩低声对胖女人说道：“他们怀疑我们了吗？这房子本来就是租出去的，这个应该查不出来什么破绽。我们的气息也都闭住了，刚才那只鬼也和我们没关系——你帮我想想，看有没有漏下什么，刚才我一直心神不宁的……”

“他们的心思不在我们身上，等那个人的通知吧。赶紧弄死孔大龙，我们也好快点离开。”胖女人点了一根香烟，抽了一口，继续说道，“也不知道下面怎么样了，有一阵没听到枪声了。民调局的人不会都死光了吧？要是那样就麻烦了，孙德胜回头报复我们，谁也跑不了。可惜信号都被屏蔽了，联系不上。”

说到这里，胖女人突然给了自己一个嘴巴，随后冲大裤衩说道：“电话！电话信号早就被屏蔽了，对面两个老鬼怎么报的警？只要查到他，指定连累到我们——赶紧上去，和那个人说露馅了，孙德胜带着白头发上来了。”

大裤衩也反应了过来，犹豫了一下，对胖女人说道：“要不要先和对门通通气？咱们一起走！”

“你傻啊，那一个都走不了。露馅的是那俩老鬼，正好让他们拖着姓孙的。”胖女人说话的时候，进了卧室，随后她屏住一口气，身体竟然轻飘飘地浮到半空中。接近房顶天棚的时候，女人伸手推了一下天棚，就见一块半平方米大小的天棚被推开，露出来一个洞口。

胖女人顺着洞口飘到了楼上，将嘴里这口气吐出来之后，她又恢复正常，朝楼下的大裤衩说道："赶紧上来，别耽误工夫了。"

大裤衩不再犹豫，穿上了衣服、裤子，站到床上向上一蹿，抓住了胖女人的手臂，随后被拉到了楼上。上来之后，胖女人照葫芦画瓢，又推开了上一层房顶的天棚。就这样，带着男人一直上到了十二楼顶层。

两人确认孙胖子一行人还在楼下没有上来，快速地穿过走廊，到了通往天台的楼梯口。还没等这二人上天台，旁边1201房门打开，一个声音说道："谁让你们俩上来的？我刚刚让鬼传话，让你们缠住民调局的人，天塌下来都不许上来。"

"出事了，我们不上来不行！"胖女人擦了一把冷汗，继续说道，"孙德胜看出破绽了，寒盛兄弟俩让我们上来协助你，早一步了结孔大龙，他们俩会拖住孙德胜的……"

1201房间里的人沉默了片刻，这才说道："只有孙德胜吗？吴仁荻出没出现？"

大裤衩急忙说道："孙德胜是带了几个白头发，不过里面没有吴仁荻。我看过他的照片，这个敢打包票的。也就是沈辣、杨军和杨枭……"随后，他将刚才九楼发生的事情，向房间里面的人说了一遍。当然，最后还是编瞎话说寒盛兄弟让他们上来，他们二人留下来拖住孙胖子。

"我的鬼被抓住了……那个小孩子有点本事。"房间里面的人这才松了口气，随后继续说道，"先不用理会他们，想要走到这一层来，他们也要费一些手脚。你们留下来帮着寻找孔大龙吧，我能感觉到这条老狐狸就在附近，一个孔大龙竟然耗费了我们这么长的时间！"

"如果不是这人难对付，那些方士也不会找我们帮忙了。"胖女人赔着笑脸说了一句，又继续说道："不过那些人死的死，被抓的被抓，到时候我们拿到了孔大龙的人头，不会拿不到说好的给我们的天材地宝，反而得罪了民调局吧？"

“他们就算是死了，也要在死前把天材地宝交出来。”房间里面的人冷笑了一声，继续说道，“说好的三十三件天材地宝，已经交到老邓手里了。他只认人头，见到了孔大龙的人头，自然会把宝贝给我们——行了，你们一起去找吧。”

这一对男女朝房间里面的人鞠了个躬，随后男的去了前面的房间，这里有四五个人正地毯式搜索每一个房间。女人则上了天台，和天台上的三四个人汇合，在天台上寻找孔大龙的踪迹。

整座大厦已彻底搜过一遍了，现在只有这两个地方有可能是孔大龙最后的藏身之处。都知道孔大龙诡计多端，可实在想不通他还能藏去哪里。房间里面的人能清晰地感觉到孔大龙就在附近，却偏偏找不到他。

时间一分一秒地过去，下面孙德胜那些人随时都可能杀上来。1201房间里面的人越发急躁了起来，这时候，他留在十二楼楼梯上的阵法有了反应，已经有人从十一楼顺着楼梯上到十二楼了。

因为担心孙德胜带来的人会发现自己的气息，这人在整个十二层都设下了屏蔽气息的阵法。虽然有了楼梯阵法的示警，却不知道上来的是沈辣，还是二杨。

“该来的总是要来的。”这人慢慢地从1201房间里面走出来，站在十二楼的楼梯口。盯着随时可能上来的人。此时他心里也没底，先不说二杨，自己真有本事可以敌得过沈辣吗？还有那个痛揍了嵬的半大小子，他又是什么来头？

就在这人胡思乱想的时候，突然瞧见了顺着楼梯走上来的两个人——不是孙德胜他们，而是应该留在九楼拖住孙德胜他们的寒家兄弟。他们不是应该正想方设法拖住民调局的人吗？现在上来是什么意思？

三个人都是一愣，房间里面的人向寒家兄弟问道：“谁让你们也上来的？你们不是说要拖住孙德胜他们吗？怎么回事……”

寒家兄弟也一脸莫名其妙的表情，随后老大寒盛说道：“雷先生，我们没说要拖住孙德胜他们啊……是，刚才和他们几个是照过面了。我们兄弟俩也按照商量好的那样，走暗道上了十楼等着他们，只要一看见他们就催动阵法……可是、可是他们压根就没上十楼。看起来好像是上了楼，但人根本就不在楼上。我俩一人看守住阵胆，另外一个去找他们，结果九楼、十楼和十一楼都没找到他们，他们那些人就好像凭空消失了一样。要不您再派只鬼找一下？我俩还以为他们已经攻上来了，这才想着上来查看一番。”

“你说他们凭空消失了？”这位雷先生愣了一下，琢磨了一阵，自言自语说道，“不会是民调局那边又出了什么事情，把他们都调回去了吧？我的运气什么时候这么好……”

雷先生话还没有说完，突然听到天台上传来一阵嘈杂的声音。随后胖女人一脸惊慌从天台上跑了下来，对雷先生说道：“有直升机飞过来了……他们想从天上下来，我看到飞机上有好几个白头发……不行的话，咱们撤吧……”

雷先生万算万算，也没有算到孙胖子已经出了永安大厦，然后调来了直升机，要从天上下来。雷先生之前费尽心思摆下的阵法，真成摆设了。

“就差一步了！我去拖住他们……”雷先生大吼了一声，随后转身向天台走去。边走边说道，“给你们半个小时，还找不到姓孔的，那大家伙就等着同归于尽。”

说到这里，雷先生突然感觉心口一紧。低头看去的时候，就见自己胸口已经被一根大号的铜钉刺穿，铜钉钉尖已经露了出来。等他回头再看寒家兄弟俩的时候，发现这两个人已经变成了杨枭和杨军。

早知道就不摆设屏蔽气息的阵法了，要不自己也吃不了这个亏……雷先生心里一阵懊恼，他忍着疼痛，转身朝二杨惨然一笑，说道：“外面的直升机是假的，对吧……你们算好了时间，让直升机飞上来。分散开我的注意力，你们再对我动手……”

“本来我们俩早就应该上来的，不过寒家兄弟俩嘴挺硬，浪费了不少时间。”杨枭腼腆地一笑，随后继续说道，“好在我还有点小手段，让他俩说点什么还是有办法的。雷文赫，你少说几句，我也可以保你一条命。”

杨枭和这个雷文赫多年前有过一点儿交情，说起来雷文赫当年还间接帮他躲过了他舅舅的追杀。看在这点情分上，杨枭并没有立即下杀手。

“不用客气，你以为孙德胜会放过我吗？”说话的时候，雷文赫不顾胸前插着的铜钉，疯了似的向二杨扑了过去。见雷文赫冲过来，杨枭仅存的一点善心瞬间消失得无影无踪。他右手大拇指虚按一下，“轰”的一声巨响，雷文赫直接被炸成了两截。

不过还没等二杨这口气松下来，雷文赫断成两截的尸体里面好像涌泉一样向外涌出来数不清的黑色人影，正是之前车前子狠抽嘴巴的那种嵬。

如果只是一两只嵬，杨枭根本不放在眼里。现在眼前却是潮水一样的嵬，就是纵神弄鬼如杨枭，心里也一阵发毛。看着向四外涌的人影，他双手连续不断地射出来四五根铜钉，将雷文赫的残尸炸成了齑粉。

雷文赫虽然死了，可那些人影仍像潮水一样继续涌出来，越来越多。杨军用他的绣春刀瞬间劈翻了数十个人影，却也很快被数百个人影淹没了。

只是几个呼吸的工夫，十二层的走廊，以及天台上到处都是这种黑色的人影。

第二十六章　重蹈覆辙

雷文赫修炼的就是炼鬼之术，鬼是他炼制的私鬼。他用自己的身体作为容器，将鬼安置在里面。鬼修炼到了一定道行之后便可以一分为二、二变成四……这样一直分裂下来，而雷文赫的身体不受任何影响。理论上只要修为够了，雷文赫活得时间久点，他体内的鬼可以将整个地球覆盖起来。

这时的雷文赫自然没有修炼到体内的鬼可以覆盖整个地球的程度，不过将一个永安大厦覆盖起来问题不大。而且雷文赫死后，他体内的鬼不受控制疯狂涌出来，只要碰上活人，鬼便会像饿狼一样，一拥而上将活人缠住，直到活人被吸干精髓身亡，它们又去寻找下一个目标。

之前听命于雷文赫在十二楼和天台寻找孔大龙的人都被鬼淹没，被吸成人干之后，又被扔了出来。眼看局面就要不受控制的时候，从楼下飞上来两道亮光，是沈辣祭出了他的两把短剑，控制着短剑在鬼堆里横冲直撞。

沈辣的短剑乃是鬼的克星，被两柄短剑伤到之后，鬼立刻烟消云散。无奈雷文赫体内的鬼数量庞大得惊人，两把短剑斩杀鬼的速度还赶不上这些鬼冒出来的速度。这无数的鬼很快扩张蔓延到楼下，看起来像是无法阻挡了。

就在这个时候，已经冲到楼下的鬼突然骚乱了起来。它们好像遇到了什么可怕的东西一样，掉头向楼上逃窜。上下两个方向的鬼直接撞到了一起，向上逃窜的鬼也顾不得同伴了，它们踩着同伴的脑袋，拼了命地向上逃窜。

群鬼大乱的时候，面无表情的车前子顺着楼梯走了上来。那些鬼见到他之后，就好像退潮的海水一样，“呼”的一声迅速向回跑去。托车前子的福，被群鬼掩埋的二杨这时终于显露了出来。

二杨虽然都是长生不老的人，此时却都非常虚弱。两人身上的虚汗呼呼往外冒，看起来就像是刚洗完澡一样。两人互相搀扶着，艰难地爬起身来。正想看看这些鬼是被谁赶走的时候，正好瞧见面沉似水的车前子向他们这边走过来。群鬼远远躲开了这个半大小子，不敢和他有任何的接触。

逃得慢的鬼接触到了车前子之后，纷纷化成了烟雾，随后消散在空气中。见到了这个场面，二杨心里同时出现了四个字——种子力量。

车前子将鬼赶回到顶楼之后，他稳稳地站在了楼梯口，堵住了鬼向下逃生的路线。另外一边，沈辣操控着两把短剑，还在不断地斩杀鬼。虽然这些鬼还在源源不断地向外涌出，不过好歹算是暂时控制住了局面。

与此同时，见车前子将鬼赶回楼上，郝文明总算松了口气，对身边的孙胖子说道：“大圣，你说得对，这孩子真是个宝贝疙瘩。别说你了，现在就连我也想和他拜把子了。不管从哪儿论，他都是老三。”

“郝头儿，那可不成，这得有个先来后到吧？”孙胖子嘿嘿一笑，眼睛盯着郝文明，继续说道，“再说了，哥们儿我和他拜把子没问题。但你就不行了，你们俩可是师徒啊，师父和徒弟怎么能拜把子？”

郝文明没听明白孙胖子的话，他皱了皱眉头，说道：“等一下，大圣你这话什么意思？我什么时候成车前子师父了，真要论的话，我也只能算你的师父……”

“郝文明算，孔大龙还算不上。”孙胖子笑眯眯地看着一脸意外的郝文明，继续说道，“要是哥们儿没猜错的话，那个假的萧易峰应该是你在黑名单上面的人里安插的内应吧。他的任务完成了，你要送他离开，顺便也给你这个假的郝文明做下掩护……”

见郝文明还不认账，孙胖子笑呵呵地继续说道：“你也是好算计啊，把来杀你的人反杀掉了七成。不过这里面还有个你也对付不了的人，那就是身上能往外冒出来鬼的雷文赫。雷文赫你不敢杀，杀了的话就是你来面对刚才的情况了。所以你才将我们引上来，要借我们的手，来完成你自己的事情。”

“大圣，现在可不是开玩笑的时候。”孙胖子说话的时候，已经掏出了手枪。见枪口对着自己，郝文明急得脸色涨红，指着孙胖子说道：“孙胖子，你这么胡说八道，有什么证据吗？”

“证据就是你前面说了高老大去世那天的事情，这件事对郝文明、郝正义哥俩来说可是禁忌，他们俩都不可能提这件事。”孙胖子嘿嘿一笑，对“郝文明”继续说道，“砂锅居那次不算，现在我们一人一次，算是扯平了。”

“郝文明”叹了口气，苦笑了一声，说道：“大圣，按你说的，我这个假冒郝文明的人可是外人，怎么可能知道关于他的事情。不只是郝文明，还有民调局其他的事情，为什么我也知道？不信你就问，看我能不能回答出来？”

“用不着问，爷们儿你只要在民调局安插个内应就好。”孙胖子的枪口抵住了“郝文明”的腰眼，随后继续说道，“哥们儿我这一上午一直在想这个内应是谁呢？后来见到屠黯才明白。没有人比他更合适了，屠黯就是你在民调局的内应，对吧？”

“郝文明”终于不再争辩了。他苦笑了一声，再说话的时候，已经不是郝文明的声音了，变成了孔大龙的声音，说道：“是啊，确实是屠黯最合适。他得罪过我师门长辈，正好借这个机会表示一下。郝文明、郝正义的事情，以及民调局上上下下的资料都是他给我的。”

“郝文明”正打算继续说下去，没想到的是，原本以为楼上已经控制住的局面，这时又乱了起来。

先是车前子，他的呼吸变得有些紊乱，开始不停催促沈辣加紧诛灭这些鬼。见沈辣出手还跟之前一样，车前子便开始急躁起来。他迈步上前驱赶着鬼向沈辣那边退去，没想到走了没几步，身上那股力量突然消失，感觉到压力突然没了，无数的鬼转身向他扑了过来。

眼看这无数的鬼就要把车前子淹没的时候，从天台上面走下来一位白头发的男人。他有些无奈地看了面前这几个人一眼，开口说道：“孙德胜呢？

下次再用邵一一来要挟我，我就亲手让她变成寡妇。”

来人正是民调局的六室主任——吴仁荻！

吴仁荻慢慢地从天台上走了下来，他每向前跨出一步，身边四五米范围内的鬼瞬间都化成了烟雾。这些鬼开始惶恐起来，转头四处逃窜。沈辣看准了多数鬼逃窜的方向，催动两把短剑将这些鬼击杀。

这时二杨也缓了过来，他们俩死死堵住了楼梯口，将想冲下楼去的鬼击杀成了虚无。无奈鬼的数量实在太多，还是有十几只鬼冲到了楼下。

刚听到了吴仁荻声音的时候，孙胖子的底气瞬间足了起来。吴主任出马，这下所有的事情都不是问题了。不过孙胖子还没高兴多久，就瞧见头顶上有鬼冲下来。这些鬼也不知道是不是被吓蒙了，见到了孙胖子和“郝文明”竟然没有选择逃走，而是一起向他们扑了过来。

孙胖子也被吓了一跳，怎么吴主任到了，这些鬼还能冲下来。这时候来不及多想了，他赶紧掉转枪口。“啪”的一声枪响，两只鬼被串了糖葫芦，随即烟消云散。

孙胖子开枪的同时，另外一只手紧紧抓着“郝文明”，生怕他趁乱跑了。原本以为一枪可以吓退这些鬼，没想到的是，剩下的鬼竟然好像疯了一样，继续向孙胖子和“郝文明”扑了过来。

无奈之下，孙胖子只能不停地开枪，冲到最前面的几只鬼中枪之后化为虚无。后面的鬼继续扑了上来，六枪之后，孙胖子打光了子弹，只得拔出短剑，挥舞着不让这些鬼靠近，同时拉着“郝文明”向楼下退去。

他没退几步，突然反应了过来，冲“郝文明”说道：“爷们儿，这些鬼都是冲着你来的吧？这也是你算好的——你算到了这些鬼会失控，也算到了在这之前我会识破你的身份——呸！还识破，都是你故意让我发现的！”

“郝文明”笑眯眯地看着孙胖子，说道：“这个我得夸你两句了，小胖子，这世上除了你之外，也没人能发现这几处破绽了。现在你有两条路，要么放开我，自己逃命去；要么你还像现在这样抓着我，咱们爷俩一起被鬼吸干。快点考虑啊，没多少时间了。”

“哥们儿我就是死，也要拉上你垫背！”孙胖子再次感受到了机场时候的挫败感，他死死地抓住了“郝文明”，随后扯着嗓子朝楼上喊道：“吴仁荻！连几个鬼影子都收拾不了，你的本事是跟师娘学的吗？你师父是不是都不知道……不是我说，他们说的一点儿错都没有，要想功夫学得精，就得跟师娘……”

孙胖子的话还没有说完，楼上的吴仁荻怒极反笑，说道：“你说得好！”最后一个“好”字出口的时候，他猛地一跺脚，脚踩到地面的一瞬间，所有的鬼瞬间消失得无影无踪，连点灰烬都没有留下来。

解决掉了所有的鬼，吴仁荻向楼梯这边走了过来。在楼梯口看到昏迷不醒的车前子，吴仁荻用他招牌式的刻薄语气说道：“可惜种子了，沈辣好歹还是根韭菜，你最多也就是豆芽……”

随后，吴仁荻不再理会晕倒的车前子和二杨，顺着楼梯慢慢走了下来。看到了孙胖子，他一脸笑容地问道：“刚才你说什么？当着我的面再说一遍。”

“我们吴主任问你话呢，赶紧的，别让他老人家着急！”孙胖子扭头冲“郝文明”说道，“爷们儿，敢做就要敢当。”

这时，“郝文明”在自己脸上抹了一把，露出孔大龙的本来面目。他没有理会孙胖子，上下打量了吴仁荻一番，最后自言自语说道：“难怪了——你就是大名鼎鼎的吴仁荻主任吧，我之前只看过你的照片。早就想去拜望你了，不过一直没敢……”

“什么叫没敢？爷们儿你刚才那么不要脸的话都敢说，怎么不敢见我们吴主任？”孙胖子打断了孔大龙的话，赔着笑脸对吴仁荻说道，“不是我说，吴主任您给我个面子。怎么说你们也算同门，孔大龙也是从海上回来的……”

吴仁荻的目光停留在孔大龙脸上，说道：“就是你把这个胖子搅得鸡犬不宁？我还以为只有当年的高亮有这本事。下次多使使劲，直接整死他吧。”

孔大龙哈哈笑了几声，说道：“我哪有那个本事，就是运气好，再说我也想和孙局长化干戈为玉帛了。别等到人家主动出手，到时候被整死的就是我这个小老头了。”

“那还得我亲自动手，你说怎么跟一一和小五解释好呢？”吴仁荻的目光转移到孙胖子脸上，似笑非笑地继续说道，“这样，就说你今天解决事情的时候，被这个孔大龙弄死了，然后我再弄死他，就算给你报仇了。等你头七过了，一一也好赶紧嫁人——沈辣这么多年也是一个人。”

虽然明知道吴仁荻是在吓唬自己玩，不过想到邵一一会和自己分离，孙胖子还是出了冷汗。他正准备说几句小话的时候，听到吴仁荻再次说道：“这是个好主意……”

刚听到这里，孙胖子眼前一黑，便什么都不知道了。

等孙胖子再睁开眼睛的时候，发现自己躺在医院 ICU 病房里，身上插着各种管子，旁边是显示他身体状况的各种仪器。

不对啊，这应该是车前子的剧本，怎么到自己身上了？感觉身体还能动，孙胖子急忙左右看了一眼，见到旁边还有一张病床，上面躺着的正是自己的兄弟车前子时，孙胖子苦笑了一下，心里想道：没死就行，看来老丈人还是没有下狠手。

就在孙胖子胡思乱想的时候，病房门打开，小老头孔大龙端着脸盆走了进来。他没有注意到孙胖子已经醒了，径直走到了车前子病床前。他从脸盆里面拿起来浸湿了的毛巾，一边给自己徒弟擦脸，一边嘴里念叨道：“老儿子，可不能再让那个车前子出来了，他出来一次，你这身体就要亏空一次……再等等，你再坚持一阵，差不多了我就让你们合二为一。”

擦完了脸，孔大龙又洗了毛巾，开始给车前子擦身体，嘴里继续说道：“对了，老儿子，我看见吴仁荻了，他完全想不起来当年见过我这个老头子了，我也没说见过他。长生不老就是好啊，这都多少年了，他的样子一点都没变。这次我原本想把他一起算进局的，不过想来想去还是算了吧，毕竟现在你也在民调局……”

孙胖子一动不动地听孔大龙念叨，或许能从他的话里面听到什么自己不知道的信息。

很快，孔大龙便给车前子擦完了全身。不过他并没有端着脸盆出去，而是走到了孙胖子的病床前。孙胖子见状急忙闭上了眼睛，假装自己还在昏迷中。

听到一阵水声，随后感觉到温热的毛巾在擦自己的脸。孙胖子突然睁开眼睛，骂道："老东西，你给你儿子擦完脚的毛巾，给哥们儿我擦脸……"

第二十七章　是个好人

“醒了啊，我以为孙局长你还没醒呢，想着也给你擦擦身子。”孙德胜突然醒来，孔大龙没有一点惊诧的表情，笑了一下，将毛巾扔到了脸盆里，继续对孙胖子说道，“你刚刚进来的时候可真吓人，心跳、脉搏啥都没有了，都送去太平间躺了半宿。最后还是你那位夫人和沈辣来闹了一下，这才把你从太平间里搬了出来。你说怎么那么巧，睡了半宿太平间，你的心跳、血压都有了。后来就把你送过来和我们家老儿子一起做伴了。”

孙胖子眨巴眨巴眼睛，看了一眼旁边还在昏迷当中的车前子，问道：“我兄弟这是怎么了？脱力了吗？”

“嗯哪。”孔大龙摇了摇头，继续说道，“他身体里面另一个车前子出来了，这次出来的时间太长了，身子亏空得太厉害，要躺一阵儿了。好在没什么大事，缓一阵子也就缓过来了。倒是孙局长你，刚送太平间的时候，你的治丧委员会都出来了。你们那个姓任的局长都来鞠躬了，说要替你完成遗愿。”

“姓任的，这事不算完！”孙胖子气得直翻白眼，随后他又想到了什么，继续向孔大龙问道，“除了这几个王八蛋之外，其他人什么反应？辣子什么反应？”

“沈辣没得说，直接给了任局长俩嘴巴。”孔大龙伸出来大拇指，朝孙胖子比画了一下，继续说道，“交朋友还得交沈辣这样的，打了挑事的，又打了说和的。你们那个姓杨的书记过来拉架，让他反关在太平间里了。然后逼着任局长向你道歉，要不是姓郝的、姓莫的和姓西门的都来劝，沈辣真能把他们俩都关太平间里……”

“那是，也不看看是谁的朋友。爷们儿，我和辣子那是托妻献子的交情。”终于听到了一点好消息，孙胖子脸上露出来了笑容，随后他继续说道，“也就是我老丈人把我送进来的，辣子实在惹不起。要不然的话，他能和吴主任拼命。对了，刚才你说郝头儿了。他没事吧？你假装成了他，他本人还好吧？”

“好得不能再好了。”孔大龙说话的时候，从床头柜上的果篮里摸出来一个苹果。他一边削苹果皮，一边继续说道：“我就是把他迷晕了，放在四楼的一间办公室里，也让他趁机休息一下。”

说到这里，苹果皮已经削完，孔大龙将苹果肉削下来，放在一个碟子里，将剩下的苹果核塞到孙胖子嘴边，说道：“吃点水果，去去火。”

“你不这样糟蹋我，我就没火！”孙胖子一扭头，避开孔大龙递过来的苹果核，继续说道，“孔大龙你过分了啊，果篮我可看见了，上面写的是祝孙局长早日康复。你是孙局长吗？凭什么你吃苹果肉，我就吃核？”

孔大龙笑呵呵地说道：“你还挑理了，我这不寻思着把这点苹果榨成汁吗？我们家老儿子能喝点流食……再说了，苹果核好啊，小人参能治百病。知道你为什么这么胖吗？就是太护食了。”

看着孔大龙笑呵呵的模样，孙胖子无奈地叹了口气，说道：“爷们儿，这话说回来，你怎么没事？事情是因为你起的，不会就这样黑不提白不提的算了吧？”

孔大龙端着脸盆站了起来，笑嘻嘻地说道：“凭什么不能这么算了？好几百个人要杀我，结果他们莫名其妙死了，怎么看我都是被害者，反过来怨我？还有王法吗？想要把我怎么样，起码得有证据吧？你说说看，谁会承认来永安大厦就为了弄死我？”

说到这里，孔大龙端着脸盆出去了。只留下孙胖子在病床上苦笑，不过孙胖子也是看在旁边车前子的面子上，并不打算深究。要不然的话，就算真没证据，他孙德胜也会制造出来证据对付孔大龙的。

等孔大龙端着空脸盆回来，孙胖子冲他笑了一下，说道："爷们儿，我再说个事儿。永安大厦808房间里面，褥子里面，还有门口那一摊——你费心费力用那么多死人遮盖住的东西，你们家儿子岁数还小，应该还用不上吧……"

"呵呵，孙局长你的年纪也不大啊，怎么都知道这一味中药了？还偷偷藏到自己兜里了……"孔大龙说话的时候，从口袋里摸出来几粒细沙子一样的颗粒，正是之前孙胖子在808房间找到的。当时以为没人知道，没想到还是被孔大龙发现了。

孔大龙将颗粒放到孙胖子的枕头边，说道："这个是正经的中药车前子，利尿的——有人拿着这个逼我自杀，说已经找到了车前子。如果我还活着的话，他们就去对车前子下手。你说说，他们都这么逼我了，我还能怎么办？只能杀了他们永绝后患呗……"

说到这里，孔大龙回头看了车前子一眼，确定自己的老儿子没有苏醒，继续说道："原本我没打算玩这么大，想着杀几个大的，吓唬住其他小的也就差不多了。不过这个人提醒我了，不斩草除根的话，车前子会有危险啊。那就没什么好说的了，就都送下去吧。"

孔大龙这几句话说得轻描淡写，孙胖子听了却直冒冷汗。他缓了口气，赔着笑脸说道："那是……要是有人拿我们家小五子这么吓唬我，那没得说，哥们儿我也得弄死一批人——爷们儿，民调局抓走的那批人你打算怎么处置？"

"那都是小鱼小虾，跟着大个的出来造造声势。他们就算真知道什么也不敢乱说，只能烂在肚子里。"说到这里，孔大龙冲孙胖子笑了一下，继续说道，"不过这次还有几个大个的没来凑热闹，估计是想猫起来，找机会扑上来再吓我一跳。我们家车前子还要你多费心，这孩子随根儿，不怎么会来事。有什么深了浅了的，看在我这个小老头的面子上，你别和他一般见识。"

孙胖子嘿嘿一笑，说道：“爷们儿，这话说得就见外了，那是我兄弟。我对他和对辣子一样，除了老婆、孩子不能给，其他什么都行，千万别客气。”

孔大龙点了点头，说道：“孙局长你这话说得热乎，我听了都想和你拜把子了，在老家的话这时候就应该喝点，喝蒙了你，拉上你和沈辣一起磕个头。那时候咱们哥仨单论，不和你们哥仨起冲突——你是什么时候知道车前子的身世的？”

孔大龙一顿胡说八道，说到最后一句时突然绕了回来，饶是孙胖子这样的人也愣一下，眼睛直勾勾地盯着正用同样目光盯着自己的孔大龙，这一老一胖二人互相对视了起来。

就在这时，病房外面响起了一个女人的声音：“别和我说什么乱七八糟的，等我们家胖子醒了，你自己和他说……”

说话的时候，病房门已经被推开，随后一脸怒气的邵一一抱着女儿走了进来。在她进门的一瞬间，孙胖子已经闭上了眼睛，继续装成昏迷不醒的样子。

跟着邵一一进来的，竟然是民调局新局长任嵘，任局长身上还带着伤。一溜小跑跟着邵一一进了病房，边走边说道：“我知道你不满意，可事情毕竟不是我决定的。弟妹……”

“别叫得这么近乎！你弟弟叫孙德胜吗？”邵一一回头瞪了任局长一眼，继续说道，“回去和你们领导说，别指望我们家胖子背这个黑锅。什么叫事前抽走了民调局主力？现在你还能在这里上蹿下跳，我们家胖子可是从太平间里捡回来一条命——好，我现在告诉你什么叫作抽走民调局主力，我一会儿就给吴叔叔打电话，看看到时候他听谁的。吴叔叔离开了民调局，杨枭、杨军和屠黯他们还会留下来吗……”

孙胖子出事之后，沈辣也没敢跟邵一一说是吴仁荻干的，只说是处理事件的时候受的伤。没想到听了这样的话，邵一一反而更加生气。孙胖子已经辞掉了民调局的工作，凭什么还要给民调局卖命——不用说，一定是被新局长逼的。

沈辣带她来看孙胖子的时候，得知自己男人已经送去了太平间，邵一一直接晕了过去。还是沈辣不信孙胖子就这么完了，又冲到太平间将他抢了出来。

邵一一对这位新局长任嵘一肚子的火，她回家去接女儿过来看爸爸，没想到又被任嵘缠上了，不停向她解释孙胖子出事和他一点关系也没有。

见病房里有人进来，孔大龙急忙退回到车前子病床边上，随后对邵一一说道："他嫂子，刚才我看到你男人手指头好像动了一下。不是老头子我夸他，好人啊！刚才迷迷糊糊地还喊你的名字，让你找一个姓沈的，一起照顾你们的孩子——老头子我七十多了听着都受不了，眼泪哗哗的。"

说着，孔大龙还装模作样地擦了擦眼睛，朝孙胖子竖起了大拇指，继续说道："好人哪，这放在古代就是岳飞、韩信、高仙芝啊……我们家老儿子得了这么一个大哥，上辈子积了大德了……"

这几句话说得邵一一眼泪汪汪的。她坐到了孙胖子身边，将女儿放到病床边坐着，摸着孙胖子的手说道："你也是傻，这世上还有谁能代替你吗——咱们还有吴叔叔，你死不了，你不在了我可怎么办……"

这时候，就见孙胖子的嘴巴动了动，好像要说什么的样子。邵一一急忙将耳朵贴到了他嘴边，一边重复着孙胖子说的话："黑锅……我……背了，不要……难为……我女人——姓任的你看看！你都把我们家胖子欺负成什么样子了……呜呜……你等着……等着我和吴叔叔说……"

说到一半的时候，邵一一已经忍不住大哭了起来。任嵘都快崩溃了，走过来拉住孙胖子的手，说道："哪有什么黑锅？咱们把话说清楚……"

孙胖子都昏迷不醒了，还被这个任嵘欺负，邵一一的脾气上来，连抓带挠地将任嵘赶出了病房。孙胖子偷眼看去，解恨地朝任嵘的背影啐了一口。这时候，他的女儿咯咯笑了起来，学着孙胖子的样子，朝门口不停吐着口水。

邵一一回到了病房里，见到女儿吐口水便皱起了眉头，刚想教育女儿几句的时候，就见自己男人慢慢睁开了眼睛，一脸迷惘地看着自己，说道："一一……我这是在哪儿？我们明天结婚，怎么住院了……怎么回事？这个小姑娘是谁？她怎么叫我爸爸……”

邵一一先是愣了一下，随后强颜欢笑说道：“你先等等我啊……千万别乱动，小五，看好你爸爸……”

说完，邵一一飞快离开了病房，随后听到走廊里她尖着嗓子喊道：“大夫！大夫……ICU 的孙德胜醒了，你们快过来看看，他好像失忆了……”

趁自己老婆喊大夫的工夫，孙胖子朝自己的女儿做了个鬼脸，说道：“别和你妈妈说，爸爸和她做游戏……”

一旁的孔大龙苦笑了一声，对孙胖子说道：“你就打算这么报复吴仁荻吗？小心他让你回太平间去。”

就在这时，车前子也缓缓地睁开了眼睛，瞧见面前的孔大龙，小道士又闭上了眼睛，嘴里喃喃自语说道：“这个梦还做不醒了，净做噩梦了……老登儿，你要是真出事了，就给我托梦……”

孔大龙笑吟吟地看着车前子，朝孙胖子做了一个噤声的手势，转身悄无声息地离开了病房。

这边孔大龙刚离开，邵一一便带着几个医生回到了病房。几个医生给孙胖子来回一个劲地检查。车前子被吵醒，这时候他才反应过来刚才不是做梦，是真看到了自己的师父。当下，车前子直接从病床上跳了起来，一把推开了正在给孙胖子检查身体的大夫，向孙胖子问道：“刚才那个，真是我们家老登儿吗？”

“车前子！你大哥都这样了，你怎么还折腾他！”邵一一上前拉扯开车前子，一脸关切地对孙胖子说道：“胖子你别怕，有我呢……你想不起来了没关系，咱们慢慢想，等我把这几年的事情都说给你听……这是咱们的女儿邵舞，是我跟你去美国的时候生的……小五，赶紧叫爸爸……什么辣辣，好好的别闹，沈辣不是你爸爸，他才是……你要上厕所啊……车前子你看着你哥，我带你侄女去下厕所……”

趁邵一一带女儿去厕所的时候，车前子又走到孙胖子面前。他刚刚苏醒过来，脑子还有些混乱，分不清自己刚才看到孔大龙是不是真的。想要再开口问孙胖子，但见到几个医生在折腾他，又有些不忍。

就在车前子纠结的时候，孙胖子主动开口了：“是，老头子来了……他让我带句话，我学一下啊——老儿子啊，你要听孙德胜的话，我不在的时候，就把他当成我吧。”

第二十八章　背了黑锅

车前子认定了孙胖子占自己的便宜，也不管那些大夫了，他冲孙胖子的屁股来了一脚。不过看在邵一一的面子上，这一脚踢得不重，也就意思一下。正当他准备再来几脚的时候，邵一一抱着女儿回来了。

别看车前子天不怕地不怕的疯狗脾气，不知道为什么，却有些怕邵一一。孙胖子这位夫人一瞪眼睛，小道士就算是疯狗脾气上来，也能被她拉回来。见车前子作势要踢孙胖子，邵一一对他一顿数落："兄弟，你不能这么对你大哥。你真把他踹死了，是打算让我变寡妇吗？要不你一脚把我也踢死得了。小五你过来，以后你就跟着你三叔了……兄弟你什么意思？怎么回去躺着了？我还没说完……"

孙胖子身体恢复的速度让医生大跌眼镜，这还是前两天那个已经宣布死亡，送去太平间的人吗？这才几天的工夫，竟然恢复得跟正常人一样了。

倒是同病房的车前子，看着生龙活虎的样子，一番检查之后，身体还很虚弱。明明只有十八九岁的年纪，怎么身体虚弱得好像六七十岁的老头？回光返照似的踹了孙胖子一脚之后，车前子便回到病床上躺着了，一动不动，还浑身往外冒虚汗。

不过就是这样，车前子还动不动就找事儿。只要看不顺眼的，怎么也要呛几句，像是要把对邵一一的火撒到别人身上。

“护士，今天都几个吊瓶了？你们这么大的医院是不是就指着我活着了？这是把快过期的吊瓶都用我身上了吧？这是葡萄糖水？怎么看着像福尔马林……你管我见没见过福尔马林。”

“大夫，你是兽医学校毕业的吧？是不是给人看病不习惯？照你这么给牲口的检查法，我得死你手上……怎么又不使劲了？要不也给你找个大夫看看吧，你比我虚多了……我问一下，你都给我开了什么药？刚才我还好好的，怎么吃了你开的药，心脏开始难受了——你他妈踩我氧气管了，故意的吧？你别走，我要给自己报仇。”

“兄弟，是不是身体动不了特难受？”孙胖子躺在病床上，笑眯眯地看了车前子一眼，继续说道，“以前没发现你还有这嘴碎的毛病，看来不能让你闲着。一一，柜子上有刚刚切好的苹果，你拿去给兄弟磨磨牙。”

邵一一这才注意到车前子的床头柜上摆着一碟子刚刚切好的苹果。她转头看了一眼，没注意到孙胖子正向自己使眼色，直接开口说道：“对了，咱兄弟的师父呢？他都来照顾好几天了。怎么兄弟醒了，他人却看不到了？这小老头有意思，天天都在夸你……胖子，你眼睛怎么了？”

从邵一一嘴里听到了孔大龙的消息，那就不会是假的了。车前子忍不住翻身坐了起来，向孙胖子问道：“我们家老登儿真来了……胖子，你就实话实说吧，他管你借了多少钱？我老家农村他都欠了几百万的亏空，你这家大业大的，怎么也有个百八十万的吧？”

“钱都是身外之物，哥哥我还从来没有在乎过。”孙胖子嘿嘿一笑，继续说道，“不过你师父真是把你交给我了……不是抵押，就是让哥哥我照顾你。他在外面认识了一个有钱的寡妇，一不小心还弄出孩子了，准备过了年就结婚，到时候再给你添个小师弟……”

“胖子你别瞎说，咱兄弟他师父都七十好几了吧？哪还能生孩子了？”邵一一都听不下去了，将果盘放到车前子身边，对车前子说道：“兄弟你别听你哥哥瞎说，你师父我见到了，挺慈眉善目的一个小老头，哪有你们说的那么不堪？”

“他什么事情做不出来！”这兄弟俩异口同声说了一句，接着两人又无奈地苦笑了一下。车前子躺回到病床上，擦了擦额头上的虚汗，说道："那老登儿要是真能找个女人，收收心过日子那就好了。这么多年他一直不着调，别看我是他徒弟，干的却是他爸爸的活儿。挣钱伺候他不说，还得操心老登儿别出去惹祸。今天在老张家打麻将输钱了，明天泡在李寡妇家里，让人家老公公堵被窝了，到头来都得我想办法去赎人……你们都说我的脾气像疯狗，可是谁摊上这么个老登儿，脾气能好了？

"我还是小孩的时候，就拿着观里的钱去赎人。那些王八蛋欺负我小，连打带吓唬的，给了钱还要给俩嘴巴。后来我长大一点了，一次被他们欺负得急眼了，抄起来菜刀就要和他们拼命。当时我也是不想活了，就想着砍死一个够本。没想到我一个半大小子，追着七八个老爷们儿满村子跑。

"那次之后我就明白了，人善被人欺啊。之后我就越来越横，老登儿不是去要钱吗？我去了直接就掀桌子，举着铁锨去拍拉他要钱的人。他去哪个老娘们儿家瞎泡，我直接就把他们房子点了。从那时候开始，整个村子都开始怕我了……"

邵一一心软，听不得这样的话，听着听着眼睛就红了起来。随后她拉着孙胖子说道："胖子，兄弟的命太苦了……你想办法劝劝那个老登儿——老人家，一大把年纪了，就别折腾孩子了……"又转头对车前子说："兄弟你放心，你哥是你亲哥，你嫂子就是你亲嫂子。有我们俩在，谁也不敢再欺负你。"

就在这时候，病房门再次被打开。白头发的沈辣从外面走了进来，他手里捧着一大包东西，进来的时候他的视线被遮挡住了，不知道孙胖子已经苏醒了过来。

"一一，我在这里守着就行了，你带孩子回去吧。大夫说大圣还得再昏迷个把月……"说到一半的时候，沈辣终于见到了正笑眯眯冲他傻乐的孙胖子。

"大圣，就知道你没事，好人才短命，你这样的怎么也得活个二百……"沈辣见孙胖子已经醒了，手里的东西也不要了，直接扔到了地上。

邵一一见惯了这哥俩的交情，任由沈辣拉着孙胖子又说又笑的。等沈辣折腾完，她才说道："行吧，辣子你来了就好。我们家胖子，还有咱们兄弟就都交给你了。我先带小五回去，这孩子来了就一个劲地瞎折腾，有什么事情你给我打电话。"

说着，邵一一带着女儿离开了病房，只留下三个老爷们儿在病房里嘻嘻哈哈的。外面的人看见，怎么也不会相信这里是医院的ICU病房。

等邵一一离开，孙胖子才对沈辣问道："辣子，永安大厦的事情最后怎么解决的？"

沈辣说话之前，先看了一眼车前子，接着开口说道："一共死了一百九十八个人，这些人也没有亲属记录，分散到了几个火葬场的停尸间，等过了规定的时效期就安排火化。我们抓住了三十六个人，现在都暂时扣押在重新建成的小北监狱里——你去美国的时候，欧阳偏左改造了监狱，设计了可以关押修士的监仓。"

说到这里，沈辣顿了一下，他看了一眼孙胖子，继续说道："还有一件麻烦事，牵扯到你了……"

沈辣继续说道："大圣，永安大厦808房间的承租人是你——任嵘的人找了租房中介，找到了有你签名的租房合同。签名已经找笔迹鉴定专家比对过，三个笔迹鉴定专家一致认定，就是你的笔迹。"

孙胖子眯缝着眼睛听完了沈辣的话，他脸上没有一点多余的表情，接着沈辣的话问道："局里是怎么处理的？"

"这个自然是向着你了，就是任嵘也不敢给你定性。"沈辣说话的时候，掏出来一根香烟，不过反应过来这是在病房之后，他收起了香烟，继续说道，"后来查到签订合同的日子，正好那时候你们在广州，大圣你也没有分身之术。最后定成了陷害，部里已经下了结论，不会对你造成什么影响的。"

车前子在一边没有听明白，他皱了皱眉头，说道："这不是屁事都没有吗？那胖子你还愁什么？"

孙胖子嘿嘿一笑，说道："永安大厦的事情还没完。不是我说，辣子，哥们儿我是808承租人的消息，已经传出去了是吧？"

沈辣点了点头，说道："除了民调局之外，还有三个人以警察的名义去调查过，后来证实都是假的。大圣，你要小心了。”

车前子终于听明白了，他睁大眼睛盯着孙胖子，说道：“我可能听明白了，胖子，这是有人陷害你啊！”

“要是这么简单就好了。”孙胖子倒吸了一口凉气，继续说道，“不是我说，那个老家伙是想要祸水东引。这次在永安大厦没杀过瘾，有几个人没有露头。这时候放出来这个消息，就是向外面表明这次他是和我联手，才解决掉那么多人的。如果有谁还想对他怎么样的话，那就要先干掉我这个‘后台’。”

说到这里，孙胖子从病床上坐了起来，问沈辣要了他的电话，随后继续说道：“按着我的性子，也不会坐以待毙等着别人来杀——一一！辣子，去追一一……”说到一半的时候，孙胖子突然反应了过来，随后他也什么顾不得了，裹了件衣服就向病房外面跑去。

还没等孙胖子跑出去，又一个白发男人出现在了病房门口。来人竟然是亲手送孙胖子进ICU的吴仁荻。

没等孙胖子反应过来，吴仁荻将几根带血的手指头扔到孙胖子面前，随后用他特有的语调说道：“我是想让一一变寡妇，不是让你变成光棍——你在外面惹的祸，想让自己老婆孩子替你背黑锅吗？”

见到吴主任出现，孙胖子这才松了口气。就这么几秒钟的工夫，他全身上下已经被冷汗湿透，当下一屁股坐在地上，呼呼直喘粗气。

沈辣将地上的手指头捡了起来，说道：“还真有人敢找一一的麻烦，这个圈子里还有人不知道她和您的关系吗？”

“不怕死的傻子什么时候都不缺。”吴仁荻扫了一眼病房里这些人，继续说道，“我让屠黯去送一一娘俩回家了，你们给我一个名单——胖子，你运气好，还有人替你擦屁股。”

听了吴主任的话，孙胖子脸上的表情变得古怪起来，就好像吃了什么不好消化的东西一样，五官都纠结在一起了。深深地吸了口气，孙胖子对自己的老丈人说道：“吴主任，这事咱们是被人算计了，这一步一步都被人牵着鼻子走。”

"所以说一一娘俩替你背了黑锅。"吴仁荻看了孙胖子一眼，继续说道，"两个小时之内，你去把名单弄出来给我。剩下的就不用你们管了——这次动静小了，以后谁在你那里受了欺负，都会拿一一娘俩出气。"

吴主任刚刚说完，沈辣的电话突然响了起来。他接通之后说道："是，大圣刚刚醒过来，郝头你直接对他说吧。不用找了，吴主任就在我们这边。他想从中介那边得到消息人的名单——那行吧，你直接和他说，我开免提。"

说话的时候，沈辣已经将打开了免提，随后将电话交到了孙胖子的手里。这时，电话里面传出郝文明那带点痰音的声音："大圣，我听说你醒了……和你说件事情啊，就在五分钟之前，有几个人想要绑架一一和小五子。郝主任和屠黯正好及时赶到，把一一和孩子救了下来。不过我从监视视频没看到他们做了什么，那几个人直接消失了——我知道是吴主任干的，不过当时还有不少目击者，我这边说不过去。不是我说，那几个人随便打两下就得了，赶紧让吴主任把人还回来。"

孙胖子干笑了一声，看了看沈辣拿着的手指头，对电话那头的郝文明说道："郝头，你这电话打晚了，吴主任已经把该办的事情都办完了，他现在要查找过中介的人的名单。郝头，整个的尸首是找不到了，不是我说，还剩下几根手指头你看要不要意思一下。"

听到吴仁荻已经把人都处理完了，郝文明在电话那头苦笑了一声，说道："早这么说不就明白了吗？就这样吧，我再想别的办法解决——大圣，既然醒了那就抓紧回局里一趟，不是我说，永安大厦的功劳都归了任嵘，黑锅差不多要落到你头上了。这几天就要宣布了，你可要早做安排。"

说到这里，郝文明那边好像来了什么人，郝文明和来人客气的同时，挂断了电话。

孙胖子苦笑了一声，自言自语说道："哥们儿我又被人算计了，这次算得太狠了，还把我老丈人也算计进去了。还以为都这样了……"

第二十九章　护全其生

市中心丽嘉大楼，发色一白一红两个男人站在天台上，这二人正是方士一门最后两任大方师广仁和火山。两人对面还站着一个小老头，竟然是刚刚离开医院不久的孔大龙。

见到了孔大龙，白发男人停住了脚步，红发男人走到了孔大龙面前，说道："大方师如约到了，有什么事情说吧。警告你，在大方师面前不要耍诡计，要谨言慎行。明白吗？"

此时的孔大龙好像变个人似的，他恭谨地向面前的红发男人行礼，说道："是，在大方师面前一定谨言慎行，不敢心生诡计。"

"你的话我怎么敢相信？"站在远处的广仁终于开口，他古怪地看了孔大龙一眼，继续说道，"你设的局连吴勉都算计到里面了，还有什么是你不敢做的吗？你是真不怕吴勉报复，还是说你手里有吴勉不敢动你的凭借……"

说到这里，广仁又古怪地看了孔大龙一眼，继续说道："你能找到我和火山，说明你已经想好怎么算计我们了……不要紧张，能算计到我是你的本事，不过也不能白算计，你总要拿出来点什么交换一下。比如说车前子的种子是怎么回事，或者你拿住了吴勉的什么软肋？"

听广仁说出来自己算计了吴勉，孔大龙笑了一下，说道："原来两位大方师也调查过 808 的租户，都是一点小心思。要是真惹恼了吴主任，还请两位大方师能说说情，别让小老头我死得太难看。”

见孔大龙岔开话题，火山皱了皱眉头，说道：“大方师在问你话呢！不要顾左右而言他。赶紧回话，或是车前子的种子，要不就是吴勉的软肋，你总要说出来……”

“火山，不要吓到孔先生，他既然约我们过来见面，总会有些交代的。”没等火山说完，广仁已经拦住了他。顿了一下，他继续对孔大龙说道：“我知道海上的老先生下了对你的格杀令，但格杀令没有给我，我也不用为你的死活操心。现在你自己送上门来了，孔先生，你说我该怎么办？”

“巧了，我手里也有一份法旨，不过不是什么格杀令……”孔大龙嘿嘿一笑，从自己的背包里摸出来一封竹简。恭恭敬敬地双手交给火山，说道：“请两位大方师观看，看后请赏还，日后我还要回去复旨。”

火山皱着眉头接过了竹简，他不敢先看，转身送到了广仁手里。广仁打开竹简看了几眼，随后便沉默了。他不说话，火山也不敢问，对面的孔大龙笑眯眯地看着这对师徒，场面变得有些微妙起来。

差不多过了一分钟，广仁长长地出了口气，随后将手里的竹简递给了火山，说道：“你不要看，直接还给孔先生——既然有这封法旨，你早就应该拿出来的。何苦这么鬼鬼祟祟？说吧，要我师徒做什么？”

接过竹简，孔大龙小心翼翼地收好，这才说道：“这些日子，我要忙些事情。请两位大方师替我照看一下车前子，这孩子还小，也没什么阅历，虽然有孙德胜看着，不过他也有软肋，终究比不上两位大方师。”

“一个月。”没等孔大龙说完，广仁已经打断了他的话。比画出来一根手指头，随后继续说道：“我亲自保车前子一个月，你要做什么，可以让火山帮忙。”

“多谢大方师好意，小老头我已经计划好了，暂时不用借助火山大方师。”说到这里，孔大龙笑了一下，随后继续说道，“车前子那孩子从小爹妈都不在身边，被小老头我惯得没边了。他要是有什么得罪大方师的地方，还请您看在他父亲的面子上……”

“不用说了，我知道该怎么办。”广仁不想再继续车前子的话题，这句话说出来，他便转身准备离开。临走之前留下一句话：“法旨上面的内容，我不想第三个人看到。孔先生，你明白我的意思吧？”

孔大龙正色说道：“是，一定不会有第三个人看到的。”

听到了孔大龙的承诺，广仁带着火山头也不回地离开了。等广仁师徒离开以后，孔大龙深吸了口气，擦了擦额头上的冷汗。又将那封竹简取了出来，直接一把火将竹简点燃。

看着噼里啪啦燃烧的竹简，孔大龙笑眯眯地自言自语说道：“肯定没有第三个人看见，要是被人发现这是假的，不用回到海上，你们俩就能把我撕巴了……老儿子，能做到的事情我可都替你做到了。你好好的，可别再招猫逗狗了。”

等竹简彻底烧成了灰烬，孔大龙这才松了口气。当他准备离开的时候，突然眉毛一挑，朝对面出口的方向说道：“谁在看小老头我的热闹？出来吧……”

话刚说到这里，孔大龙突然向前猛冲了过去。只一眨眼的工夫，这个小老头已经到了门口。不过他还是晚了一步，就见出口附近的空气扭曲了一下，正是某种遁阵特有的效果。孔大龙晚了一步，刚才偷窥他的人已经遁走。

“这年头还有这种遁法，有点意思了。”孔大龙微微一笑，随后慢悠悠地顺着楼梯走了下去。

等孔大龙的身影彻底消失，从天台入口的门房里走出来一个满身大汗的人。只是片刻的工夫，这人身上已经被冷汗浸透了。刚才就是这个人躲在这里偷看孔大龙的，担心自己被发现，他还提前准备好了遁阵。

后来见被发现了，于是立即施展了遁阵。只是阵法开启之后，他并没有遁走，而是闪身躲进了门房里。指望孔大龙见到了遁阵，以为自己已经逃走了。

能打了戏要孙胖子之人的眼，这人算是十分走运了。他闪身上了天台，月光映到他脸上，露出来五室副主任萧易峰的脸。萧易峰是尾随两位大方师到这儿的，没想到会发现广仁、火山与孔大龙之间的密会。

确定孔大龙已经离开了，萧副主任小心翼翼地走到了那一堆灰烬旁边。因为竹简质地坚硬，虽然已经烧成了竹炭，还是能隐约看到上面刻画的文字。萧易峰小心翼翼拨开竹简的灰烬，一行文字显现了出来——吾子托付于你，望护全其生……

虽然只看到了这一句话，萧易峰还是深深地吸了口气。他朝竹简的灰烬吹了口气，一阵狂风刮过将灰烬吹散。看着漫天的灰烬，萧易峰这才松了口气。就在他转身准备离开的时候，突然发现本应该已经离开的孔大龙不知什么时候已经站到了自己身后。

这个小老头什么时候到的，萧易峰竟然一点都没有察觉。就在他极度惊愕的时候，孔大龙笑眯眯地开了口："萧副主任是吧？我们之前见过面的，在永安大厦的时候，你一直没怎么说话。"

"我们见过面，在医院 ICU 病房里。"萧易峰平复心情，决口不提永安大厦的事情，对孔大龙说道，"我去看望车前子和孙德胜，你还让我带一个榨汁机。说好是垫付的，不过现在还没把钱给我。"

"小气鬼。"孔大龙呵呵一笑，继续说道，"你到这里来做什么？不是监视我这个老头子，一路从医院跟到这里来的吧？不对——我过来的时候，仔细检查过，没有人跟踪我啊！那就是跟踪两位大方师来的——也不对，那两位的术法远在我这个老头子之上，不可能发现不了。但你又只有跟他们俩来这一种可能，难道民调局的副主任与两位大方师私下相通？还是不对……"

听孔大龙逐个分析各种可能，萧易峰心里翻腾成了一锅粥。这老头子到底是什么来路，竟然这么厉害——自己在民调局这么多年都没有暴露，这小老头见过自己没几面，仅凭自己出现在这里，一番推论，竟然就快推测出自己的底细了。

没等孔大龙把话说完，萧易峰赶紧开口说道："那孔老先生你呢？刚才烧的书简给两位大方师看过了吧？故意烧毁又不撒掉，怎么那么巧……又被我看到最重要的一句话，是不是故意想让我看到再把那句话传出去——吾子托付于你，望护全其生……哪个吾？姓赵姓钱姓孙姓李，还是姓徐？真的姓徐吗？”

孔大龙有些意外地看了萧易峰一眼，意味深长地点了点头，说道：“小看你了，小伙子你比我想象的有意思……行啦，老头子我不碍你的事，就当你没来过，你也不要挡我的路。看在你的聪明劲上，老头子我和你说几句交心的话，广仁、火山都是百万挑一的人精。你脚踏几条船，一个不小心，大船把你拖水里淹死。”

“我听不懂孔老先生的意思。”萧易峰微微一笑，继续说道，“没事的话，我就先回去了。你知道的，我们民调局换了新局长，现在正是烧三把火的时候，不好侍候。”

“走你的吧。”说话的时候，孔大龙侧开了身子，让出一条路来。看着萧易峰从自己身边走过，他忍不住继续说道：“小伙子，有朝一日如果车前子遇到什么麻烦，你能搭把手的话，就请搭把手——就当我孔大龙欠你一个人情，只要你肯答应，日后你有麻烦，我也会尽力帮助。怎么样？”

萧易峰停下了脚步，看了一眼孔大龙，说道：“孔老先生，你从哪儿看出来我有搭把手的本事？六室那么多的白头发，随便拉出来一个都比我强得多。这话你应该对杨军、杨枭和屠黯说吧？”

“他们只是有点粗力气，远不如你有意思。”孔大龙笑了一下，从身上摸出来一张广告小卡片。这是他住小旅馆的时候，门缝上面插的。孔大龙顺手拿了，一直留在身上没舍得扔，没想到这时候用上了。他又摸出来一支笔，在小卡片背面写了一串电话号码。

“总有你们民调局办不了的事情，到时候就打这个电话。记住了，只有一次我出手帮你的机会，别浪费了。”说着，孔大龙将小卡片塞到了萧易峰的口袋里，随后笑眯眯地说道，“只要求到老头子我了，那车前子你就要多多费心了。”

就是眼前这个老头子，设局差点将孙德胜整得抑郁了。日后或许真有用到他的机会，萧易峰也没客气，收下了小卡片，对孔大龙说道：“老先生放心，真到了那个时候，我萧易峰必定舍命去保车前子。”

说完，萧易峰向孔大龙鞠了一躬，随后头也不回地离开了天台。孔大龙一个人站在天台上，看着萧易峰的背影，自言自语道：“小小的民调局还真是藏龙卧虎，没想到除了孙德胜之外，还有这么有意思的人，但愿你也别太早就翻了船。”

说完，孔大龙走到了天台边上，随后他猛地向前一跃，从天台上面跳了下来。老头子高速下落到一半的时候，他的身体突然消失在了空气中。

孙胖子苏醒过来的消息马上传开了，第二天傍晚，还坐着轮椅的杨书记亲自到了医院，看望孙胖子和车前子。见到孙胖子没什么大碍，杨书记悬着的一颗心这才放了下来。他拉着孙胖子的手说道：“德胜啊，你是不知道把我吓成什么样子了，没事就好……你是不知道啊，任嵘把永安大厦的功劳都抢过去了，还把黑锅都扣到你身上了。不只是你，这孙子还打我的小报告，说民调局之所以没能控制住局面，完全是因为我无法掌控全局，对手下的调查员疏于管理。”

说到这里，杨书记看了一眼身边的沈辣和车前子，随后压低了声音说道：“当年你整我的时候，可是挺狠的……天黑之后我都不敢待在民调局里，速效救心丸一瓶一瓶往嘴里倒——这些手段你可不能指着我一个人坑。”

“杨书记你说什么，我怎么听不懂？”孙胖子笑眯眯地看了杨书记一眼，随后继续说道，“不是我说，当年我都不知道出了什么事情，你可不能把什么事情都扣到我身上。再说了，我看任局长挺顺眼的啊，想扣啥黑锅就扣吧，反正哥们儿我也不是民调局的人了。”

杨书记还想多说几句的时候，一身正装的任嵘推开病房门走了进来。见邵一一不在病房里，他松了口气，随后笑着说道：“杨书记你也在啊——孙德胜同志，我代表民调局全体人员看你来了。”

任局长和孙胖子说话的时候，ICU病房外面出现了一个娃娃脸的白发男人，见病房里面多了两个人，他并没有推门进去，而是回头冲空气说道：“看准了，就是那个站着的人。”

第三十章　打击报复

任局长也不管孙胖子乐不乐意，一屁股坐在了孙胖子的病床上。因为之前在永安大厦受了伤，他的行动多少还有些吃力。

“因为你在永安大厦时的突出表现，我和部里的领导开会商量过，想请你回民调局做顾问……”说话的时候，任局长费力地从公文包里掏出来几张文件，随后继续说道，“这可是我费尽心力才给你争取到的，别看只是顾问，还是享受局长待遇的。”

说话的时候，任局长又掏出来一支钢笔，和文件一起递给了孙胖子。接着他拍了拍杨书记的肩膀，说道：“只要孙顾问你签了字，以后民调局就是你、我和老杨三个一起搭班子了。”

任嵘给孙胖子画大饼的时候，孙胖子接过了文件，他看也不看，直接将文件交给了旁边看热闹的车前子，说道：“兄弟，听到了吗？这可是任局长费尽心力才给你争取到的，以后要好好配合任局长、杨书记的工作。不是我说，你的脾气要改改了。以后就是局长级别了，别动不动就骂人、打人了。”

“不是……任命是给你的，上面写的是孙德胜的名字。”见孙德胜将文件给了车前子，任局长脸上变了颜色，急忙去抢小道士手里的文件。

“别碰我啊！”车前子一瞪眼，盯着任嵘继续说道，“这是ICU，你敢碰我一下，我立马叫急救。胖子、沈辣你们俩给我做证，下半辈子我有个什么头疼脑热血压高的，都要算在姓任的身上。”

说话的时候，车前子已经飞快地在落款处签上了自己的名字。随后才翻看了一下文件内容，说道：“姓任的你又胡说了，文件上面哪儿写孙德胜的名字了？这不是兹任命——这里还得写个名字——车前子……写好了。”

任嵘坐了半辈子的机关，从来没有遇到过这样的事情。原本指望这个顾问的任命可以缓和一下和孙德胜的关系，任命上可是盖着部里大印的，这个半大小子要是真拿着它去上任，那自己真不知道该怎么收场。

“这是严肃的组织任命，不是你们私下过家家！”忍无可忍之下，任嵘终于翻了脸，趁车前子身体虚弱，他一把抢过了文件，随后有些气急败坏地说道，“既然这样，那我也没有什么好说的了。民调局是国家正式机关单位，不是你们家的私人企业。”

说完，任局长也不管杨书记了，他拿着公文包转身离开了病房。接着门外传来了杨枭的声音：“任局长，怎么刚来就走？要我回民调局谈谈……行啊，等我看完病号吧。回去我就找你报到去……慢走啊，电梯在运病人，你还是走楼梯吧。”

等任局长走了，娃娃脸的杨枭走进了病房。难得他没有空手，提着一个大果篮走了进来。

“谁说你进了太平间的，这不还生龙活虎的吗？”杨枭说话的时候，将果篮放在孙旁边的床头柜上，继续说道，“有时间你劝劝吴主任吧，刚刚他弄了份名单，一分为三，还给了我和杨军一份。大圣你知道的，我进了民调局之后，基本上不接这种大活了。”

孙胖子没有搭理杨枭，回头看了看老杨送来的果篮。在水果篮里发现了一张小卡片，上面写着：祝李文处长早日康复。

孙胖子拿起卡片来，笑嘻嘻地对杨枭说道：“哥们儿我也不是第一次进医院了，老杨你可是第一次没空手。不过这位李文处长是怎么个意思？这个果篮是你从哪儿顺来的吧？”

“大圣，你不要关心这些无关紧要的东西，先想想该怎么办吧！”杨枭一点尴尬的意思都没有，他进医院来看孙胖子的路上，见到了一个濒死的男人。杨枭想收集点人死时释放出来的清浊气，就在抢救室里等着男人咽气。没想到等了半个多小时，连接引的鬼差都到了，这哥们儿还是硬挺着不咽气。老杨实在等不及先离开了，临走的时候贼不走空，顺走了人家一个果篮。

“偶尔你也花俩钱，别都留着给你老婆当嫁妆。老杨，真不是我说你，你攒的钱早就够买个小岛了，也该给自己花点了。”孙胖子说话的时候，从果篮里面摸出来三个苹果，给车前子和沈辣各扔了一个，最后一个留给了自己。他边吃边说道：“吴主任给你的名单看过了吗？上面的人是不是都有人命？”

“这个免不了，不过他们处理得干净，没有留下来什么民调局能查到的证据。”杨枭顿了一下，继续说道，“要是认真起来的话，我可以招死在他们手里的冤魂对质。”

“这样吧，你挑出来害过人命的，都划给吴主任处理。剩下的麻烦你和杨军，都抓起来送到小北监狱去。”孙胖子轻飘飘地说了一句，又继续说道，“抓捕过程中碰上反抗的、拒捕的，你就替吴主任动动手。”

“那说好了，要是出了什么事情，大圣你可得给我兜着。”杨枭要的就是孙胖子的表态，吴仁荻阴阳不定的脾气，别自己真动了手，他回过头来再找自己的麻烦。

孙胖子嘿嘿一笑，说道：“只要手上有人命的，那就听吴主任的。不过老杨你可不能杀红了眼，不管什么人先弄死再说。那样的话，哥们儿我可要给你穿小鞋——对了，老杨，今晚上悠着点，别在这里弄出了人命。”

“我有分寸。”杨枭说完这句，便转身准备离开。不过他刚走到门口，又转身走了回来，重新将果篮拿上，说道：“你们俩身子还没康复，吃太多水果也不好消化。我老婆还在长身体，这个就不客气了。”

看着杨枭消失的背影，沈辣苦笑了一声，对孙胖子说道：“大圣，这个你有谱吗？那些可不是妖魔鬼怪、魑魅魍魉，民调局可没有这样的先例。”

“辣子，哥们儿我现在不是民调局的局长了，这个你得去问任局长去……”孙胖子话还没有说完，医院里面突然传来一声惨叫声，越听越像是那位任局长的声音。

发现任嵘的时候，他把自己关在存放尸体的冷柜里。任嵘在里面一边用脚踹，一边扯着嗓子喊道："幻觉！都是幻觉……我见得多了！我什么都不怕！让孙德胜过来！别来这一套。"

任嵘倒没什么，却把看管停尸间的老头吓得够呛。老头倒在地上直哆嗦，被路过的医生发现，送去急救去了。这下惊动了半个医院的人，胆子大的都下来看热闹。

见冷柜里面有人骂大街，就算胆大的也被吓得够呛。这些人不敢轻易动冰柜，急忙准备报警。就在这时，孙胖子拉着车前子，在沈辣的护卫下进了太平间："劳驾、劳驾……不用报警，里面是我表哥。他小时候吃凉药吃坏了脑子，任嵘，出来吧，我是孙德胜啊！"

这时候，沈辣关上了太平间的门，说道："大圣，没用……任嵘中了老杨的手段，他现在什么都听不到。"

说话的时候，沈辣走到冷柜前，掏出来短剑，反握住剑身用剑柄敲了敲柜门，说道："差不多了，别让我废话。把里面的人放了，不然我亲自去找杨枭……"

沈辣的话还没有说完，从旁边的冷柜里面飘出来几个模糊的人影。其中一个高大的人影见到了沈辣，唯唯诺诺地说道："您误会了，我们是被杨教主收来对付里面那个人的。不过没等我们动手，他就被别的鬼魅缠住了。那个鬼魅好凶，一心要整死那个姓任的。"

任嵘被别的鬼魅整了？孙胖子听到都愣了一下，他瞪大了眼睛，问道，"等一下，你说里面的鬼魅不是杨枭找的？那是冲任嵘来的，还是任嵘倒霉自己撞上的？"

高大人影知道孙胖子的身份，它毕恭毕敬地回答道："看样子那个鬼魅和姓任的有仇，它直接冲上来就把姓任的糊住了。不过这姓任的也挺横，也就刚开始被吓了一跳，号了一嗓子，接着就开始跳着脚骂街。有道是鬼怕恶人，这样一来姓任的身上三把火更旺了，那个鬼魅半天都没能拿住姓任的，最后生拉硬拽把他拖进冷柜里了。大概是想先灭了姓任的那三把火，然后再收拾他……”

这时候，冷柜里面的任嵘骂得更加凶了，还带上了孙胖子的家人：“孙德胜！我怎么你了……把你孩子扔井里了吗？你这么折腾我……等着！今天的事情没完！你要不折腾死我，等我缓过来的话就和你拼了！我和你同归于尽！”

“辣子，这个黑锅哥们儿我不背啊，看看谁在折腾老任……”孙胖子这句话说出来，沈辣再没有什么顾忌，他一把拽住了冷柜把手，随后猛地向外一抽，将整个冷柜生生拉了出来。

任嵘蜷缩在冷柜里，身上已经开始结霜。他身上趴着一道人形的黑影，黑影的一只手已经伸进了任嵘的嘴巴里，看样子是想要将整个身体都钻进任嵘的嘴里。不过嘴里塞进去了半条胳膊，任嵘却好像完全没有感觉到一样。

而且他好像还看不见周围的人，睁大了眼睛直勾勾盯着天花板，嘴里继续咒骂道：“姓孙的，除非你直接整死我……千万别给我留一口气，要不然的话，等我缓过来，亲手毙了你这个龟孙。”

“要不咱哥仨走吧……就当什么事情都没有发生。”见任嵘不停咒骂自己，孙胖子皱了皱眉头，对沈辣说道，“辣子，你再把柜子装上。咱们仨出去吃火锅吧？我知道一家清水火锅馆子，盐汤沾肉一绝——不是说了当没看见吗？”

孙胖子说话的时候，沈辣已经伸手薅住了黑色人影的头发，随后猛地向上一拉，生生将这个人影从任嵘身上拉了起来。

人影离开任嵘身体的一瞬间，任嵘突然“啊”了一声，随后从冷柜里面爬了起来。他一脸惊恐地向四周围看，瞧见了孙胖子，就好像见到了杀父仇人一般，吼道：“姓孙的你不是人！明着你干不过我，就来阴的……咱们现在是死仇，不死不……”

任嵘的话还没有说完，还有些虚弱的车前子突然到了他身边。小道士二话不说，抬起一脚踹到任嵘的小肚子上，接着一个大嘴巴子扇了过去，扇得任嵘半边脸立马肿了起来。

“冷静！你他妈给我冷静！”车前子指着沈辣手里的黑色人影，对任嵘继续说道，“姓任的，你自己认认——是它想弄死你，不是我们家胖子。真想要弄死你的话，在永安大厦就办了，不用等到现在……怎么个意思？你们哥俩认识？”

车前子说话的时候，沈辣在任嵘眼皮上摸了一下，随后任嵘就瞧见了沈辣手里还在不停挣扎的人影。见到人影，任嵘一连向后退了几步，一脸煞白，哆哆嗦嗦地说道：“你不是早就死了吗……你不是人！”

见任嵘竟然认得这个鬼魅，孙胖子的眉毛动了一下，随后走到沈辣身边，对沈辣说道：“辣子，既然他们哥俩认识，那就好办了。咱们撤，让人家哥俩好好谈谈。不是我说，咱们误会了，人家自己人玩闹呢！”

“别走！”见孙胖子招呼人要走，任嵘急忙冲到孙胖子面前，指着沈辣手里的人影说道，“这是去年我追捕的一名嫌疑犯，他杀人拒捕，被我一枪击毙了。他叫杜亥，你们可以查，去年部里的十大要案，‘一一五’特大杀人藏毒案。”

任嵘刚刚说完，沈辣突然说道：“大圣，这鬼魅不对——它身体里面还有符咒，你们快点后退。”刚说到这里，沈辣手里的人影突然快速膨胀起来，没等众人反应过来，人影突然爆开，碎成了粉末，消散在空气中……

几个人都没想到会是这样的结果，看到鬼魅开始膨胀，还以为它要与众人同归于尽。没想到人影只是爆了自己，孙胖子看了一眼沈辣空了的手掌，摇了摇头，说道：“气性太大了，老任，你是打算跟我们一起出去呢？还是留在这里冷静一下？”

第三十一章　怪事连连

带着任嵘回到了病房，他还是没有从刚才的惊吓中恢复过来，身上一个劲地哆嗦，还不停地冒虚汗。说起来这位任局长也算是人物，被鬼魅缠了这么久，竟然还能撑到现在。换作一般人的话，早被冲了体，如果鬼魅真是来报仇的话，那任嵘不是“自杀”就是在自残了。

这时候，杨书记已经回家，病房里面只剩下他们四个人。任嵘也顾不上病房不让抽烟了，他掏出香烟点上抽了一口，缓了缓心神，又掏出来自己的手机，通过内部网络，将去年这起“一一五”特大杀人藏毒案调取了出来。

“你们自己看吧！”任嵘满面愁容，把手机递给孙胖子，随后蹲在地上，一边抽烟一边继续说道，“去年这起案件在部里都是轰动的，杜家三兄弟e海外关系，利用境外的尸体藏毒运回国。社会影响极其恶劣，当时是部里主导，四省厅联合破的案。经过三个月的布控，才开始正式抓捕。专案组组长是程部，我是副组长负责抓捕这一块。

“一开始行动还算顺利，不过抓捕主犯杜家三兄弟的时候遇到了阻力。他们用走私来的军火进行抵抗，给抓捕人员造成了重大伤亡。最后我亲自带人冲了上去，亲手击毙了老二杜亥，老三杜寅也被武警战士打死，活捉了老大杜辰。今年年初杜辰被判的死刑，已经执行了。”

孙胖子看了一眼手机里面的内容，这起案件的确轰动，去年他回国探亲的时候听杨书记说起过。只是三个犯人都已经死了，现在老二的魂魄怎么会突然找任嵘报仇？杜亥是死在任嵘手上的，按理说任嵘是克制杜亥魂魄的，不可能敢回来报复。

看完了当时的案件信息，孙胖子调出来杜亥的照片，让沈辣辨认。刚刚他只是看见了一个模模糊糊的影子，他们这几个人里面，也只有沈辣可以看到鬼魅的模样。

“是他，就是刚才的鬼魅。”沈辣点了点头，继续说道，“不过它身体里面被人画了道符咒，在鬼魅身体里面画符，我还是第一次碰上。”说话的时候，沈辣侧过身子，朝孙胖子使了个眼色，嘴里没出声，比画出来杨枭的名字。

孙胖子笑嘻嘻地点了点头，随后对任嵘说道：“任局长，你说你都是民调局局长了，还差点被鬼魅冲了体，回去千万别跟局里的人说。不是我说你，民调局有史以来，你可是第一个差点被冲体的局长。行了，不管怎么样，那个叫杜亥的鬼魅也烟消云散了。你先回家吧，泡个澡好好休息一下。”

想起刚才的遭遇，任嵘便心绪不宁。现在别说回家了，他都不敢一个人走夜路了。犹豫了一下，任嵘又点燃了一根香烟，蹲在地上赔着笑脸说道：“我也不着急回去，刚才你们也看到了，我被那个鬼好一顿折腾……怎么也要检查检查身体吧，正好这里是医院……正好这里就是 ICU 病房，正好我心脏不怎么舒服……”

孙胖子嘿嘿一笑，说道：“你留在这儿也不是不行，不过这里毕竟是医院，说白了就是经常死人的地方。任局长你刚刚差点被冲了体，魂魄不稳不说，身上还有鬼气。不是我说，我要是鬼魅的话，都眼馋你这身子——辣子，外面什么东西？怎么人影一晃就不见了？”

沈辣和孙胖子搭班配合十年了，孙胖子一张嘴，他就知道什么意思，这是在吓唬任嵘呢……沈辣顺着孙胖子的话说道：“大圣你眼花了，哪有什么人？了不起是几个在太平间排队等着冲体的鬼魅跟了过来，也不知道是不是杜亥带来的，不过肯定是冲着任局长的身子来的。”

听沈辣这么说，任嵘吓得直冒虚汗。孙胖子见状给他出了个主意，说道："任局长你还犹豫什么？赶紧给民调局的人打电话啊，不管是几室，先叫来几个人护着你离开这里啊。现在这种情况，只有民调局最安全，只要你待在民调局，天底下就没有什么牛鬼蛇神敢招惹你。"

"对啊，我是民调局的局长！"任嵘这才反应过来，急忙从孙胖子手里拿回了自己的电话。顾不上避讳孙胖子几个人了，直接打给了五室副主任萧易峰："萧主任你有时间吗？来一趟医院，对，我就在ICU病房里。你带人接我一下，多带点人……"

见任嵘第一个电话就打给了萧易峰，车前子眉毛一挑，趴到孙胖子耳边说道："胖子，看到了吗？姓任的和萧易峰交情不浅啊，这时候第一个想起来的绝对是铁子。"

孙胖子笑眯眯地说道："秦桧还有仨朋友呢，你就不许任局长和萧副主任有私交了？说起来要不是哥哥我还在这里躺着，这个电话十有八九会打给我。"

萧易峰倒是够交情，不到半个小时便到了病房。他问明了情况，和孙胖子打了声招呼，便带着任局长离开了医院。

这边任嵘刚刚离开，孙胖子便接到了杨枭的电话。孙胖子以为老杨是来表功的，笑了一下，说道："老杨你这次玩得有点大了，不是我说你，怎么还把死在任嵘手里的恶鬼找来了。"

杨枭听得有些蒙，向孙胖子问道："等一下，什么恶鬼？还死在任嵘手上的……我就找了几只小鬼啊，都和它们说好了，吓唬吓唬任嵘，让他拉一裤兜，然后弄他去女厕所……怎么它们把事情办砸了？"

听了杨枭的话，孙胖子的眼睛眯缝了起来，随后对电话另一头的杨枭说道："那就有意思了——老杨你回医院一趟，辣子有事找你聊聊。"

杨枭还是有些本事的，不到十分钟便出现在病房里。见到了孙胖子，杨枭开口问道："怎么回事？我听那群小鬼说又出来一只鬼魅，还想要弄死老任，我先把话说明白，这事和我没关系啊。"

"没说和你有关系，老杨你和任局长又没有私仇。"孙胖子嘿嘿一笑，三言两语将太平间里发生的事情说了一遍。说完之后，拿起来一张临摹了符咒形状的纸递给了杨枭，继续说道："这是辣子在鬼魅身上发现的，辣子，你自己和老杨说吧。"

沈辣点了点头，说道："这是我在鬼魅的身体里面看到的，具体的我画不出来，大概是这么个意思。开始还寻思是老杨你的手笔，毕竟说到纵神弄鬼这方面，当今世上你是数一数二的。"

"不用客气，我自己多大本事自己明白，我能排进前五就不错了。"说话的时候，杨枭已经端详起来符咒。不过看了半晌，老杨还是摇了摇头。随后他掏出来一支特制的朱砂墨灌水毛笔，就在ICU病房的墙上，龙飞凤舞地画出来一道符咒。

沈辣见到符咒之后，立即说道："对对对……就是这个，和我看到的一模一样。"

听了沈辣的话，杨枭的眉头反而皱了起来。见孙胖子和车前子都一脸茫然，他指着符咒解释道："邪门了，这是我自创的控尸咒。出世以来从没有当着别人的面施展过——这不可能啊，除了我之外，再不会有人会摆弄这个符咒。"

看着杨枭眉头紧锁的样子，沈辣开口说道："老杨，你自己回忆一下。你以前不是鬼道教的教主吗？有没有教给哪个副教主或者教众了。"

"这是我离开鬼道教之后创出来的，从来没有留下来什么文字，也没有在第二个人面前卖弄过。"杨枭长长地出了口气，随后继续对沈辣说道："你再详细说说那鬼魅最后是怎么自爆的？"

沈辣将自己抓住鬼魅之后的事情说了一遍，听了沈辣的话，杨枭的眉头拧得更紧了。他低着脑袋想了半天，对孙胖子说道："符咒是我的符咒，不过不是我出的手——我也想不通了，我从来没给别人看过啊。"

看着一眼杨枭，孙胖子笑了一下，说道："老杨，看你这话说的，我别人信不过，还能信不过你吗？不管那个人是谁，又是怎么知道你这符咒的，早晚都能查到。虽然细节不清楚，不过可以肯定是冲着任嵘去的，想要抓住幕后那个人不难。"

孙胖子的话沈辣和杨枭还没听明白，车前子先开了口，说道："胖子，你这是打算把姓任的卖了，用他来做饵，对吧？别那么看我，我又没说这个主意缺德……”

孙胖子有些意外地看了车前子一眼，笑着说道：“还是兄弟你知道哥哥，不过这个不重要，又不是冲我来的。老任受点苦遭点罪我还巴不得，先让他在民调局里休息休息，不着急。”

说到这里，孙胖子看了一眼杨枭，说道：“老杨，你先去办吴主任交代的事情。我可不敢耽误他的大事，等事情办完之后立即回来，咱们再商量商量任局长的事情。”

孙胖子的话还没有说完，沈辣的电话响了起来。辣子看了一眼来电显示，直接将电话给了孙胖子，说道：“是任嵘的电话，百分之百是找你的。大圣，你自己接吧。”

孙胖子笑眯眯地接过了电话，对电话那头的人说道：“我是孙德胜，不是沈辣……任局长你……嗯，什么时候发生的事情？除了这个线人之外呢？当初专案组的其他成员怎么样了？你等一下……”

说话的时候，孙胖子打开了免提，电话里面传出来任嵘颤抖的声音：“我刚才给他们挨个打了电话，专案组的同志们都没事，连负责抓捕的武警支队长也询问过了。除了我和横死的线人之外，其他人都没事。不过我已经让他们小心了，如果有什么异常的情况会第一时间通知我，我会派民调局的调查员前去保护——我这边来电话了，先挂了。”

说到这里，任嵘先挂了电话。孙胖子将手机还给沈辣的同时，说道：“就在任局长刚刚出事的同时，当年提供抓捕任氏兄弟线索的线人死在监狱里面了。死因是突然发狂，明目张胆地想要越狱，最后被狱警开枪打死了——七点六二毫米的步枪子弹中了十一枪才死。”

“七点六二毫米的子弹中了十一枪才死？”沈辣是军人出身，知道步枪子弹的威力。他睁大了眼睛，继续说道：“搞错了吧？真中了那么多枪，身体都被打成两截了，怎么可能挨这么多枪？”

孙胖子回答道：“听任局长的意思，这个线人莫名情绪失控，先是冲击电网，身体被电网打得火星子乱窜都没死。看守监狱的战士发现之后，按照程序鸣枪示警，警告无效才开的枪。因为怕出事，是一枪一枪开的，那个线人身中十一枪之后才死。现在尸体拉去做尸检了，中了十一枪内脏估计都打飞了，也检验不出来什么。”

说到这里，孙胖子突然笑了一下，对面前几个人说道：“听到了吗？任嵘的声音发颤了。事情一天没有解决，他就一天不敢回家。”

见没有自己什么事了，杨枭转身离开了病房，去给吴仁荻办事去了。老杨离开之后，车前子也觉得困乏起来，他也不管孙胖子和沈辣了，自己回到病床上睡了起来。

一直睡到了后半夜，车前子突然听到有人叫他：“车前子……醒醒，我来看你了……你醒醒啊，起来看看我……”

这声音听起来很耳熟，怎么那么像自己家里的老登儿？车前子立即睁开了眼睛，就见浑身都是血的孔大龙站在自己的病床前，一脸的血，泪水涟涟地看着自己。

第三十二章 反间计

孙德胜的病床是空着的，他和沈辣不知道哪里去了。病房里面只剩下车前子和满身是血的孔大龙。

看到自己的老师父，车前子急忙从病床上跳了下来。一边向孔大龙扑过去，一边说道："你这是怎么了？被相好的爷们儿揍了？我都说你多少次了，别找有主……"说话的时候，小道士已经到了孔大龙身边，伸手去抓孔大龙却抓了空，他的手竟然穿过了孔大龙的身体……

"他们把你弄死了？"车前子瞪大了眼睛，盯着还在流着血泪的孔大龙，喃喃地说道，"打一顿不就行了吗……怎么还出人命了，老登儿，你是来给我托梦的吗？"说话的时候，车前子的眼泪止不住流了下来。

孔大龙也跟着呜呜地哭了起来，一人一鬼哭了一阵子，孔大龙说道："我死得冤……他们把永安大厦的罪名推到我头上，就是那个姓任的……他派人抓住我，二话不说就枪毙了……这事你不能不管……我把你养这么大，你得给我报仇啊……"

原本车前子以为孔大龙是因为花案，被人家男人打死的。这事说出来都丢人，自己也没脸去给老登儿报仇。现在听到老头子是被任嵘顶罪害死的，当下一股邪火直冲脑门，对老头子的魂魄说道："老登儿你等着，头七的时候我把姓任的人头拿给你……"

孔大龙抹了抹眼泪，说道："姓任的那个坏种封锁了我的死讯，你问他他也不会承认的——还有那个姓孙的，也不是什么好东西，他明知道姓任的想把罪名都扣到我头上，也没和你说，一开始就是想从你身上套我……"

听到孔大龙提到了孙胖子，车前子想起来孙胖子曾有意无意暗示过孔大龙和永安大厦 808 房间的事情有关。不过他不相信孙胖子和任嵘是一路人，自己跟这个胖子一起也有好几个月了，他是诚心诚意和自己交好，绝不可能像老登儿说的那样。

"老登儿，任嵘我一定弄死他，别的事情你不要多说，没意思。"车前子重重地喘了口粗气，正想继续说点什么安慰孔大龙的时候，病房门口又出现了一个人。这人待在门口有一阵子了，车前子和孔大龙竟然都没有发现他的存在。

听到这里，人影终于忍不住推开病房门走了进来。冷不丁发觉有人进来，车前子和孔大龙都一惊，立即转头看向来人。这人竟然是不久前接走任嵘的萧易峰。

见到萧易峰，车前子还没怎么样，孔大龙却好像是被吓着了，接连向后退了几步，一直退到了窗台边才停下了脚步。他稳了稳心神，对车前子说道："这个人就是任嵘派来的，想要阻止我们见面……"

"任局长要真有这个本事的话，还会差点被你们整死吗？"萧易峰面无表情地看了孔大龙一眼，随后继续说道，"别怕，我不是杨枭，不会把你怎么样的。你走吧，替我带个话，你们怎么折腾任局长我管不着，不过不要来骚扰车前子……我受人所托保护他，你们这样的话我很难办。"

自己差不多已经说服车前子，却被这个人破坏，"孔大龙"有些不服气，冲车前子说道："我死得冤啊……你要替我报仇，别听这个人的……"

"够了！"萧易峰终于忍不住，朝"孔大龙"大吼了一声，吓得"孔大龙"不由自主哆嗦了一下。随后萧易峰对车前子说道："孔大龙是你至亲之人，是真是假你总有办法分辨出来的，对吧！"

车前子沉默了片刻，扭头向"孔大龙"问道："老登儿，去年大年三十晚上，你包了多少个饺子？"

“孔大龙”愣了一下，随后有些心虚地说道：“那谁记得清楚？就咱们爷俩的话，包了一盖帘吧！”

“去年三十晚上那个老小子要钱去了！”车前子沉下了脸，又深吸了口气，对面前的“孔大龙”说道，“你自己说，谁派你来的？说出来老子就放了——还敢逃！谁教你的臭毛病？”

车前子说话的时候，“孔大龙”转身穿过窗台，随后消失在夜色中。车前子扑了上去，不过他正在梦魇中，抓不住虚无缥缈的灵体，只能眼睁睁地看着“孔大龙”消失得无影无踪。

车前子有些懊恼地一跺脚，想要再回头去问萧易峰的时候，才发现萧易峰也已经消失了。

车前子又气又急，想要冲出病房去找萧易峰的时候，突然听到耳边有人说道：“兄弟你怎么了？怎么满身大汗的还说胡话……是做噩梦了吗？辣子，你过来看看，咱们老三是不是魇着了？”

听到孙胖子的话，车前子猛地睁开眼睛，就见孙胖子一脸关切地看着自己。见到自己睁开了眼睛，他才松了口气。

这时候的车前子就好像刚从水里面捞出来的一样，浑身上下都湿透了。他有些恍惚地看了孙胖子和沈辣一眼，自言自语说道：“刚才我做梦了？还是老登儿真死了，来给我托梦了——不对，还有一个萧易峰，怎么这么乱？”

与此同时，距离车前子他们几十公里外的另一家医院里，刚才消失的“孔大龙”出现在这座医院的一间高级病房里，一个中年医生正在等它。

“孔大龙”有些恐惧地看了一眼医生，小心翼翼地说道：“差一点就成功了，结果被一个人搅和了……我真是尽力了……”

“废物，还不明白吗？你能回到我这里来，是因为那个人要你给他带路！”医生说话的时候，他身后的病房门打开，一身黑衣的萧易峰走了进来。

“郝正南医生。”萧易峰拿着一张医生介绍海报，用海报上的照片对照了一下眼前的医生，微笑着继续说道，“我们见过面的，您还记得吗？三四年前，我带我师父来检查身体，就是您接待的，没想到您还有纵神弄鬼的本事。”

“我记得，你带了龙门遁甲的刘书民来检查身体。”郝正南医生冷冷地看着萧易峰，顿了一下，继续说道，“当时你说你是公务员，刘书民是你的叔叔。要不是几年前我见过刘书民，差点就被你混过去了——萧易峰主任！”

说话的同时，郝正南突然伸手插进了那个和孔大龙一模一样的鬼魅胸口。他的手在鬼魅的身体里面一搅和，鬼魅的身体快速膨胀起来。只是眨眼的工夫便膨胀到了极致，随后无声无息地爆开，化成了虚无。

消除鬼魅之后，郝正南立刻换了一副面孔，有些惊讶地看了萧易峰一眼，说道：“这位患者家属，现在已经过了探视时间。明天上午九点到下午五点您再来探望患者吧，不好意思，我要去巡视病房了。”

看着面前的郝正南突然变了个人似的，萧易峰先是沉默了一会儿，随后苦笑了一下，说道：“没想到您会这么处置，好吧，是我大意了——你把冒充成孔大龙的鬼魅化成了虚无，我没有了证据，还真拿你没办法。”

“我听不懂您这话是什么意思！”郝正南一脸“迷惘”地看着萧易峰，顿了一下，继续说道，“我是无神论者，不相信这个世界上有什么鬼神。听不懂您在说什么，现在已经过了探视时间，请您离开住院部……”

“你总会漏出破绽的。”萧易峰微微笑了一下，转身离开了病房。看见萧易峰离开，郝正南长长地出了口气。他有些无力地拖着疲惫的身体离开病房，去到监控室查看监视视频，见到萧易峰确实离开了医院，郝正南才松了口气。

郝正南去护士站点了个卯，随后又回到自己的办公室里。回来之后，他从抽屉的暗格里摸出来一根长香，点燃之后盯着烟雾飘散出来的方向，看着袅袅青烟围着办公室绕了一圈，并没有发现异常的情况之后，郝正南悬着的心终于放了下来。

熄灭了长香，将它收好之后，郝正南掏出来电话，拨了一个号码打了出去。片刻之后，电话接通，他急忙对电话那一头的人说道：“事情办砸了，鬼魅被民调局五室的萧易峰识破了，他还放鬼魅引路找到了我。我先下手为强，当着他的面将鬼魅化成虚无了。他没有证据只能走了——不过我暴露了，你想办法让我出去……嗯、嗯、嗯，我现在就订去美国的机票……”

挂了电话，郝正南立刻定了明天一早去美国的机票。见手机 APP 里面显示已经出票，他松了口气，随后找出来一个手提包，开始收拾护照和简单的生活用品。

收拾到一半的时候，郝正南身后办公桌的方向突然有人咳嗽了一声。吓得郝正南直接跳了起来，回头看过去，就见一个红头发男人坐在自己的椅子上，正似笑非笑地看着他。

火山！见到红发男人的一瞬间，郝正南感觉到自己身上的血都凉了。身体不由自主地哆嗦了起来，想要说点什么，一张嘴上下牙齿就粘到了一起，一个字都说不出来。

“你认得我？”见到郝医生的反应，火山有些意外，他淡淡笑了一下，说道，“既然你认识我那就好办了，我不是萧易峰，做事也不需要证据。他做不了的事情我可以做，说说吧，孔大龙的魂魄是怎么回事？你可以不说，那我就问你的魂魄好了……”

见郝正南哆嗦个没完，火山皱了皱眉头，朝郝正南虚劈了一巴掌。就听见“啪”的一声脆响，郝正南被打得坐到了地上，顺着他的鼻孔和嘴角不停往外流出来鲜血。不过挨上这一嘴巴之后，郝正南身体哆嗦的毛病也被“治”好了。

见郝正南不再哆嗦，火山这才继续说道：“我还有事，不能在你这里耽误时间。你再这么磨蹭下去的话，那我就只能把你的魂魄抽走，带回去慢慢问了。别怕，说了我就不难为你，毕竟跟你动手，传出去也不好听。”

郝正南不敢和火山耍心眼，他哭丧着脸说道：“大方师您多担待，我也是被人指使的，我是……”郝正南的话还没有说完，他的身体突然僵硬了起来，脸上的表情好像被冻住了一样，张着嘴巴却连一个字都说不出来。

火山是行家，已经看到郝正南身体里面的魂魄膨胀了起来。火山毕竟是做过大方师的人，伸手掐了个法诀朝郝正南点了一下。在郝正南的魂魄没有自爆之前，先稳定住了他的魂魄。随后火山瞬间移动到了郝正南面前，伸手探进郝正南的身体里，生生将他膨胀起来的魂魄拉出了体外。

将郝正南的魂魄拉出来之后，火山张嘴喷出来一股寒气，将魂魄冻了起来。稍加检查，便发现郝正南魂魄的胸口被下了一道符咒。这道控尸符火山虽然没有见过，不过对他来说不算什么，看明白之后，火山冷笑了一声，伸手就要将符咒擦掉。

火山刚刚擦掉符咒，便看到在符咒下面竟然还有另外一道符咒。自己擦掉上面一道符咒，正好触动了它。郝正南的魂魄顿时快速收缩。一眨眼的工夫，魂魄便缩小到了拳头大小，随后一股巨大的力量从里面爆发出来。

“轰！”一声巨响，三间办公室一起被炸塌。好在今晚只是郝正南值班，并没有造成其他伤亡。只是惊动了住院的病人和护士，纷纷过来查看出了什么事情。这些人赶到爆炸现场的时候，满身尘土的火山从废墟里面走了出来。他不想被人围观自己灰头土脸的样子，施展出瞬移之法消失在众人面前。

一瞬间，火山出现在医院外面的一辆商务车里，驾驶座上是萧易峰，大方师广仁坐在后排座位上。

见到自己弟子这副狼狈的样子，广仁微微一笑，说道：“让雁打了眼？”

火山有些尴尬地笑了一下，说道：“不算什么雁，最多也就是只麻雀。背后那个人早就计算好了用郝正南做饵，准备对付的应该是杨军、杨枭那样的货色。刚才那一下如果他们俩挨上，就算是长生不老的身体，魂魄也要受到重创。到时候变成了痴汉，长生不老反而变成累赘了。”

听火山说得这么严重，萧易峰脸色微变，说道：“我没有想到会这么严重，差一点害了火山大方师。”

“你也是无心之过。”广仁掏出来纸巾递给了火山，随后对萧易峰说道，“好在动手的是火山，如果刚才你贸然出手的话，后果真不堪设想——这件事你用民调局的关系去查，不要大意，查到幕后那个人，要交给吴勉去处理。”

第三十三章　贴身保护

火山听到自己的师尊要抽身出来，他先是沉默了一会儿，随后试探着说道："我已经插手了，还是……"

"那就把手缩回来。"广仁微微一笑，对火山继续说道，"事情要分清楚主次，我们只是答应保那个孩子，抓人的事情与我们无关。明白了吗？"火山虽然不甘心，不过也不敢不听广仁的话，当下他没有说话，只是点了点头。

看到火山没有话说，广仁对萧易峰说道："这件事就交给你们民调局办吧，还有件事，你想不想坐孙德胜的位置？我知道民调局因为他离职已经乱成一锅粥了，现在正是你上位的时候。如果你有心做民调局局长的话，我可以帮你。"

萧易峰没想到广仁会说这个，他微微愣了一下，不过还是摇了摇头，说道："我还是继续做我的五室副主任吧，局长的位置是好，不过觊觎这个位置的人太多。我不是孙德胜，做不到他那样左右逢源。再说了，真成了民调局局长，盯着我的人便多了，我就不能像现在这样，继续给两位大方师提供消息了。"

广仁点了点头，说道："既然你没有这个意思，那就算了。只是我有些替你可惜。你的才干不在孙德胜之下，民调局在你手里肯定比现在要强。

好了，不说这个了——你回去看着那位新局长吧，有什么事情及时知会我一声。”

萧易峰客气了一声，便下了商务车，上了旁边另外一辆轿车离开。等轿车在两位大方师的视野中消失之后，火山才对自己的师尊说道：“您相信他的话吗？怎么那么巧被他赶上了有人魇镇车前子……”

“我没有不相信他的道理。”广仁微微一笑，继续说道，“这么聪明的人，多少都会有点小秘密的，只要不是想着对付我们，我又何必在乎这些琐事？你不能把他当作第二个你，有你一个火山已经足够了。”

就在同一时刻，孙胖子和车前子的病房里，车前子还是分不清刚才是做梦，还是真出了什么事情。最后孙胖子给萧易峰打了电话，算是让车前子放了心。

电话接通之后，孙胖子笑呵呵地问道：“老萧，还在民调局吗？这么晚你又跑到哪去了？嗯嗯嗯，被你们家任局长打发出来调查任老二的事情啊，不是我说，这都后半夜了，生产队的驴都没有这么个用法——对了，刚才我在医院里看到一个背影，很像是你。你有没有来过医院调查……没有啊，你在去小北监狱的路上……那我就明白了，查到什么和哥们儿我说一下，小北监狱我熟。”

挂了电话，孙胖子笑嘻嘻地对车前子说道：“听到了吗？老萧正去小北监狱。刚才不是他救的你，就是一场噩梦。”

这时候，一向沉稳的沈辣开了口，对孙胖子说道：“大圣，这个萧易峰以前不显山不露水的，最近可有点露脸啊。在砂锅居遇袭那次，我都不知道他还有那样的能耐。这本事去二室做主任都富余，起码比熊万毅他们哥仨要强。”

孙胖子笑嘻嘻地说道：“辣子你不知道，老萧当初是被高老大特招进的民调局。和其他调查员不同，人家有正经的道统。除了六室之外，他每个调查室都待过。当年我听高老大的意思，是要重点培养他的。不过后来高老大先走了，民调局关闭了又重新建起来，我又一直在忙，就把这事儿耽搁了。”

“我就看他不一样。”沈辣接了一句，他靠在沙发上看孙胖子一眼，继续说道，“我也不说什么了，你心里有数就行。”

沈辣的话刚刚说完，车前子又开了口，对孙胖子说道：“胖子，我看你对萧易峰也不错嘛，怎么不提拔他一下？做个副局长什么的。”

“你怎么知道哥哥我没那么想过？”孙胖子嘿嘿一笑，继续说道，“当初我去美国之前，就想过提一下老萧。想着先让他做个办公室主任什么的，过渡个一年半载的再提副局长。不过老萧说什么都不干，他说就喜欢待在五室里面，闷头研究那些乱七八糟的装备。”

说话的时候，孙胖子看了一眼手表，随后打了个哈欠说道：“这都快天亮了，赶紧补个觉。明天就办出院手续，要不然的话，还会有人来继续折腾。不是我说，还是家好啊。”

说了没一会儿，孙胖子竟然直接打起了呼噜。沈辣和车前子见状，也都回各自床上睡了起来。好在小道士再次睡着之后，没有再做“噩梦”，总算可以踏踏实实地休息下了。

车前子感觉自己刚刚睡着，便被一阵电话铃声吵醒。他睁开眼睛的时候，才发现已经日上三竿了。孙胖子和沈辣已经换好衣服，孙胖子正在接萧易峰的电话。

“已经做了尸检？嗯嗯，你再说一遍……监控视频显示示警之后第一枪就命中心脏了，之后又中了十枪还能行动……尸检报告怎么说的？嗯……和哥们儿我猜的一样，第一枪就把心脏打烂了，脊椎断成了三截……行了，让二室接手吧。老萧，你们家任局长现在怎么样了？待在民调局死活不肯出来啊……那你看着办吧，虽然哥们儿我现在辞职了，不过还能多少给你出点主意……任局长不出来，你们怎么往下查？钓鱼不是还得下个饵料吗？行了，多余的话哥们儿我不说了，你自己体会吧……现在在办出院，等你忙完了咱们约一顿酒。别你请客啊，哥们儿我有黄然……”

挂了电话，孙胖子回头冲车前子笑了一下，说道：“兄弟你起来了？还想着让你多睡会儿……已经办好出院手续了，一会儿你嫂子来接咱们回家。”

车前子睡得有些发蒙，缓了一会儿才清醒了一点。他看了孙胖子一眼，说道：“胖子，你说我们家老登儿不会真出事了吧？昨晚那个梦之后我心里一直不好受……你还能帮我找找他吗，不管怎么样知道他还活着就行。”

孙胖子坏笑了一声，说道：“这个还用兄弟你说？哥哥我已经让人去找了。估计三五天就能有消息，照你以前的话，他指不定在哪个寡妇家里猫着呢，说不定现在孩子都怀上了，再给你添个小师弟……”

这时候，邵一一过来接他们出院。陪同她一起过来的，竟然是六室的另外一个白头发屠黯。没等孙胖子开口，邵一一先说道：“说件事啊，屠黯家今天早上着火了，说要来咱们家借住几天。”

屠黯其实是吴仁荻打发过来的，他甚至都不知道出了什么事情。只是在凌晨的时候接到了吴主任的电话，随后他便收拾好自己的行李，一把火烧了自家房子，接着便来孙胖子家报到了。好在屠黯住的是一座小四合院，房子烧了也不会造成什么人员伤亡。

见到孙胖子，屠黯将他拉到了一边，问明白之后，他有些诧异地说道：“还有人敢找你夫人的麻烦？要不还是把二杨叫回来，我亲自走一趟，看看谁的胆子这么大，连命都不要了。”

“老屠，这件事不用你，你还是先回民调局待着。”孙胖子嘿嘿笑了一下，随后继续说道，“不是我说，这一两天民调局可能会出大事。吴主任和二杨都不在，辣子得陪着我，局里可只剩下你一个人坐镇了。”

“我听吴勉的！”屠黯没有丝毫犹豫，直接打断了孙胖子的话，继续说道，“你猜猜看，民调局和邵一一，吴勉更看重哪一头？依我看，民调局还不如你夫人的一根手指头值钱。孙德胜，你娶了个好媳妇。”

“媳妇自然是好媳妇。”孙胖子回头看了一眼自己的老婆，对屠黯继续说道，“不过我家里多大你也知道，我们哥仨加上我的老婆、孩子，实在没有你的房间了。老屠，我家里有辣子看着，出不了什么事。”

“吴勉交代的事情，你也别难为我了。”屠黯轻轻叹了口气，想了一下，继续说道，“这样吧，你们不用管我，我自己想办法，无论如何也要撑到吴勉回来为止。”

两人还想再说点什么，却被邵一一打断，她催促孙胖子赶紧离开医院。回去的路上，屠黯便开始找房。让孙胖子有些意外的是，屠黯居然找到了他家楼下的一套房子。他们乘车到孙胖子家楼下的时候，已经有中介等着屠黯看房了。

屠黯也不看房子，只要房子在孙胖子楼下就满意了，当下直接签了租房合同。他那边签合同的时候，孙胖子等人也回到了家里。

“还是家里好啊……”回家之后，孙胖子大大咧咧地坐在了沙发上，随后笑嘻嘻地对车前子说道，“兄弟，上次不算。今天开始你就算正式入伙了，一会儿我叫上黄然他们，加上咱们全家，找一家海鲜馆子，好好吃一顿入伙饭。”

“都到家了，你们还出去吃干什么？小五子，你进去把妈妈的围裙拿过来。”邵一一哄了下孩子，随后继续说道，“我一大早就起来了，正经忙活了一上午，给咱兄弟好好准备了一桌。不过先说好了，你们刚刚出院不能喝太多了，意思意思喝一瓶白的就行了。”

邵一一说话的时候，已经进了厨房。揭开煲汤锅的盖子，随后一股鱼头汤特有的香气飘了出来。只是闻到了这股香气之后，孙胖子三兄弟脸上的表情都变得古怪了起来。

“这是我打电话让鱼贩子留的大鱼头，正经千岛湖大鲢鱼鱼头。”邵一一闻了一下香气，一脸陶醉的表情。车前子忍不住问了一句：“嫂子，你炖这鱼头汤的时候，从来不尝尝咸淡吗？”

“不用尝，我这道鱼头汤可是高人传授的，养生汤又不用放盐的……”邵一一一边说话，一边开始准备其他的菜。嘴里同时对车前子说道，“胖子说兄弟你还没吃饭，一会儿我做份炸酱面你先对付一口，等晚上再好好尝尝嫂子的手艺。”

车前子答应了一声，走到了孙胖子和沈辣的身边，低声说道：“要不也别找黄然了，胖子你随便找个理由咱们仨出去，晚上我请也行。”

孙胖子笑了一下，还没说话，他的电话就响了起来。看了一眼来电显示，孙胖子接通了电话，说道：“老萧啊，还在小北监狱吗？出来了……你再说一遍？监控录像里面发现了异常……出事之前，有人来见过线人，当时他就不大正常了……监控录像现在到了民调局，嗯，你想办法给哥们儿我也发一份。还有杨枭，也发给他看看。还有什么？嗯嗯……”

没一会儿，孙胖子就收到了录像视频。当着沈辣和车前子的面，孙胖子打开了视频。就见在小北监狱的会见室里，一个中年女人正坐在防弹玻璃窗外，不久之后，一个穿着囚衣的男人走了过来，坐到了女人对面。

因为视频没有声音，听不清两个人说了什么。只是从男人的表情上观察，他应该不认识面前的女人，还指了指自己的鼻子，像是示意女人找错了人。不过坐下来交谈了几句之后，男人便喜笑颜开起来。

两人说到五分十五秒的时候，女人突然用手捂住了自己的嘴，对男人说了一句什么话。她的手挡住了嘴巴，也没法读唇语知道她说话的内容。

男人听到这句话之后，身子突然颤抖了一下，随后倒在地上开始抽搐起来。旁边的狱警见到不对，急忙过来查看。那个女人好像被吓着了，也急忙站了起来，随后离开了会见室。

这时的会见室乱成了一锅粥。狱警还以为男人发羊痫疯了，一边叫人去喊医生，一边找东西塞住男人的嘴巴，防止他抽风的时候咬断了舌头。就在这个时候，男人突然停止了抽搐，恢复了正常，在狱警搀扶下摇摇晃晃地站了起来。随后狱警叫过来两名犯人，由他们帮忙扶着男人回了监舍。

视频到这里便结束了，孙胖子说道：“根据监狱的会客记录，视频里的女人自称是线人的姐姐，她提供的身份信息也对得上。不过从现场视频来看，线人应该不认识这个女人，线人的行为出现异常也是从女人捂嘴说话开始的。线人被送回监舍不久，突然发狂想要越狱，最后身中十一枪而死。”

说到这里，孙胖子顿了一下，继续说道：“已经查实了，女人并不是线人的姐姐，只是相貌有些像，骗过了检查的狱警——女人离开监狱之后便彻底消失了，监狱门口的监控探头显示她上了一辆公交车，不过沿路的公交车站都没有女人下车的影像……”

第三十四章　闹了乌龙

根据孙胖子所说，最后一个与线人近距离接触、有重大嫌疑的中年女人上了公交车之后，便彻底消失了。萧易峰到监狱之前，监狱民警便查看了这路公交车各个站点的监控。确定了公交车除了公交站点之外，没有中途停车下人。不过中年女人怎么不见的，谁也说不清楚。

听完孙胖子的讲述，车前子皱了皱眉头，说道："胖子，你说你都不干局长了，还管姓任的死活干什么……还是说昨晚上我不是做梦，我们家老登儿真出事了，昨晚来给我托梦了，你想查清楚给我个交代？"

"兄弟你想什么呢？"孙胖子嘿嘿一笑，说道，"哥哥我虽然不干这个局长了，不过昨晚上这件事明显是不把我孙德胜放在眼里。在我的眼皮子底下弄人，出了事他痛快了，让我来背这个黑锅。要是这次不把这个人查出来的话，以后谁都敢骑到哥哥我的脖子上拉屎了。"

说到这里，孙胖子顿了一下，冲车前子挤了挤眼，继续说道："还有就是为了兄弟你，说起来现在你可是享受局长待遇的民调局顾问。老任真'嘎'一下挂了，弄不好你就要接局长的位置。到时候就得你来负责调查老任的案子，哥哥我提前替你查查清楚。"

"你还真想让我做这个顾问？别闹了，我知道自己吃几碗大米饭。"孙胖子这几句话说的，连车前子都觉得不好意思了。之前车前子抢着在任命书上签字，只是想帮孙胖子出一口气，难为难为任局长而已。没想到孙胖子真想让他做这个顾问，他进民调局才几天，哪有这个本事？

“哥哥我说你能做顾问，兄弟你就能做！”孙胖子嘿嘿一笑，继续说道，“所以说于公于私我都得搞明白这是怎么回事，民调局我不干了，你和辣子还继续在里面，咱们哥仨谁跟谁？”

这时候，沈辣开口说道：“大圣，说点正经的吧。现在女人的线索断了，再想查下去就难了。要不还用你那个馊主意，把老任放出去做饵。只要有人敢动手，我就能抓住他。”

孙胖子笑眯眯地说道：“这是最后一步，再说了，就算要设饵布局那也是杨书记的活儿，咱们不用参与的。否则万一老任有个三长两短的，那这口黑锅可是结结实实扣到哥们儿我头上了。”

这时候，邵一一在厨房里喊道：“炸酱面好了，你们哥儿仨过来吃面。什么乱七八糟的事情，吃饱喝足了再说。兄弟，这碗大的给你，没什么菜码，切点黄瓜丝凑合了。”

孙胖子带着沈辣和车前子去吃炸酱面的时候，门口传来一阵敲门的声音。随后屠黯的声音响了起来：“孙夫人你开门，打今天开始，咱们就是邻居了。”

邵一一让女儿小五开了门，将屠黯领了进来。随后有些八卦地问道：“你还真租了楼下的房子？一个月租金多少？我们这儿虽然不是特别高档的小区，可也不差。一个月怎么也得一万出头吧？”

“中介开了两万，我没有还价。”屠黯冲邵一一笑了一下，见到孙胖子他们正吸溜吸溜地吃炸酱面，他继续说道，“你们正吃饭哪，我来得不巧。这样，我也下楼去吃点东西，然后再上来。”

“都进屋了还下去吃饭，你这不是骂人吗？”邵一一一把拉过了屠黯，随后继续说道，“正好面条下多了，老屠你也别嫌弃，家常便饭而已。等到晚上的，你留下来尝尝我的手艺——两万贵了，你让中介宰了，上一任租户才一万三……”

说话的时候，邵一一又盛出来一碗炸酱面递给了屠黯。屠黯接过了面条，还没开吃，先抽动了几下鼻子，随后径直走到厨房里，掀开了煲鱼头汤的盖子。他深吸了一口气，突然回头对邵一一说道：“这个方子是吴主任给的吧？不错……不错！”

屠黯一边说，一边回头看了一眼孙胖子，继续说道：“这汤你喝了多久了，有些效果了吧？”

“老屠，你说这方子是吴主任给的？”孙胖子虽然早猜到了，不过还是问了一句。听到了屠黯肯定的回答，孙胖子古怪地一笑，继续说道：“我这不是刚从美国回来没多久嘛，回来就忙来忙去的，也没正经喝过几次。老屠你说说看，喝了这汤有什么效果？难不成还能成仙吗？”

“神仙有什么好？哪里比得上人世间自由自在。”屠黯盖上了瓦煲的盖子，继续说道，“这是大补的续命汤，喝了之后可以延年益寿的……你也知道，娶了邵家姑娘总要想办法活得长久些。不过这么多年了，你还是吴勉亲自续命的第一个邵家女婿。”

孙胖子听了，脸上的表情变得古怪了起来。他自言自语说道：“不能啊……他经常把让一一做寡妇的话挂在嘴边上，还能弄个方子给我续命？不能不能不能。”

孙胖子说话的时候，邵一一抱起来女儿，给她弄了些吃的，没有听到他们说的话。这时候她走过来，笑着说道：“你们在说什么？什么续命的……”

孙胖子正想编个瞎话，他的手机又响了起来。这次孙胖子直接开了免提，接通之后说道：“老萧，又发现什么新线索了？”

电话那头的萧易峰回答道：“是，警察在高速公路的休息站发现了女人的影像。是向首都方向去的，还有，根据照片已经查到了女人的身份，高艳莲，女，三十九岁，广西人。现在正深入调查——大圣，我已经和局里的人通报了，不过你也要小心……”

萧易峰的话还没有说完，电话里面突然传来了一阵轰隆轰隆的声音。没等孙胖子他们明白出了什么事情，便听到电话那边传来其他人乱糟糟的声音：“翻车了！翻车了……大家伙想办法先把人弄出来……快跑！这车着火了，快跑！”

紧接着“轰”的一声，电话那边便是死一般的寂静。孙胖子急忙抄起来电话，拼命喊道：“老萧！你没事吧……老萧、老萧……”

一连喊了几声都没人回应，孙胖子急忙又给自己的朋友打电话。电话接通之后，他直接说道：“老郑！帮哥们儿个忙，京沈高速首都段刚刚发生了一起严重的车祸。麻烦你查一下，我要知道第一手的消息，要知道车里几个人，是生是死……”

孙胖子找的人挺靠谱，没多久老郑便回了电话。孙胖子接到电话说了几句，便挂了电话对沈辣和车前子说道：“查到了，刚刚在回首都的高速公路口发生了严重的车祸。六辆车连环相撞，当场死了两个。现在场面很混乱，估计伤亡人数一会儿还会增加……”

说话的时候，孙胖子已经拿起了自己的外衣，邵一一见状皱起了眉头，说道：“刚刚出院，你这又要去哪儿？”

孙胖子苦笑了一声，说道：“五室的老萧好像出事了，看样子凶多吉少……我得过去看看，尽量晚饭之前回来。老屠，我家里就拜托你了……”

听说是老萧出了事情，邵一一的表情这才缓和了一点。她叹了口气，说道：“那你们自己小心一点，你们俩替我看着点胖子，也不知道他到底是聪明还是傻……”孙胖子哄了自己的老婆、孩子几句，便带着沈辣和车前子离开了家。他们上车之后，由沈辣驾驶着汽车向事故现场飞驰而去。

汽车开动之后，孙胖子少有地心神不宁起来。他时不时给萧易峰打过去电话，不过每次都是无人接听。随后他又给老郑去了电话，说道：“还是刚才那个事，死者的身份调查清楚了没有？有没有一个叫作萧易峰的？”

汽车里面静悄悄的，电话里面老郑的声音听得一清二楚：“死亡人数已经上升到六人了，现场还发生了汽车爆炸，有两具尸体被严重破坏，相貌已经分辨不出来了，这得给尸体做相貌比对或者验 DNA 了。胖子，你跟我说句实话，这车祸不是你弄的吧？看事情闹大了收拾不了，想找我擦屁股吧……”

“呸！哥们儿我民调局的同事可能出事了，我在打听他的消息。不说了，我们正在赶往现场，你跟现场负责的人说一下，别让他们找我的麻烦。

喂……老郑……郑哥……”孙胖子说到这里的时候，对方挂断了电话。

孙胖子有些无奈地挂了电话，车前子突然想到了什么，说道：“胖子，虽说咱们哥俩认识也没几天，不过我还是第一次看见你这样……我打听打听，你怎么对萧易峰那么关心？这事不对啊，你们俩的关系看起来也就一般般，怎么让你急成这样？”

孙胖子还没回答，他的电话又响了起来。还是刚才那个老郑打过来的：“刚才接到事故现场负责人的电话，胖子，你得有个心理准备了。事故现场一具尸体身上，找到了萧一峰的身份证。他从汽车里被甩了出来，发现的时候已经没救了。你先过去，需要做什么你再给我电话。”

听到萧易峰死亡的消息，孙德胜怔了一下。随后他呆呆地看着窗外，缓了半晌，这才说出来他和萧易峰的关系。

“老萧是我安排在民调局的耳目……”车里面两人都是自己的兄弟，加上已经证实老萧身亡了，孙胖子也不打算继续瞒着了。他深深地吸了口气，继续说道：“当初我重建民调局的时候，打算在民调局里设个耳目。整个民调局都知道我和辣子穿一条裤子，他是最不合适的。挑了一圈，就只有老萧——萧易峰最合适了。他是高老大时期招来的人，平时和我的关系也一般。而且除了六室之外，他每个调查室都待过，人头熟还有面子，这个耳目由他来做最合适不过了。”

说到这里，孙胖子掏出来香烟，点上抽了一口，继续说道：“我去美国办事的时候，民调局的一举一动都是他告诉我的。除了这个以外，通过老萧，还有更大的收获……”

说到这里，孙胖子犹豫了一下，不过想到当事人都不在世上了，便继续说道：“广仁和火山也找到了萧易峰，用他的师父作为要挟，让老萧给他们爷俩做内应。这两位大方师估计也是看中了老萧民调局五室副主任的身份，与其他几室交集多，不管是什么消息，都能第一时间获得。

“老萧是知道轻重的，每次与广仁、火山接触之后，都会第一时间告诉我……现在你们知道哥们儿我为什么从来不管他的事情了吧？广仁、火山想通过老萧套出来民调局的事情，哥们儿我也通过老萧套出来他们的事情。”

说到这里，孙胖子叹了口气，将手里的烟头丢掉，继续说道：“可惜了，老萧走得太早了——要是这次他没出事的话，说不定再过几年哥们儿我干腻了民调局，就把局长的位置让给他，带着老婆、孩子环游世界去了。”

饶是沈辣和孙胖子的关系好到了穿一条裤子的程度，也不知道孙胖子还在民调局里安排了一个耳目。如果不是刚刚知道萧易峰出事了，可能孙胖子这辈子都不会告诉他这件事。

车前子倒是无所谓的样子，不过孙胖子下面要说的事情，就让他有些坐立不安了。

孙胖子看了一眼身边的车前子，说道：“兄弟，昨晚上你没有做噩梦，是有人找了鬼魅，伪装成你师父孔大龙的样子，想魇镇你去刺杀老任……他们的目标是老任，因为老任躲在民调局不出来，不好下手，这才剑走偏锋打起了你的主意。不过被找我办事的萧易峰撞破了，他救下了你。估计也是因为这个，他才被人害死的。”

听了孙胖子这几句话，车前子的眼睛立刻瞪了起来，说道：“胖子，那我们家老登儿没事吧？是不是他出事了，你没敢告诉我？”

“兄弟，你放心吧，就是哥哥我出事，那个老王……滑头也不会出事的。”孙胖子说话的时候，他的手机又响了起来。看到是个陌生的电话号码，孙胖子犹豫了一下，还是接通了。

电话里面竟然传出来了萧易峰的声音：“大圣，刚刚有人开着大卡车撞我，幸亏我眼疾手快先跳了车。不过手机在车里拿不出来，担心你着急，就找了部手机给你打过来了。我敢肯定是医院和监狱幕后那个人干的……喂？大圣，你在听吗？”

确定萧易峰没死，孙胖子让他先找个地方躲起来，他们马上就到。然后又给老郑去了电话，这才弄清楚死的那个人叫作萧一峰，和萧易峰的名字同音，这才闹了乌龙。

挂了老郑的电话，孙胖子尴尬地笑了一下，对车前子和沈辣二人说道：“老萧的事情哥们儿可没对第三个人说过，那什么……你们俩就当作不知道。”

他的话刚说完，邵一一的电话就到了。孙胖子接通之后，电话里面传出来他老婆的声音：“胖子，要是老萧真有个三长两短的，你可要想办法把他师父接出来。人家心甘情愿做你的耳目，可不能人死了心愿未了……”

第三十五章　咒图

安静的车厢内，虽然没开免提，不过邵一一的声音还是清晰地传了出来，沈辣和车前子都听得清清楚楚。车前子还没有什么，沈辣的眉毛动了一下，不过他也没有说什么，只是通过后视镜看了孙胖子一眼。

孙胖子尴尬地挂了电话，干笑了一声，说道："那什么，我说梦话的时候，被我们家一一听到了。不是我说，就是你们三个人知道了。天地良心，除了哥们儿我和你们俩，还有我老婆之外，再没有第五个人知道……"

他的话还没有说完，电话又响了起来。看到来电显示，孙胖子先是朝沈辣和车前子做了一个噤声的手势，随后小心翼翼地接起了电话："吴主任，您老人家怎么想起来给我打电话了？您有什么指示……"

听到是吴仁荻的电话，沈辣和车前子都来了兴致，竖起来耳朵听这位吴主任要说什么。随后，吴仁荻特有的刻薄声音从手机里传了出来："听一一说，五室姓萧的被你连累死了？你真是越来越有出息了，什么时候也连累连累我……没事少看些乱七八糟的电影，学人家玩无间道……行了，一一问起来，记得说我已经安慰过你了。"说完，也不等孙胖子回答，吴仁荻那边已经挂了电话。

孙胖子别说还嘴了，他连大气都不敢出。一直等吴仁荻挂了电话，孙胖子才一脸纠结地说道："好吧，除了哥们儿我，你们哥俩、我老婆和吴主任之外，再没有第六个人知道……”

孙胖子三人赶到事故现场的时候，这里已经收拾得差不多了。死伤的人员已经送去了医院。交警取证之后，将受损的车辆拖到了一边，恢复了高速公路的运行。

孙胖子找到了负责的交警队长，报了老郑的字号之后，便开始询问刚才发生的车祸情况，怎么搞得差点封了高速公路。

交警队长一脸的无奈，说道：“领导，我干交警也二十几年了。还是第一次碰到这样的情况——看到那辆厢卡了吗？踩着油门逆向行驶直接撞到那辆沃尔沃了，幸好沃尔沃的司机反应快，及时跳车逃生了。不过后面几辆车就没有这么好运气了，当场就死了两个，听说送去医院的路上又死了好几个……”

顺着交警队长手指的方向看去，一辆大型集装箱卡车横在路边，旁边是被它撞毁的几辆轿车。其中一辆沃尔沃轿车损毁最为严重，已经被完全压瘪，不过车厢里面没有血迹，这辆车应该就是萧易峰的座驾了。后面的几辆车损坏得也很严重，车里到处是血迹，足见刚才车祸的惨烈了。

听交警队长介绍完情况，孙胖子说道：“都撞成这样了——卡车的司机呢？抓到了没有？”

“抓是抓到了，不过他也闹得厉害，说自己被鬼迷了，是鬼操控的卡车……”交警队长无奈地叹了口气，继续说道，“给他做了酒精测试，不过什么也没验出来，现在送去医院检测是不是毒驾了。如果证实了是毒驾的话，那就属于情节特别严重，造成重大人员伤亡。再加上认罪态度不好，这司机只怕是完了……”

孙胖子点了点头，和交警队长商量了一下，让沈辣到大卡车上寻找线索。沈辣围着大卡车里里外外转了好几圈，才回到了孙胖子身边，向他使了个眼色，示意没有查到什么有价值的线索。

孙胖子心领神会，点了点头，和大队长客气了几句，便上车离开了事故现场。行驶了十几分钟之后，车子停到了一家小旅馆门前，三个人下车直奔三楼的 303 号房间。

在高速公路上捡回来一条命的萧易峰就藏在这里，孙胖子叫开了门之后，才发现除了萧易峰之外，郝文明、郝正义哥俩也在，保护着萧易峰。

两拨人相见之后，车前子先开了口，对萧易峰说道："老萧，你怎么选了这么一个小旅馆藏着？还在公路边上，这人多眼杂的不怕幕后的人杀过来？"

碍于孙德胜的面子，萧易峰也不好挑车前子的理。他一本正经地解释道："这里我之前处理事件的时候来过，老板认识我，不需要用身份证登记。我刚刚离开小北监狱，回来的路上就有人算计我。我不知道是哪个环节出了问题，能不用身份证登记的，还是尽量避免的好。我也是胆子小，又请了两位郝主任来帮忙。"

"小萧你客气什么？不是我说，就算你不找我们哥俩，我们在民调局也待不住了。"郝文明苦笑了一声，随后对孙胖子说道："大圣你是不知道现在局里成什么样子了，昨晚上老任回来之后，就把值班的人都叫起来了。还用局长的特权打开了五室的库房，把大小家伙都取了出来。现在他——原先你的办公室都成了军火库，不知道的还以为他要打仗呢！"

没等郝文明说完，郝正义也开了口，说道："老任在局里的事情一会儿再说。大圣，现在能肯定是针对他吗？还是说幕后那个人还有别的什么企图？"

孙胖子冲两位郝主任笑了一下，说道："现在还看不出来什么，不过既然有人想要灭老萧的口，那就说明他在小北监狱发现什么了。不是我说，可能老萧自己还没反应过来。要不然的话，对方也不会那么着急灭口了。"

萧易峰想了一下，还是摇了摇头，说道："我能查到的东西，都是狱警和当地警察提供给我的。单单为了这个灭口的话，小北监狱那边最少还得灭五十个人的口。我能查到的线索，在那边都是有记录可查的——等一下，别说还真有点东西是我自己发现的……"

说到这里，萧易峰突然想到了什么。随后他从手机里面调出来一张照片，将手机递给了孙胖子，说道："这是我去找公交车司机问话的时候，无意中看到的，觉得有意思就拍了下来……"

萧易峰说话的时候，几个人都将脑袋凑了过来，看到了照片上的内容：在公交车最后一排的座位上，有人用红色的笔画的涂鸦。画的内容是一个没有脑袋的人正拼命奔跑，因为画得实在不怎么样，也不像什么符咒，就是郝家兄弟看了，也不认为这是什么线索。

孙胖子就更加看不出来什么了，不过他还是有话要问萧易峰："老萧，公交车你也查过了。车上没有录像吗——你把照片发给杨枭，看看他认不认得。"

萧易峰一边给杨枭发照片，一边回答孙胖子的话，说道："录像是有，不过只有前门的，后门的录像坏掉了。显示在小北监狱那一站确实上来了一个女人，但她什么时候下的车，就不得而知了。"

这边照片刚刚发出去，杨枭的电话就到了。萧易峰直接开了免提，接通之后，听到老杨有些着急的声音："萧易峰，这照片在哪儿拍的？什么都别说，赶紧的，赶紧把这个图案擦掉，有人在用这个藏尸……"

听杨枭说得急，孙胖子忍不住打断了他的话，说道："老杨，你好好说话。怎么就藏尸了？不就是一张画吗？"

"孙德胜你也在？那就好了。"杨枭喘了口粗气，耐着性子继续说道，"我看照片是在公交车上拍的，是吧？赶紧找到那辆车，擦掉那张咒画……要不然的话，还会有人遇害的。你们先去想办法擦了画，我再慢慢给你们解释。"

杨枭很少这么着急的，众人都感觉出来事情不对。当下几人直接离开旅馆，赶往小北监狱。孙胖子还动用自己的关系，扣下了那辆公交车，不许人再上去。

郝家哥俩开了一辆面包车过来，正好可以坐下这几个人。面包车开动之后，杨枭那边也开始说起来这涂鸦的来历。

这种分尸法是元代贞古道观蒋箴、韩光师徒俩斗法的产物。当时的观主蒋箴收了个叫作韩光的弟子，韩光的天赋极高，跟蒋箴学了十年道法之后，隐约有超越师父蒋箴的苗头。

蒋箴有些嫉贤妒能，察觉出弟子的道法修为将要超过自己，便不再教授韩光道法，还派韩光下山云游，美其名曰让他去世俗中磨炼道法。韩光一走就是十三年，中间从来没有回来过，也没人知道他的下落。时间一久，蒋箴便以为他死在了外地。

蒋箴七十大寿之后不久，当地一位经常给道观捐赠财物的大财主亡故。财主家人来道观报丧，同时邀请蒋箴主持法会，度化财主的亡灵。

看在这些年老财主施舍金银的分上，蒋箴亲自带领徒子徒孙下山，在老财主家摆了七天的法会。由于蒋箴年事已高，便和财主家人商量了一下，只在法会的第一天意思了一下，而后就去了书房休息。剩下六天他也只在早晚露个面，其他时间由他一位弟子主持。

一转眼，到了第七天头上，蒋箴亲自主持老财主的出葬仪式。天还没亮他就带领弟子们准备，蒋箴由弟子们搀扶着，准备送老财主最后一程的时候，突然发现棺材里面空空如也，老财主的尸体竟然不见了。这一下把蒋箴吓得够呛，第一天过来的时候，他亲眼瞧见老财主的尸体就在棺材里面躺着的，后面几天有他得力的弟子小心照看着，怎么尸体就不见了？

法会是由他们贞古道观主持的，现在尸体不见了，财主家人兴师问罪不说，道观和他蒋箴几十年的名声都要毁了。

蒋箴冷静下来之后，吩咐弟子们不要声张，他先查看了一番棺材，果然在棺材的四周发现了几幅奇怪的图案。这些图案的内容相近，都是一个肢体残缺的人正在奔跑。只是细节不尽相同，有的没有脑袋，有的没有手脚，有的只有上半身没有下半身，有的只有下半身没有上半身。

一开始蒋箴也没有将这几幅好似孩童涂鸦一样的画放在心上，不过他的一个弟子提醒了他——这几天来吊唁老财主的人不少，里面有几个人举动异常，趴在棺材上号啕大哭，一直不肯离开，最后还是本家来人给架走的。一开始蒋箴的弟子还以为这些人与老财主感情深厚，打听之后才知道这几个人只是老财主家的近邻，与老财主家交情非常一般，年前还闹过矛盾，差点打了起来……

听了弟子的话，蒋箴似乎感觉出来了什么，不过他自己又说不上来。最后趁着天还没亮，本家还没起床过来，蒋箴让他一个弟子躺到棺材里面，随后让提醒他的那个弟子学着邻居的模样，趴在棺材上哭灵。

让人震惊的一幕出现了，这名弟子刚趴到棺材边上，他的表情突然变了，随后不由自主掏出来自己的匕首，要去割棺材里面弟子的脑袋。其他弟子见状急忙过去制止，没想到的是，那几个弟子也变了模样，非但没有制止，竟纷纷学起哭灵弟子的模样，要去割棺材里面弟子的脑袋。

蒋箴见状大惊，急忙过去拉开了弟子，同时让棺材里面的弟子赶紧出来，这才结束了一场闹剧。

这下蒋箴明白了，这是有人在施法作乱，趁没人注意的时候，在棺材上画了几幅咒图。等到有人来吊唁的时候，受咒图驱使，分批带走了老财主的尸体。

这个蒋箴也是有本事的人，他施法通过老财主的魂魄，在一间破草屋里找到了老财主的尸身。在老财主尸身旁边，还有一枚蒋箴当年亲手制作的送给韩光的辟邪铜钱。这下他什么都明白了，这是韩光在记恨自己，在外十几年学到了本事，回来找自己的麻烦了。

蒋箴先忍下了这口气，将老财主的尸身运了回去，重新放回到棺材里面。表面上蒋箴不动声色，照常举行出葬仪式，暗地里派弟子回道观取来了韩光的毛发和生辰八字（看来当年蒋箴也是留了一手的）。这两样东西一到手，他立即施法引来天雷，将躲在暗处的韩光给劈死了。

韩光死后，他留下来的东西也被蒋箴找到了，里面详细写着咒图的原理和画法。蒋箴自诩名门正派自然不屑去学，便将它藏在了观中。后来蒋箴死后，那咒图便消失了。没想到过了这么多年，竟然出现在公交车上了。杨枭早年间曾见过咒图的残本，这次算是见到真的了。

听杨枭说完，车前子忍不住问道："老杨，你的意思是有人在公交车上被分尸了？车上的人每一站都有上下，怎么可能当着那么多人的面，把一个大活人分尸之后带走了？"

杨枭继续说道："这样并不难，换成我的话，先在车门上做些手脚，让上车的人都着了道，迷迷糊糊的就为我所用了。等到事情结束，再抹去一切痕迹，包括车门上的手段和座位上的咒图。"

这时候，郝文明也开了口，说道："那我再问问，如果真有人被分尸，为什么公交车上一点痕迹都没有？那可是个大活人，那么多的鲜血又怎么处理的？”

这个问题杨枭似乎早想到了，他不紧不慢地回答道：“想要不出血，我最少有二十种方法。我能做到的，一定还会有人知道。”

杨枭刚刚说完，萧易峰的电话响了起来。他看了一眼来电显示，皱着眉头接通了电话，同时开了免提，就听见电话那边的人说道：“是萧领导吗？找到高艳莲的尸体了。不过她的尸体被肢解了，被分散到好几个地方……”

第三十六章　集体失忆

打电话来的是负责寻找高艳莲的警察。根据他的讲述，有早上晨练的老人，在距离小北监狱四公里外的公园花坛里发现了一截死人的断臂，一大清早看见这种东西，把老人吓得够呛，当下急忙报警。

警察刚赶到抛尸现场不久，又有人发现了其他碎尸并报了警。也是巧了，新发现碎尸的地方竟然也在这个公园里，两处抛尸地点仅凭肉眼就能互相看到。经过法医初步检验，认定两块碎尸都属于同一个死者。

警察调出来公园的监控，结果发现竟然是两名普通的家庭妇女，分别提了个黑色塑料袋穿过公园，然后随手将塑料袋扔在公园垃圾箱旁边。其间两人没有任何交集，看起来像是完全没有关系的两个人。

警察立即抓获了二人，结果这两名家庭妇女完全不知道出了什么事情。任凭办案人员怎么询问，两人都是一头雾水的样子。

负责的警察是多年的老刑侦了，见两名妇女抵死不认，索性给她们看了她们自己扔掉黑色塑料袋的监控视频，结果这两人仍然不承认是自己扔的——她们似乎已经丧失了那一段时间的记忆。

无奈之下，又给她们看了抛尸现场拍摄的视频。塑料袋打开，露出来里面的碎尸。结果让警察们大跌眼镜，两名妇女当场吓得话都说不出来了，其中一个直接晕倒送去了医院，另一个吓得尿了裤子。

两名妇女的反应怎么看都不像是装的，这时候警察也感觉出来可能是哪里出了问题。就在这时，距离公园一公里外的垃圾箱里，又发现了碎尸。当警察赶往这起抛尸现场的时候，又接到了新的报案……

报案的是公交车司机，他下了早班回家的时候，发现自己的冰箱里面竟然冻了一颗人头。吓得他急忙报警，等警察赶到之后，将人头取了出来，经过辨认，证实人头正是去监狱探监的高艳莲的。萧易峰临走之前，特意嘱咐了当地警察，有什么消息要第一时间通知他。

有了公交车司机的线索，警察梳理发现，其他几个抛尸的嫌疑人都是高艳莲失踪那天，和她一起乘坐同一辆公交车的乘客。

现在已经开始检查那辆公交车了，不过具体的结论晚一点才能出来。

萧易峰挂了电话，先是深吸了口气，随后对车上其他人说道："还真被杨枭说中了，公交车上的乘客都被算计了，有人操纵乘客将高艳莲杀死并分尸。没想到被我意外发现了咒图，于是又对我出手。他现在应该已经知道我死里逃生了，咒图的事情早晚会败露，于是便撤了术法准备逃走——他是想在逃走之前，抢在我们前面，销毁与高艳莲有关的一切痕迹……"

"这个人也算有点小算计……"孙胖子微微一笑，继续说道，"不过他还是有个致命缺点的，他这张网铺得太大了，迟早会露出破绽。不是我说，我都不敢铺这么大的网，一个环节出了纰漏，怎么弥补都弥补不过来。"

"大圣，这么说的话，你有办法能抓到幕后之人了？"郝正义看了一眼孙胖子，随后继续说道，"这个人也是少见的高手了，你可不要仗着自己的脑袋瓜聪明就大意了，小心阴沟翻船——机场那样的事情出现一次就够了。"

听郝正义提到自己走麦城的事情，孙胖子叹了口气，说道："这个您放心，有一次就够够的了……再说了，现在我也不是民调局的人。主要是这次那个人吓唬了我兄弟车前子，还差一点要了老萧的命，这口气不出可是不行。不是我说，要是就一个老任，这时候哥们儿我已经端着茶水、嗑着瓜子等着看戏了……"

说话的时候，面包车已经到了当地的公安局。一辆公交车就停在大院里，几个身穿白大褂的法证人员正在车上勘查。

负责这起案件的警官正在等他们，见这几位领导到了，便迎了上来，对萧易峰说道：“我的人已经都撤下去了，现在又发现了一起碎尸，都是这辆公交车下来的乘客扔的——领导，我当警察也小二十年了，还是第一次遇到这么邪门的案子。您几位要是来接手案子的话，卷宗什么的已经准备好了，随时都可以办交接手续。”

看得出来，这位警官已经被吓着了。这起案件已经超出了他的认知，大白天的心里就开始冒凉气，还是早点把这个烫手山芋推出去的好。

萧易峰看了一眼警官，随后指着孙胖子介绍道：“这位是我的领导，部里的孙德胜司长。有关案件的最新进展，你可以向他汇报。”

听到来了这样的大人物，警官赶紧整理了一下着装，随后向孙胖子敬礼，说道：“不知道孙司长您到了，我这就去向局领导汇报……”说到这里，警官自己也觉得在部里领导面前称呼自己上司为领导不大合适，但一时之间又想不到更加合适的词。

孙胖子嘿嘿一笑，说道：“什么司长、局长的，都是为人民服务嘛。那个谁，这起案件还是你们负责侦破。我们只是从旁协助，不过这起案件的性质恶劣，为了避免社会上出现不必要的恐慌，你传达一下，这起案件进入保密程序，除了你们专案组的成员之外，不可以向其他人员包括你们单位的同事甚至主管领导透露案件信息，听明白了吗？”

“听明白了！”警官又敬了一个礼，随后当着孙胖子的面，挨个给手下的警察打电话，通知他们不可以向其他人泄露案件信息。

这时候，有法证人员从公交车上下来。孙胖子转身迎了上去，询问他们有没有在车上发现什么。

这位法证人员很有眼力见儿，看出来孙胖子不是一般人，当下指着公交车说道：“在车上发现了被清理过的血迹，不过这些血是否和碎尸案有关，还要等进一步的化验结果。”

孙胖子点了点头，说道：“后排座位上的涂鸦，你们检查过没有？”

这句话说完，法证人员愣了一下，说道：“什么涂鸦？车上的座位都检查过了，没有什么图画、涂鸦……”

这时候，萧易峰去到了车上，探头看了一眼公交车后座，随后朝孙胖子摇了摇头，说道："被人擦了。"

听到座位上的涂鸦已经被人擦掉了，孙胖子并没有显露出意外的表情。他眯缝着眼睛看了萧易峰一眼，随后笑嘻嘻地说道："擦了就擦了吧……我们看也看了，拍照也拍了。那个谁，现在尸体拼出来了吗？死者的背景调查出来了吧？"

后半句话是冲身边的警官问的，警官立即回答道："还差不少，不过当天乘坐过这辆公交车的司机和乘客都已经控制起来了。现在我的人正在外面寻找剩下的碎尸，还腾不出手来审讯他们。死者背景还在调查中，不过她的基本信息已经有了，稍后我拿给您……"

"忙不过来啊，那我们几个替你分担分担……"孙胖子嘿嘿一笑，继续说道，"不是我说，这起案件已经进入了保密程序。我们审讯的时候不可以有外人参与，也不可以留下来任何形式的音频、视频，你明白我的意思吧？"

"明白明白。"警官点了点头，继续说道，"案发当日不是上下班的高峰时段，这条路线也比较偏，一共只有十九个人在车上待过，其中一人审讯的时候心脏病突发，已经送去医院治疗了。所有嫌疑人的名单在我办公室里，一会儿您定一下审讯顺序……"

"不用一个一个来，太麻烦了。"孙胖子古怪地笑了一下，继续说道，"不是我说，你找一个大房间，把这些人都集中到一起来。有什么问题要问的，我就直接问他们了，你只用把这些人的身份信息准备好就行了……"

"您是要一次性的集体审讯？不怕引起串供……"这位警官还从来没有听说过这样的审讯方法，他眨了眨眼睛，继续说道，"要不然的话，我向兄弟单位请求支援？让他们派些审讯人员来帮忙……"

"保密条例！是不是要我给你背一遍？"孙胖子收起了笑容，看了紧张的警官一眼，随后继续说道，"我们有我们的审讯方法，下次有机会的话你们可以旁听……现在去把嫌疑人都带出来……劳驾，不用继续在车上取证了……我们就在这辆公交车上审讯嫌疑人……"

孙胖子是部里的“司长”，现场属他最大，虽然不符合程序，不过也没人敢说他什么。当下，车上的法证人员退了下来。那位警官带人将十九名嫌疑人带了出来，按照孙胖子要求，让他们坐在了当时的座位上。

等所有人都坐好之后，孙胖子要求无关人员离开。他拿过来警官提供的人员名单，照片，以及他们的社会关系的资料，带着民调局的人上了公交车。

公交车上的人有老有少，年纪大的有六七十岁，小的还有个初中生。这些人都一脸惊恐地看着面前这几个人，大部分人都不明白自己犯了什么事情，怎么会被带到这里来。

孙胖子上车之后，找了个居中的位置坐下，翻了翻手上的资料，笑嘻嘻地对这十几个人说道：“大家不用担心，我也就是例行公事……也不清楚你们知不知道是因为什么来这里配合调查的，干脆我再告诉你们一次……昨天下午，一位叫作高艳莲的女人上了这辆公交车，她上车之后就失踪了……今天早上有人发现了她的尸体——她的尸体被人分割成一块一块的，遗弃在公园里面……”

孙胖子说到这里的时候，坐在前排一位有些肥胖的中年女人开始哆嗦起来。孙胖子看了她一眼，继续说道：“现在有证据可以证明，高艳莲就是在这辆公交车上被人害死的。就在车上被分割成十几块，被带下了车，然后扔到了不同的地方……你们都不记得昨天车上发生的事情吗？”

说话的时候，孙胖子将路上摄像头拍到的这些人手提黑色塑料袋下车的照片递给了萧易峰，说道：“老萧，你给他们看看，帮他们回忆回忆。”

萧易峰接过了照片，挑出来对应的嫌疑人，将他们手提塑料袋的照片分发到各人手上。看到了照片，这些人都是一脸惊讶的表情。想到塑料袋里面装着的东西，胆小的已经干呕了起来，胆大的也直犯恶心，急忙开窗透气。

这时候孙胖子也不说话，只是笑眯眯地看着每一名嫌疑人的反应。等萧易峰发完照片回来，他才继续说道：“不是我说，就一天的工夫，你们谁都记不起昨天车上发生了什么事情吗？”

第一个说话的是个中年干部模样的男人，他小心翼翼地对孙胖子说道：

“警官……领导，说出来您可能不信，我是真记不起来昨天上车之后的事情了。被抓进来的时候，警察同志就让我仔细回忆上车之后的事情。不过我这都想了半天了……上车的事情隐隐约约还记得一些，但怎么下的车，又怎么回的家我是真的一点印象都没有了……好像回家之后睡了一觉，我老婆下班回家开门，我才醒的，不信您去问我老婆。”

这个男人是本地国企的一名会计，警察已经去他的单位问过。昨天下午男人去银行办事，提前和领导打过招呼，办完事之后不用回单位，算是下班直接回了家。

“我也是……”第二个说话的是个留着寸头的中学生，看到中年男人说完没啥事，他也跟着说了起来，“我也想不起来在车上做过什么了，下车之后我怎么去的补习班都不知道。直到我妈下班去接我，我才有些印象，不信你们去问我妈，还有补习班的老师……”

孙胖子手上的资料显示这个初中生不是本地人，是跟自己的单亲妈妈搬到这里的。他母亲在附近找了份出纳的工作，刚刚搬来半个月左右。因为孩子的功课跟不上这边学校的进度，才在外面给他报的补习班。昨天是他第二次去补习，这个当地警察也证实过了。

剩下十几个人也和这两个人类似的说法，唯一不同的就是公交车司机了。他咽了口唾沫，有些紧张地对孙胖子说道：“同志，您可不能说是我干的……我和他们不一样，我有昨天下午的记忆。不过也没什么特别的，他们上车……我开车……到了站点他们就下车，就是我天天干的活啊。除了这个之外，哪有什么杀人分尸的……”

司机越说越急，头上也开始见了汗。孙胖子见状摇了摇头，对司机说道：“哥们儿，真不是我不信你，你自己解释解释……车是你在开，事情也出在你车上。刚才你自己也听见了，所有人都不记得车上出了什么事情，就是你记得……别人把碎尸一扔了事，就你把最重要的人头带回家了，还放进冰箱里面冷冻了起来。要不是事情败露，警察就要找上门来，你也不会把人头交出来吧？”

司机刚才也有心想说自己也失去了昨天下午的记忆，不过他很快反应了过来。别人说失忆了可以，唯独他不能那么说。他真记得昨天下午自己都干什么了，那是他最后一班车，交车之后就和朋友们打麻将去了。他手气好赢了六百多块钱，赢了钱之后晚上还去了洗浴中心，那啥还花了三百多，这些警察早晚能查出来——怎么你失忆了还有心思干这个？

第三十七章　徒子徒孙

见司机结结巴巴的越说越急，周围的乘客看他的眼神都开始变得异样起来。几个距离他较近的乘客纷纷躲开，担心他突然失控再挟持他们当人质。

“哥们儿，你先把家里人头的事情说明白吧！”孙胖子古怪地笑了一下，对其他乘客说道：“行了，现在暂时证明你们和这起碎尸案没有直接的关系，最多也就是被人迷晕、催眠之后，无意识状态下替人抛尸。你们先回家里休息，不过未结案之前，各位都不可以离开本市。还有，这起案件已被列为保密案件，一会儿警察会给你们保密文件，看明白签了字才能走。

“不是我说，如果这起案件被你们谁传了出去，那可是要承担法律责任的。还有就是经历了这起案件，你们要有什么心理问题的话，可以找保密文件里专门指定的心理医生——老萧，麻烦你带他们下去。”

这些乘客跟着萧易峰下了公交车，去公安局大楼里面签署保密协议。只留下哭丧着脸的公交车司机不知道如何是好，他也不敢乱动，只一个劲地向孙盘子解释，说道：“这事真不是我干的，我打开冰箱看见一个人脑袋，当时也被吓得不轻，一屁股就坐地上了。您派人去我家瞅瞅，冰箱旁边的地砖都被坐碎了两块。”

“哥们儿，你回去好好再想想，什么时候想起来是怎么杀人分尸的，什么时候我们再谈。”说到这里，孙胖子打了个哈欠，随后对沈辣说道：“辣子，你送这哥们儿回拘留室。什么时候想明白了，什么时候再问他话。”

司机还想要争辩几句，却被沈辣一把抓住了胳膊。一瞬间，司机一点力气都使不出来，只能乖乖地跟着沈辣下了公交车，随后又被带回拘留室。

看着一车的乘客及司机都下了车，车前子这才开口，向孙胖子问道：“胖子，你这三言两语的就算审讯完了？不行啊你这个……老虎凳、辣椒水什么的都没上，谁和你说真话？要我是那个幕后黑手，我也说想不起来了，反正你也证实不了。再说了，谁那么缺心眼，杀了人分了尸，还把脑袋放自己家的冰箱里？两位郝主任，你们说说看那个司机像幕后黑手吗？”

车前子说话的时候，郝家兄弟俩只是轻轻地笑了一下，没有发表自己的看法。孙胖子笑眯眯地看了一眼小道士，说道：“兄弟，不是我说，你还是没明白哥哥我想干什么。按照我的推算，这次分尸的事情不可能画几张图就完事了。现场一定有人看着，一旦出状况的话还能补救。不过这个人不管是谁，都不可能会是司机，因为司机是空着手离开这辆公交车的。”

说话的时候，孙胖子走到了车厢靠后的位置，伸手拉开了车底板上的暗门，露出来里面空空的一个小暗格。这里法证人员已经检查过，还能闻到一股淡淡的药水味道。这个暗格应该是存放工具的地方，只是不知道那些工具都哪儿去了。

孙胖子比量着暗格的大小，随后对车前子说道：“这个大小放人头正好……如果哥哥我是这个人的话，会把自己也藏在这些乘客里面。下车的时候也会带一份碎尸走，随便找个地方扔了。等到后半夜神不知鬼不觉的时候，再回来车里带走人头，送去司机家的冰箱里。”

说到这里，孙胖子看到已经有乘客从大楼里面走了出来。他笑嘻嘻地看了一眼，继续说道：“除去司机一共十八个人，从十八个人里面找出来一个，还真不太容易找到。”

因为知道公交车上发生了碎尸案，这些乘客出来都小心避开了公交车。看着他们心存恐惧的样子，郝文明冲孙胖子说道：“不是我说，大圣，现在分派一下吧。你放了十八个人，我们六个一人得看住三个，这个难度有点大。”

“郝头，谁说要看十八个的？”孙胖子嘿嘿一笑，指着一个乘客的背影，说道，“看住这一个就行了。”

离开了公安局，李会计仍然心有余悸，感觉有些不舒服。为了能早点离开，保密文件他看都没看就签了字。原本公安局门口不远就有个公交车站，不过想到了昨天的事情，李会计还是奢侈了一把，叫了一辆出租车回家。

家里面李会计的老婆也急得不得了，自己男人被警察带走之后，她就被吓坏了。去公安局问怎么回事，却没人能和她说清楚。现在见到李会计回来，她这才松了口气。只不过不管她怎么问出了什么事情，李会计都一言不发，也不说自己为了什么被警察带走的。

女人这就感觉不对了，突然被警察带走了，出了什么事情自己也不知道，又这么稀里糊涂放回来了！不用问，一定是去嫖了，他找的小姐被警察抓了，小姐把他供出来了——这是交完了罚款，才给放出来了……

李会计的老婆脑补了李会计招嫖的画面之后，登时气打不打一处来。她二话不说，直接给了李会计一个嘴巴，边打边说道：“你怎么这么不要脸！平时抠得一分钱都不舍得花，原来是攒下来钱拿去嫖娼啊——你说你对得起我吗？”

她这一巴掌把李会计打蒙了，反应过来之后，便将自己憋着的一肚子火都撒到了女人的身上。平时有些怕老婆的李会计这时真急眼了，跳起来冲自己的老婆一顿拳打脚踢。

就在这两口子两败俱伤，互相打得对方鼻青脸肿的时候，有人按响了门铃。两口子这才停手，李会计擦了擦脸上的血，气鼓鼓地去开了门。不过就在他开门的一瞬间，心里面那点火气便消失得干干净净。

就见自己家门口站着的是刚才公安局的几个领导，领头的胖子笑眯眯地看了他一眼，说道：“是不是我们来的不是时候，你们两口子玩得够大啊！这都见血了……不是我说你，你们这个岁数了，别玩得太过火。万一孩子突然回来了，看到影响不好。”

说着，也没等李会计相让，孙胖子已经进到了李会计家里，冲一脸伤的女人说道：“嫂子吧？不用搭理我们……千万不要留饭，整七个盘子八个碗的就不好了……这边是你们两口子的卧室吗？我进来看看……”

说话的时候，孙胖子已经推开了卧室门，带着沈辣他们一起走了进去。他直接走到了壁柜前，掏出来手枪对着柜门，说道：“放你出来了，好好的你不回家，来人家家里干什么？”

孙胖子的话刚刚说完，站在一边的沈辣突然动手，一下拉开了柜门，就见一个初中生模样的半大小子躲在柜子里面。正是公交车上第二个回话的初中生，这时他已经在壁柜里面画完了一副缺了人头的咒图……

见到了孙胖子等人，初中生好像一只猿猴一样，直接向孙胖子扑了上去——不过守在柜门边上的沈辣怎么可能让他撒野！

初中生扑过来的一瞬间，沈辣已经掐住了他的脖子，将这个初中生重新按回到壁柜里面，任凭他怎么挣扎，沈辣都死死地掐住他。初中生还不服不忿，虽然脖子已经被沈辣掐住，仍然挥手抬腿对着沈辣打去。

见初中生还在乱扑腾，车前子走过去，直接朝他裤裆猛踹了一脚。这一下踹得初中生直翻白眼，张嘴发出来尖利的惨叫声，接着喷出来一口白沫子，随后晕倒在壁柜里面。这断子绝孙的狠狠一脚，看得旁边的孙胖子都不由自主夹紧了双腿。

“辣子，你不能对谁都那么好心，这时候就得来这么一下。”车前子没大没小地和沈辣说了一句，看了一眼晕倒的初中生，转头对身后的孙胖子说道：“胖子，这小崽子是什么老妖怪假扮的吧？要不就是被什么冲了体！”

孙胖子苦笑了一声，说道：“兄弟你太小看咱们这几个人了，冲体的话郝头儿他们会看不出来？至于是不是有人假扮的……”

他的话还没有说完，站在孙胖子后面的郝正义走上前来。他蹲在柜门前，扒开初中生的眼皮看了一下，随后又掏出来一根细长的银针，在初中生身上各个要穴上分别扎了一针。

行针之后见初中生身体没有什么变化，他回头看了孙胖子一眼，凑过来低声说道：“这孩子就是本体，不过年纪要比他的相貌大上一些，三十五到四十岁之间。应该是天生个子矮小，又吃了不少驻颜的药物，才一直保持着十几岁的模样。”

这时候，站在卧室门口没敢进来的李会计两口子才反应过来。他俩哆哆嗦嗦地凑了过来，李会计向孙胖子问道：“领导……这是怎么回事？这个学生怎么会在我家柜子里——张海霞你对得起我吗？外面偷人也算了，连这么大点的孩子都不放过，你这样犯法了知道吗……”

说着又要和自己的老婆撕巴，还是郝文明将他们俩拉开，随便编了个理由说道：“二位还看不明白吗？这孩子有精神病，他病得不轻还带有攻击性。我们发现他跟着你回来了，怕闹出什么事情，这才跟了过来的。”

听到原来是这样，李会计吓了一跳。不过也证明自己老婆没有偷人，心里多少舒服了一些。怕“初中生”醒来再闹出乱子，李会计一个劲请求孙胖子赶紧将人带走。

当下，沈辣抱着还在昏迷中的“初中生”，和孙胖子他们一起离开了李会计家。回到了面包车上，郝文明驾车向初中生家的方向飞驰而去。

面包车开动之后，车前子向孙胖子问道：“胖子，我还是不怎么明白。车上一共十九个人，你怎么就敢肯定是这个小子的？”

孙胖子嘿嘿一笑，说道：“兄弟，整个公交车上一共十九个人，只有这个小孩子是最近到的本地。你想想看，谁会为了弄死个探监的，就在监狱附近住上十年八年的？拿到名单之后，哥哥我就让人查了这小孩子的底细。是有这么一个同名同姓的学生，不过人家一个月之前跟爹妈去了国外。这个人钻了个漏洞，借了别人的身份转到这里来的。”

听明白了的车前子急忙提醒孙胖子，说道：“不是说他还有个单亲母亲吗？那这个人也不能放过，赶紧抓人去啊。”

孙胖子嘿嘿一笑，说道：“兄弟，到了你就明白了。”

初中生家距离李会计家并不远，不到十分钟，面包车就停在了一座老旧的居民楼前。还没下车，孙胖子便指着小楼说道：“这里是一座就要拆迁的老楼，百分之九十以上的住户都搬走了。就剩下几个钉子户，有一个钉子户有两套房子，就把其中一套便宜租给了他们。”

说话的时候，几个人下车，带着还昏迷不醒的“初中生”上了四楼。还没等他们找到哪个房间，中间的一个房间已经开了门，一个熟悉的声音传了过来："孙德胜，也就是你。大老远的一次又一次把我折腾过来，要是吴主任那边有意见的话，你可得让你们家夫人替我说几句好话，"

说话的竟然是杨枭，跟着老杨进门之后，便看到一个中年女人痴痴呆呆地坐在沙发上。

"这就是带着孩子大老远过来工作的单身母亲了。"孙胖子笑眯眯地看了一眼女人，随后对杨枭继续说道，"老杨，你怎么这位大姐了？不会有什么事情吧？哥们儿我一会儿还要问话……"

"没事，这女人想和我动手，懒得搭理她，直接放了一只小鬼冲了体。"说着，杨枭转头冲女人说道："去，把这个女人的魂魄叫出来，没听到孙局长要问话吗？"

"是，您老等一下，这个小娘们儿有点难缠。"女人一张嘴却发出了一个男人的声音，随后她脸上的表情从呆板变成了谄笑，最后又变成了愤怒。变成愤怒表情的女人大吼一声，飞快向杨枭扑了过去，却被杨枭抢先在她额头上点了一下。这轻描淡写的一点却有万钧之力，女人直接摔到了地上，顺着七窍不停往外流鲜血。

看见女人倒地，杨枭冷冷地说道："刚才我就和你说过，在我面前还是本分一点好。你我实力相差太悬殊，不要自不量力自讨苦吃。"

看着老杨神气活现的样子，孙胖子嘿嘿一笑，说道："老杨，上次火山把你放倒，好像也是这么说的——不说这个了，大姐，你看看哥们儿把谁给你带来了？"

孙胖子说话的时候，沈辣直接将还在昏迷中的"初中生"扔到女人面前。见到了自己的"儿子"，女人以为他已经死在这些人手里，抱着"儿子"呜呜大哭了起来。

"都是人命，你们娘们儿弄死别人可以，怎么轮到你们自己就不行了？"孙胖子坐在了沙发上，看了一眼面前的"母子"，继续说道，"不是我说，这个到底是你儿子呢？还是你男人？放心，他就是昏迷了，还没有死——不过他的生死就在你身上了，我问你几句话……"

"我们不是母子，是兄妹。"没等孙胖子说完，女人也察觉出来自己的哥哥只是昏迷了。看着面前这些人，又想到杨枭的手段，她十分配合地主动说道："我知道你们都是民调局的人，只要能保住我们夫妻的性命，我什么都说——"

"我叫何素兰，我哥哥叫作何昆，我们是印度尼西亚的华侨。"说到这里，何素兰轻轻叹了口气，随后继续说道，"我们家族是国内鬼道的分支，自古以来就是做咒杀的生意……"

第三十八章　幕后之人

车前子打断了何素兰的话，说道："等一下吧，你们俩到底是兄妹还是两口子？怎么一会儿兄妹一会儿夫妻的？这俩要是掺一起就犯法了啊！"

何素兰瞪了车前子一眼，说道："我和何昆既是兄妹也是夫妻，这是我们鬼道的规矩。如果生了兄弟姊妹的话，年长的不论男女都要驻颜养生，终生以孩童模样示人，年轻的则要与之结为夫妇……"

何素兰说的是印度尼西亚鬼道的古怪传统，为的是从小培养家族的咒杀高手，毕竟谁也不会过多留意一个十几岁模样的"孩子"，"孩子"在刺杀方面具备天然的优势。不过这样一来这样的人不可能再像正常人一样娶妻生子，为了延续香火，只能从至亲当中找人与其结为夫妇，生下来的孩子也和他们一样。

何素兰说到鬼道的时候，杨枭的脸色就变得难看了起来。这时他终于听不下去了，打断了何素兰的话，说道："鬼道教没有这样的规矩，你们是何佑昌的后世子孙吧？我就是鬼道教的杨枭。早知道你是佑昌的后代，刚才我会客气一点的。"

何素兰有些疑惑地看了杨枭一眼，说道："我们是印尼鬼道何家，不是什么鬼道教，也不认识什么杨枭。何佑昌的确是我的先祖，不过他是清朝时期的人了，已经作古一百多年。你是不是认错人了？"

“看来佑昌还是记仇……”杨枭没有再理会何素兰，他扭头对孙胖子几个人说道，“何佑昌当年是我鬼道教的左护法，也算是我的徒弟。不过后来他与其亲姐成婚，还生下了孩子。当时就是我们鬼道教也接受不了这样的丑事，我便将他逐出了门墙。后来听说佑昌带着妻姐、孩子下了南洋，再后来怎么样就不得而知了，没想到他会在南洋创立鬼道……”

解释了自己和何家的关系之后，杨枭扭回头对何素兰继续说道：“这么说的话就明白了，控尸咒就是你们先祖传下来的，对吧？你们用这个咒法操控鬼魅杀人……”

“什么控尸咒？”何素兰一脸茫然地摇了摇头，继续说道，“我们什么时候操控鬼魅杀人了？有人付了十五亿印尼盾的定金找到我们，请我们杀两个人，说好了事成之后还有五十亿印尼盾的酬劳，不过怎么杀要听老板的安排。先是操控一个叫作高艳莲的女人去小北监狱，让她将疯魔降传到江挚（线人）身上。等江挚死后，我们再杀了高艳莲灭口。

“不过这次的老板十分苛刻，要求我们严格遵守他设定好的计划行事，本来很简单就可以解决掉高艳莲的，偏偏不嫌麻烦要在车上画咒图杀人。因为他给的价钱高，我们也只能听他的，按他说的办……”

“等一下，你说前后两次要杀任嵘的人不是你们姐弟……”孙胖子突然明白了过来，他急忙掏出来手机，给民调局的老莫去了电话。

电话接通之后，孙胖子抢先说道：“老莫，你听着，从现在开始你们任局长哪里都不许去……你再说一遍？他老婆早上出车祸了？现在老任带着你们二室的人一起去了医院……”

听到这里，孙胖子直接打开了免提，让身边所有人都可以听到老莫说的话：“大圣，你也不用担心，老任去一趟医院，差点把我们二室都搬空了。熊玩意儿和大官人带着六十多号人，配齐了装备保着他……再说了，现在青天白日的，又不是晚上，不用担心再有人利用鬼魅杀他啊……”

“老莫，哥们儿我不和你废话了。记得，赶紧给大官人打电话，让他们回来。不行，你还是派人去迎一下……哥们儿我中了调虎离山之计了，来不及和你解释，等我回去再细说……”孙胖子说到这里，抢先挂了电话。

和老莫说完之后，孙胖子对身边的人说道："哥们儿我又被人耍了，现在老任百分之百被人埋伏了。对上这样的高手，大官人和熊玩意儿都白给，吴主任和杨军，还有老杨你又不在首都。就剩下一个屠黯，还被吴主任打发去保护我老婆孩子了……"

听了孙胖子的话，其他人都明白了过来。当下萧易峰先开口说道："从这里回首都，最快也要三个小时。大圣，要不然的话，你让屠黯去一下吧。吴主任不在首都，也只有你可以支使动他了。"

让自己老婆的保镖去保护任嵘，孙胖子心里多少有些不情愿。不过犹豫了一下，还是大事为重，他站了起来给邵一一打去了电话。

过了好一阵子，邵一一那边才接通了电话："胖子，你找我什么事？我现在在医院呢……今天是小五接种疫苗的时间，社区医院的疫苗打完了，让我直接来医院。什么事情你快点说，快轮到小五了……"

电话那边的声音很嘈杂，一听就知道是在医院。不过邵一一的话还没有说完，突然听到话筒里传出来另外一个人的声音："弟妹，你怎么也在医院？别提了，我老婆出了车祸，我赶紧过来看看……德胜那边的事情你帮我说说，都是组织上的安排……昨天晚上的事情，我还要好好感谢他。这样，找一天你们两口子都有时间的，我请你们吃饭……"

好死不死的竟然是任嵘的声音，他老婆竟然也在这家医院。孙胖子听到了任嵘的声音，急得脑袋都快炸了，当下也不顾身边还有人了，冲电话大声喊道："一一！不能待在医院里……让屠黯带着你回家去！赶紧的！越快越好！"

孙胖子的话还没有说完，电话那边突然传出来一声巨大的爆炸声响。随后是大人、小孩的惨叫声，孙胖子吓得一屁股坐在了沙发上，不停地对着电话喊道："一一！你怎么样了……一一，听到回一下……一一，你怎么样了……一一……"

无论孙胖子怎么呼喊，始终听不到邵一一的回应，手机里传出来的只有现场的惨叫声和哭喊声。

饶是聪明如孙德胜，碰上至亲之人出事，这会也麻爪了。平时那些心眼都没有了，只知道抓着手机不停地喊自己老婆的名字。

沈辣见到不对，走过来从孙胖子手里抢过了手机。随后他掏出来自己的电话，给屠黯打了过去。电话接通之后，沈辣将手机递给了孙胖子，说道：“你自己问。”

没等孙胖子说话，电话那边传来了邵一一带着哭腔的声音：“辣子，你把电话给我们家胖子……胖子，吓死我了……刚刚看见任嵘了，我们正在说话的时候，突然有几个病人扑了上来，他们还都背着氧气罐……吓死我了，好像有人伤亡了……胖子、胖子你还在吗？”

听到自己老婆没事，孙胖子这才算松了口气，他安慰了自己老婆几句，然后让屠黯保着她们娘俩回家。一直等到邵一一上车之后，孙胖子才挂了电话。随后用自己的手机拨了个号码打了出去，电话接通之后，孙胖子严肃地说道：“老任，你没死就好，听着，现在开始按照我说的办，这件事不只是冲着你来的了。”

跟任嵘交代完，孙胖子直接用他的关系调来了两架直升机。他们几个人带上了何家兄妹（夫妻）俩，分别乘坐两架直升机向首都进发。

孙胖子、沈辣加上车前子和杨枭，押着何家兄妹（夫妻）上了一架直升机，郝正义兄弟俩和萧易峰乘坐另一架直升机。飞机刚起飞不久，何昆便醒了过来。睁眼见到面前这几个人，他条件反射就想要和孙胖子他们拼命，不过孙胖子旁边的杨枭只是看了初中生模样的何昆一眼，何昆便感觉到一股无比巨大的压力袭来，压得他透不过气来。

这时候，何素兰跟他说了几句印尼话，何昆听了之后向周围看了一眼，这才发现自己已经在飞机上。犹豫了一下，终于没敢轻举妄动。他们两个欺负孙胖子他们听不懂印尼语，开始用印尼语交谈了起来。

车前子皱了皱眉头，指着何昆的鼻子说道：“说什么鸟语呢？想说话就说人话……别找不自在啊，刚才踹你那一脚，疼劲过去了是吧？等着我再给你补一脚……”

现在何昆的裆部还火辣辣地钻心疼，只是这会儿情势剧变，他一下没有想起来。被车前子的一提醒，他立刻想起来自己是怎么晕倒的了。怒气上来的何昆顾不上妻子（妹妹）的劝告了，冲上来就要和小道士拼命。

就在这个时候，孙胖子突然开口说了几句印尼话。何昆听了之后愣了一下，孙胖子跟着又说了几句。没想到这个胖子竟然懂得印尼语，何家兄妹（夫妻）脸上都露出来恐惧的表情，何素兰趁机将自己的哥哥（丈夫）拉了回来。

见这一对兄妹（夫妻）安静了下来，孙胖子又对身边几个人说道："刚才这位大姐叫自己哥哥不要轻举妄动，说他们现在在数百米的高空，真要生死相搏的话，飞机失事了谁也别想活。我也是这么说的，现在没心情搭理他们。不过如果这俩人敢轻举妄动的话，你们直接把他们扔下去就行，省得到时候不知道该怎么处置他们……"何家兄妹（夫妻）没有反驳，看来这次孙胖子没有添油加醋。

见孙胖子的情绪缓和了一些，沈辣这才开口劝说道："大圣，不管怎么样，你们家一一和小五子都没事，虚惊一场而已，你也别太放在心上。有什么事情你就说出来，我能干什么你只管说。"

车前子也跟着劝道："胖子，辣子这几句话说得对。你这一肚子鬼心眼，想要算计谁算计不上？你心里早就想好了该怎么办是吧？有什么下黑手的活你就找我，如果出了人命的话，你帮我改下岁数……"

孙胖子苦笑了一下，看了沈辣和车前子一眼，说道："这事是我自找的，原本想着借幕后那孙子的势，调教调教老任，让他知道民调局的大小王。没有想到啊，没把老任调理了，差点搬起来石头砸了自己的脚……一一比老任值钱太多太多了，哥们儿我可不敢冒险了。既然这样，那就速战速决吧。"

说着，孙胖子看了身边这几个人一眼，继续说道："不是我说，哥们儿我打算用老任做饵，把幕后黑手调出来。不过对手也不是傻子，不会看不出来的，到时候就看他的胆子够不够大了。"

说到这里，孙胖子眯缝起来了眼睛，自言自语地继续说道："一块大肥肉到了嘴边，你真能忍住不吃吗？"

他的话刚刚说到这里，手机又响了起来。看了一眼来电显示，孙胖子也不避讳何家兄妹（夫妻），当着这俩人的面，接通了电话，说道："老郑，哥们儿我在直升机上呢，声音太嘈杂了你凑合着听……你帮我打听一下，最近有没有谁花了大价钱从国外请人去动任局长的。哥们儿我知道你是公务员，不过这事惹到我了，刚才差点伤到了我们家一一，还有我的小孩……要真是我来查的话，老郑，那样可是要乱一阵子的……好，我等你好消息。”

挂了电话，孙瓶子又对何家兄妹（夫妻）说道：“我知道你们的规矩，你们应该没有见过花钱雇你们的老板。不过要是能给点信息的话，哥们儿我也不会亏待了你们。”

兄妹（夫妻）俩听了孙胖子的话，都沉默了起来，两个人都低着头不出声。孙胖子看着他们的样子笑了一下，继续说道：“你们直接、间接导致了两个人死亡，按照我们这边的法律，你们俩最少被判死缓。哥们儿我再使使劲儿，能让你们中的一个判死刑。到时候你们俩一个无期徒刑永远待在监狱里，另外一个枪毙……从此生死别离。”

看得出来这兄妹（夫妻）俩都不怕死，不过听孙胖子说到最后的时候，尤其是两人一死一生的时候，何昆、何素云两人都开始动容了。

车前子看出来便宜，接着孙胖子的话继续说道：“其实也没什么，还能活一个。下半辈子还长呢，说是无期徒刑，我听说坐个三四十年可能也就出来了。到时候六七十岁也不算太老，再找个老伴儿搭伙过日子，搞搞破鞋也行……也省得外人知道你们俩是兄妹，背后戳你们的脊梁骨了。”

别看车前子疯狗一样脾气，他还是肯动动脑子的。几句话说得何家兄妹（夫妻）面如死灰，看到何家兄妹（夫妻）的表情，小道士趁热打铁对孙胖子说道：“胖子，要是你反着使使劲儿，能不能放他们俩一马，送他们回印尼去？”

“这肯定是不行的，不过一会儿到地方了，他们偷偷跑了我也没办法。”孙胖子说话的时候，眼睛一直盯着何家兄妹（夫妻）俩。

“我说几个数字，你要记清楚……”何昆说出来了一串数字，将这些数字说完之后，他如释重负一般，继续说道，“这是和我们交易的银行账号，是印尼国家银行的私人账户。你顺着这个查下去，运气好的话应该可以查到。”

孙德胜将数字记到手机上，随后发了一条短信，托老郑去调查。就在这时，飞机也到了医院附近，从飞机上下来之后，孙胖子的手机再次响了起来，来电显示是任嵘……

第三十九章　收手了

接通了电话，却是另外一个人的声音："孙德胜局长对吧？不好意思连累到了您的家人了。这件事是我考虑得不周到，为了表示歉意，我已经退出了对任嵘的行动。对您也有一份心意，稍后您就会收到。"

这人的声音经过了处理，孙胖子只能听出来对方是个男人，却无法分辨出来对方的年纪和音调。

孙胖子笑了一下，说道："既然你都决定退出了，那就再干脆点，自首得了，也算争取个好态度。要不然的话，被哥们儿我找到那就是另外一回事了。不是我说，你这操控鬼神暗杀的本事有点意思，在暗夜挂名了没有？你这得排到前五名了吧。"

"孙局长您不用试探我了，暗夜的林怀布和您有约定，他们不参与国内的事情。"电话那头的人笑了一下，随后继续说道，"现在您在气头上，我说什么您都听不进去。稍后，您看到我的心意之后，自然就会相信我了。您贵人事忙，我就不打扰您了。"说完，这个人挂断了电话。

孙胖子看了一眼手机的通话记录，低头思索了片刻，随后让杨枭、郝家哥俩一起将何家兄妹（夫妻）送去民调局审讯。他和沈辣及车前子继续去医院。

他们三人还没进医院，正好碰上二室的熊万毅带着几个调查员出来。见到了孙胖子，熊玩意儿凑了上来，低声说道："胖子，你交个实底。刚才那一出大戏是不是你安排的？闹得有点大了啊，还差点伤到你老婆——想弄走老任办法有的是，你说你这是何苦。"

"老熊，你这是想钓哥们儿我的话吧？"孙胖子冲熊万毅笑了一下，说道，"不和你扯淡了，老任现在怎么样了？没吓得尿裤子吧？"

"别提了，他把自己关在院长办公室里，正忙着写调职报告呢！"熊万毅调转头，走在前面替孙胖子他们引路，边走边说道，"刚才你是不知道啊，部里的大领导轮番打电话，将老任骂了个狗血淋头——他接你的班才几天，永安大厦死了那么多人，现在市中心的大医院又出事了。好家伙，刚才几个行尸闹事的时候，周围就有好些个病人，还有人拿手机拍下来直接发网上了。自打民调局成立以来，从没有这么招摇过……"

"刚才老任挨骂了？"孙胖子笑眯眯地打断了熊万毅的话，随后又问道，"是打的他手机吗？还是直接打到医院的座机上了？"

"手机啊，电话直接说没电了。"熊万毅不明白孙胖子问这个干什么，随后他继续说道，"刚才电视台和警察都到了，打听医院出了什么事情。我还是按照你以前的老办法，说是医疗纠纷，不过视频都发网上了，也不知道这次能不能混过去。这边上电梯，老任在十一楼的院长办公室……"

到了十一楼，刚出电梯就见到了愁容满面的任嵘。他早早出来到电梯门口迎接，见到孙胖子一行人从电梯出来，立刻唉声叹气地说道："德胜，我想好了，民调局的局长还是你……"

任嵘的话还没有说完，孙胖子就打断了他的话，说道："任局长，我电话没电了，得给老婆孩子报个平安，你手机借我用一下。"

任嵘愣了一下，他不明白孙胖子怎么突然找他借手机——他身边好几个人手机都没电了？虽然不明白孙胖子什么意思，不过他还是掏出来自己的手机，解锁之后递给了孙胖子。

当着任嵘的面，孙胖子笑眯眯地查看了通话记录，最后通话的电话号码果然是自己的，时间就是几分钟之前。

孙胖子将手机递回给任嵘，说道："任局，四分钟之前，你的手机在哪里？”

任嵘不是笨人，他马上明白了孙胖子的意思。他急忙回头对二室众调查员说道：“赶紧封锁医院，调取刚才院长室外面的监控摄像，四分钟之前他还在医院里。”

孙胖子没有搭理任嵘，他带着沈辣、车前子坐到电梯旁边的椅子上。笑眯眯地看着忙碌的任嵘，随后对身边的两个兄弟说道：“有点意思了，这个人明明有机会轻易干掉老任的，却偏偏只用他的手机给我打电话。讲电话的这些时间，足够他将老任杀死十几次了。”

沈辣说道：“大圣，这算是个高手了。比起来永安大厦808房间的那位也差不了多少，你可不能大意了。”

车前子也跟着说道：“辣子说得对，胖子，不是我说你，最近你可是一直被人牵着鼻子走，可别牵着牵着就习惯了——他们都说你以前怎么怎么了不起的，怎么现在一直被人压过一头？还有脸说杨枭一直被翻盘，你现在不也差不多吗？你这样可不行，得支棱起来啊！”

“要不是看在咱们是兄弟的分上，哥哥我现在让你翻翻盘。”孙胖子冲车前子坏笑了一声，看着正忙得不可开交的任嵘，继续说道，“老任还是慌了，四分钟之前的事了，就凭那个人的本领，这时候早离开首都了——看起来那个人真想讲和，可惜了——晚了。”

任嵘忙完之后，坐到了孙胖子身边，唉声叹气地说道：“德胜啊，这次我是认栽了。我二十一岁进警察队伍，还是第一次这么灰头土脸的。我想好了，民调局局长不是我能扛得下来的，我已经打了调职申请，回部里忍到退休就得了。不过做事情要有始有终，我要抓住这个人之后，再离开民调局。”

“老任，你可不能走，民调局还指望你呢。”孙胖子嘿嘿一笑，对一脸不以为然的任嵘继续说道，“哥们儿都想好了，我打算回民调局继续做副局长。我去美国之前就是副局长，局长的位置一直是杨书记兼着的。现在看来，我们三个人搭班子也挺好。”

任嵘有些不敢相信自己的耳朵，他就是来取代孙德胜位置的。民调局之前一直风雨不透，连部里的人都插不进来。好不容易有个机会，把他派过来接手，没想到刚做了局长就闹出来永安大厦的事件，最后还是孙德胜带着人解决的。

永安大厦的事件还没有完结，又闹出来有人操控鬼魅暗杀自己的事情，也是靠着孙德胜的人出手才让自己化险为夷。现在医院闹鬼的视频都发到网上了，视频里面还有自己被死人追着到处跑的画面。一查就能查到自己的身份，刚才大领导骂得没错，警察的脸都被自己丢尽了……

原本想着灰头土脸地回去，找个鸟不拉屎的地方忍到退休得了。没想到孙德胜会跟自己说愿意回民调局做副局长，还将局长的位置留给自己。

看任嵘不敢相信自己耳朵的样子，孙胖子嘿嘿一笑，继续说道："老任，这几天哥们儿我想的也不少。还是民调局适合我，平时工作上的事情我来，生活上的事情让杨书记处理，上面的雷……"

这时候还有啥说的，任嵘一把抓住了孙胖子的手，说道："有雷我给你们顶着，德胜——大圣啊，你放心，我在你头顶上，天塌下来先压死我。"

任嵘这两句话说的，一旁的车前子都听不下去了。小道士跷着二郎腿说道："你们俩什么时候好到穿一条裤子了？不是昨天一个想让另一个死在永安大厦里，另外一个又想对方干脆被小鬼吓死得了？干脆你们俩也拜把子得了，再加上姓杨的书记……"

被车前子这么一说，任嵘脸色有些发红。自己给自己找了个台阶，站起来对二室的调查员说道："整个医院都封锁了吗？监控都调来了吗？"一边说，一边向院长办公室走去。

见任嵘躲了，车前子还是不依不饶地对孙胖子说道："胖子，你早上吃了什么脏东西吗？怎么这一会儿的工夫你就跟变了个人似的——是不是被冲体了？我第一次去你家喝的是什么酒？"

"别闹了。"孙胖子有些无奈地笑了一下，搂着车前子的肩膀，在他耳边低声说道，"不是我说，兄弟，刚刚哥哥我才明白过来。老任就是老天爷送来给我顶雷的，这么好的避雷针，我怎么好让他走？你想想啊，老任过来的第一天，就是永安大厦的事件，然后就是他被鬼魅算计。我想了一下，这两起事件算计得死死的，就是我也兜不住……前面有人顶雷，我干吗还要往前冲，对吧？辣子。”

沈辣坐在孙胖子另一边，他对孙胖子的话多少有些保留。淡淡地笑了一下，沈辣说道：“大圣，你这话说得有点过了，就是吴主任出马也搞不定吗？”

“要是吴主任根本就不参与呢？”孙胖子苦笑了一声，随后继续说道，“两次事件，都把他提前算计进去了。永安大厦的时候，幕后之人算到了一开始我不会让吴主任出马。老任这件事，一开始吴主任就不在本地了——老天爷待我不薄啊，接连两口大黑锅，一口都没有扣到哥们儿我头上。”

沈辣细品了品，还真像孙胖子说的那样，包括之前机场的那次事件，对孙胖子的打击也不小。像机场那样的事件再来个两次，估计孙胖子就彻底对自己失去信心了。老天爷还真是对他不错，派下来了顶雷的任嵘。

想明白之后，沈辣也就不再继续这个话题了。他看了一眼对面二室的调查员，继续对孙胖子说道：“大圣，那个想搞老任的人，真这样撒手了？刚才几乎就能得手了啊！”

“刚才吓着了我们家一一。”孙胖子古怪地笑了一下，继续说道，“他知道一一的靠山是谁，现在已经踩着红线了，再往前走一步，等到吴主任杀回来，那他就只有等死了。老任命大，托了我们家一一的福。我给他准备的好玩意儿，看来是用不上了。”

就在孙胖子说话的同时，医院对面两条街之外的一家餐厅包房里。一个花白头发的中年人向面前红了眼睛的女人说道：“我说得还不清楚吗？钱我会双倍退给你。现在这件事已经失控了，再继续下去我也会陷进去。不只是我，还有你。”

“你收钱的时候，可是做了保证的。”女人说话的时候，眼泪顺着眼角流了下来。她的语气却没有丝毫的迟疑，擦了一把眼泪，继续说道：“我要给我三个弟弟报仇，收了钱就要把事情办好。我不管什么吴仁荻……我给出去的钱，从来没有收回来的道理。”

女人说话的时候，中年人正在摆弄手机。等她说完，男人已经手机放到了女人面前，说道：“一千万，双倍还给你了。原本知道任嵘去了民调局的时候我就应该收手的，可惜还是有点贪心了。”

中年人说到最后的时候，已经将手机收好，随后站起来，转身准备离开包房。女人见状大声喊道：“你敢走！你敢从这里离开，我就把你的资料发给吴仁荻！你刚刚差点炸死了他的孩子……我加钱，一亿，只要你杀了任嵘，我可以给你一亿！”

中年人站在门口，已经推开了房门。沉默了片刻，他回头对女人说道：“我没说过不杀女人吧！”说罢，中年人转身回来，随手又关上了房门……

见了任嵘一面，把民调局局长的位置交出去之后，孙胖子又带着沈辣和车前子回了家。开门见到了邵一一和自己的女儿之后，见她们俩毫发无损，孙胖子这才完全安心。打听当时的情景，邵一一说道：“胖子，这次多亏了屠黯了。氧气罐爆炸的时候，他用身子挡住了我。要不然当时没被炸死，也被毁容了。送我回来之后，他就回楼下了。这次你得多谢谢人家。”

“可不得好好谢谢他嘛，你也别做饭了，一会儿我出点血，我带着你们娘俩和俩兄弟，再带上屠黯下馆子去。”孙胖子嘿嘿一笑，继续说道，“这次我多出点血，就去老黄常去的海鲜馆子，走，下去找老屠去。”

邵一一也觉得今天自己捡回来一条命，确实值得庆祝庆祝。她换了件衣服，带上女儿跟着沈辣和车前子先下了楼，去停车场等孙胖子和屠黯。孙胖子还有一辆商务车，算算人头正好够用。

孙胖子笑眯眯地敲开了屠黯的房门，说道：“老屠，今天你算是救了我们一家子了。哥们儿我得办个答谢宴，没说的，我也不管你辟谷不辟谷了。今儿这顿饭一定要吃，我代表吴主任请你。”

屠黯摇了摇头，说道：“算了吧，你回来我就放心了。有沈辣在，邵一一吃不了亏，我就不去了。等吴主任回来，我这差事也就算做完了。”

“你这是不给吴主任面子啊。”孙胖子嘿嘿一笑，继续说道，“那我换个面子更大的人请你，你说孔大龙怎么样？”

说到这个名字的时候，孙胖子脸上的笑容更盛，顿了一下，他继续说道：“这才几天没见，就想不起来了？不是我说，前几天你们刚见过面，一起商量怎么弄死永安大厦那些方士后代……”

听到孔大龙的名字，屠黯脸上的肌肉抽动了两下，随后他有些无奈地说道：“你不用给我脸上贴金，永安大厦的事情都是他策划、实施的——去哪儿吃啊？我忌口不吃生鱼。”

见到孙胖子带着屠黯出来，沈辣都有些吃惊，老屠在民调局是出了名不食人间烟火的。好像这样跟人出去蹭饭，还是第一次。

孙胖子亲自开车，向海鲜馆子驶去。一边开车一边笑嘻嘻地对屠黯说道：“一会儿哥们儿我得代表吴主任，亲自敬你几杯。老屠啊，正好今天也有时间，你说你一个人单着也不是个事。要不哥们儿我给你介绍个对象吧，努努力也生个大胖小子。”

屠黯无可奈何地看了孙胖子一眼，说道：“你还是把我扔在这儿，让我自己回去吧——什么老婆、孩子的？我真找了老婆，过上几十年再送走她，然后一个一个送走孩子、孙子。你不是长生不老的人，不知道长生不老的苦。”

第四十章　表达诚意

“咋就长生不老了？”车前子虽然在民调局经历了不少，不过还是对长生不老这样的事情不以为然。他坐在邵一一的身边，替邵一一抱着女儿。嘴里继续说道：“大家伙都一块儿吃饭了，就别假装神仙了。现在都什么时候了，宇宙飞船都上天多少艘了，外星人都快见着了，谁见过神仙？老屠，神仙不吃香了，下次再想吹牛，不如说说降维打击什么的。”

屠黯看了车前子一眼，说道：“你不信我是长生不老之人？不只是我，杨枭、杨军，还有你们这边的沈辣都是长生不老的身体。”

“拉倒吧！”车前子撇了撇嘴，继续说道，“想让我信你是长生不老的人，就一种办法，一枪打在脑门上，不死我就信……”

车前子的话还没有说完，突然响起来一声枪响。屠黯身边的车窗玻璃被子弹打碎，子弹继续向前，不偏不倚正好射中了屠黯的眉心。

这突如其来的变故，吓了车内几个人一跳。孙胖子不敢就地停车，一踩油门汽车直接冲过了街道。在他踩油门的一瞬间，沈辣已经拉开了车门，飞快地从车上跳了下去。落地之后，沈辣向对面举枪的男人冲了过去。

邵一一有些被吓着了，只不过邵一一害怕的点和车前子想的不一样。她一把抱过来自己的女儿，在她脸上查看了起来。确定自己的女儿没有被子弹击中，也没有被碎玻璃片划伤，她这才松了口气。与此同时，她竟然完全没管屠黯的死活，好像已经看惯了这样的场面，麻木了一样。

这时，让车前子震惊的事情发生了。中枪的屠黯只是擦了擦额头上的鲜血，随后竟然伸出来两根手指，将镶嵌在自己眉心上的弹头抠了出来，他眉心的伤口以肉眼可见的速度快速愈合起来。

“现在相信了吗？”说话的同时，屠黯一把拉过来车前子的左手，将手里的弹头放在他手心，随后继续说道，“如果以后你有机会长生不老的话，你要考虑清楚……”

车内其他人对此都习以为常，除了惊呆了的车前子。孙胖子的宝贝女儿冲屠黯咯咯笑了一下，拍了两下巴掌，非但不觉得害怕，反而好像觉得这样的场面很刺激一样。

这时候，孙胖子找到了安全的位置，停好了车，回头看了一眼自己的老婆孩子。这时候的孙胖子脸色变得难看之极，他对自己的老婆说道：“看来这顿饭吃不成了，一会儿我让老屠送你们回家。”

邵一一也是民调局出身，见过大场面的。她点了点头，说道：“用枪的，那就不是什么大事。你自己小心点，别在阴沟里翻了船。”

孙胖子笑了一下，说道：“你老公我又不是杨枭，哪有那么容易翻船。”

孙胖子的话还没有说完，沈辣抓着一个男人的头发，生生地将他拖到了车前。将男人扔在孙胖子跟前之后，沈辣说道：“刚才开枪的就是他了，你自己说，谁派你来的！”枪手明显是被吓坏了，顺着裤管流出来尿液。他的身体哆嗦个不停，别说回答了，连一个字都说不出来。

这时候，孙胖子的手机响了起来。看了一眼来电显示，孙胖子接通了电话，说道：“郝头，嗯、嗯，什么时候的事？我这边也是，刚刚有枪手朝我们的车开枪。估计是冲我来的，没事……打到老屠脑门上了。你们那边怎么样？六个人全部抓住了啊。”

说了几句，孙胖子挂了电话。他犹豫了一下，还是让沈辣将吓蒙了的枪手扔进了车里。随后也不让邵一一回家了，换了沈辣当司机，商务车向民调局的方向驶去。

汽车开动之后，孙胖子这才说道：“刚才有六个枪手硬闯民调局，在大门口就被尹白拿下了。现在正在审讯，已经有人招供了。他们都是冲着任嵘去的，估计这个孙子也和他们一伙的，八成是冲着我来的。”

“孙德胜，你猜错了。这次是冲着你夫人来的。”没等孙胖子说完，屠黯开了口。他继续说道：“下午在医院遇险之后，我便在你夫人身上下了‘祸引’。只要有针对她的伤害，都会引到我身上来。刚才枪手瞄准的就是你的夫人！”

原本依着屠黯，就要在车上审讯枪手。可是又怕吓到邵一一和邵舞母女俩，只能忍到民调局，那少不得要使点手段了。

得知枪手是冲着邵一一去的，孙胖子脸上的笑容变得阴森了起来。他看了一眼趴在脚下的枪手，慢悠悠地说道：“这里到民调局还有半个小时，这半个小时之内让你说，到了民调局之后，那可就是我说了。白头发的本事你看到了，进了民调局让你看看他是怎么扒了你皮的。”

孙胖子说到这里的时候，车前子都觉得脖子后面一个劲儿地灌凉风。偏偏小女孩邵舞一点不怕，还觉得很有趣，拍着巴掌哈哈大笑了起来，朝枪手一个劲地做鬼脸，嘴里不清不楚地说道：“扒皮……进了民调局就扒皮。”

枪手再也受不了，缓过来之后，说道：“我说……我是跟着杜倩混的，本来下午跟着她请来的高人一起，去刺杀任嵘的。不过事情进行到一半，高人突然让我们都撤了。回去之后，杜倩很不高兴。她看了我们带回去的视频，视频里面这个女人差点受伤，高人见到立刻就撤退了。那么好的机会浪费了，杜倩很不高兴，让我们自己干，让我来刺杀这个女人，其他人去民调局杀任嵘。”

孙胖子想到了什么，向男人问道：“杜倩？是杜家三兄弟的亲戚？”

“是，是他们大姐。老杜家是这个女人说了算。”枪手偷眼看了一眼沈辣，继续说道，“前两年杜家男人都毁在了任嵘手里。抓得抓、杀的杀，就跑了杜倩一个。她在国外躲了一阵子，这刚回国不久，就是她找人谋划刺杀任嵘的……”

孙胖子来了兴致，说道：“说说她请来的高人，说出来的话算你立功。”

已经打开了话匣子，那就说到底吧。这名枪手还是杜倩的亲信，知道不少事情："这个高人不一般，他会操控鬼魅杀人，是杜倩花了大价钱请来的。不过我们这些做小弟的都不知道高人的来历，开始还以为这人是骗子，有人还想查他的底，结果没几分钟就莫名其妙地死了。"

枪手缓了口气，继续说道："对了，这个人好像有什么残疾，听不得有人说残废这样的话。曾经有人当着他的面，骂过一个要饭的。说要饭的这辈子残废，是因为上辈子缺了德，结果骂人的人当天晚上就死了。就为这个，杜倩好几天都不敢和他说话。"

知道有枪手对自己老婆下手，孙胖子也不敢让邵一一回家了，当下带着母女俩一同去了民调局。

此时的民调局已经实行高度戒备，二室一大群人聚在了大门口，还在院子外面设立了路障，防着当年高亮时期民调局被重创的旧事重演。

看到孙胖子的商务车到了，二室的人急忙过来抬走了路障。孙胖子降下了车窗，对外面的西门链说道："大官人你们怎么个意思，怕别人不知道民调局出事了？人都进去，把尹白放出来就行了。可惜杨军在外地，要不然让他把黑猫带过来'孽'两嗓子也行。"

西门链苦笑了一声，凑到车窗边说道："老任被吓着了，让我们出来给他壮胆。依着我们几个主任的意思，直接把局里的阵法打开，不是民调局的人一个也进不来。老任就是不答应，说不信这些乱七八糟的阵法，这人啊不信点什么是真不行。"

孙胖子笑了一下，说道："别听他的，和你的人说一声都回局里待着。路障也给撤了，咱们也算是政府机关了，设个路障算怎么回事。"说话的时候，孙胖子掏出来自己的香烟，整包都塞进西门链手里。

大官人接过了香烟，笑着说道："行了，我这就和他们说一声。大圣，差不多了，回来吧。老任真不是这块料，民调局不是你做局长，兄弟们都不踏实。再来一次永安大厦那样的事情，别人我不知道，我是干不了这个主任了。"

孙胖子嘿嘿一笑，对西门链说道："大官人，我这不是回来了吗？等着看吧，不是我说，民调局不管谁是局长，只要哥们儿我还在就乱不了。不说了，我上去找老任聊聊。”

说罢，商务车继续前行，停在民调局的大门口。孙胖子下车之后，对邵一一说道：“你先带小五子去郝头那儿坐坐，我们去找任嵘。知道是谁就好办了，耽误不了多一会儿。”

安顿好了老婆、孩子，孙胖子他们几个带着枪手直奔他原来的办公室。推门进去的时候，见任嵘连防弹衣都穿上了，正在打电话。见孙胖子带人到了，他指了指前面的沙发，示意他们先坐下等会儿，继续应付大领导：“是，六个人已经都抓住了，现在正在审讯……您批评得对，今天造成的社会影响很恶劣，我一定尽快破案……应该不是这个圈子里的人，六个人都是带着枪来的，没有施展术法的迹象……我们民调局没有什么伤亡……是，我下军令状三天之内一定破案。”

终于说完了电话，任嵘长长地出了口气，随后苦笑着对孙胖子说道：“听说你们也遇到枪击了？这件事是冲着我来的，还让弟妹身陷险境，是我工作的失职。德胜，这件事你怎么办都不过分，我全力支持你。”

“任局，你这是把军令状转到哥们儿我的身上了。”孙胖子嘿嘿一笑，继续说道，“不过有件事你说对了，这件事牵连到家里的老婆、孩子了，怎么处理都不过分——辣子已经抓到向我老婆开枪的枪手了。”

孙胖子说话的时候，任嵘看了一眼倒在地上一动不动的枪手。他对孙胖子说道：“德胜，这个人你想怎么审讯都可以。我不参与、不配合、不汇报，就当我不存在，如果犯人有什么意外的话，我可以证明你们是自卫……”

枪手听了心里直打哆嗦，当下忍不住开口说道：“我说了……什么都说了，我主动配合，要我干什么就干什么……是杜倩干的，她花钱请了……”

枪手的话还没有说完，门外响起来敲门的声音，接着老莫推门走了进来。看到孙胖子等人也在这里，冲孙胖子点了点头，算是打过招呼了。随后老莫走到任嵘身边，说道：“任局，门口来了快递，是个大箱子，指名要你接收。”

这时候来了快递，任嵘说什么都不肯去接。他走到窗边，向院子里看了一眼，自言自语说道：“什么人送的？查过了吗？不会是炸弹吧……不好说，他们都敢持枪闯民调局，还有什么不敢干的吗？”

见任嵘被吓出了后遗症，孙胖子笑了一下，掏出来电话给杨枭打了过去：“老杨，在局里吧？还在审讯那两口子？那什么，门口来了你的快递……哥们儿我哪知道啊，你动不动就给你老婆买东西，听说东西不小，人家快递小哥还等着呢。”

挂了电话，孙胖子冲任嵘嘿嘿一笑，说道：“掐着表，两分钟之后下去。就算真是炸弹，老杨也没事。”

这句话说的，几乎所有人都明白什么意思。不过车前子还是低声向沈辣问道：“杨枭也是长生不老的？辣子你也是吧？民调局是不是有长生不老的名额？给我也整一个呗，是不是还有啥限制？得首都户口？”

看到屠黯中枪不死，车前子是彻底信服了长生不老。他也不分场合，就向沈辣打听长生不老的名额。

当着任嵘的面，沈辣也不好回答。这时候，孙胖子的电话响了起来，接通之后听筒里面传来了杨枭的叫骂声：“孙胖子你就缺德吧，想让我给你们蹚雷就直说。我还真以为是买的意大利家具到了，直接跑着下楼的。幸亏没有当着我老婆的面打开——你们赶紧滚下来。”

骂了几句，杨枭直接挂了电话。孙胖子嘿嘿一笑，对任嵘说道：“行了，下去看看你的快递吧。任局，真不是我说你，别在网上买一些乱七八糟的东西送到这里来。让下面办事的同志们看到了，影响不好。”

说话的时候，孙胖子、任嵘带着人离开了办公室，老莫则把枪手送下去关押了起来。车前子一路上都在向沈辣追问长生不老的事情，沈辣最后被问烦了，对小道士说道：“你去问吴主任要长生不老的药，吃了不死就长生不老了。”

车前子还想再问点细节的时候，众人已经到了民调局门口。就见一个冰箱大小的玻璃箱子竖立着，里面是一具泡在水里的女尸。西门链正好带着二室的调查员回来，众人见到这副场景都倒吸了一口凉气。

杨枭就站在水箱旁边，指着玻璃箱子说道：“里面都是福尔马林，女尸也就死了几个小时。孙德胜，下次再有蹚雷的事情，麻烦你去找杨军。”

孙胖子来不及和杨枭解释，看到了女尸，急忙回头向电梯里面准备下去地下室的老莫说道：“老莫，你把那个枪手带过来认一下。”

枪手见到了水箱里面的女尸之后，吓得一屁股坐在了地上，指着女尸说道：“杜倩，她就是杜倩。”

枪手的话刚说完，孙胖子的电话再次响了起来。来电显示是个陌生的号码，孙胖子接通了电话。一个男人的声音从听筒里传了出来：“孙局长，这个就是我的心意了。”

第四十一章　压岁钱

东海海域深处，老头子孔大龙孤零零地坐在一条小舢板上钓鱼。远处夕阳西下，就在最后一点光亮即将消失的瞬间，孔大龙猛地提起来鱼竿，钓上来一条指头大小的小黄鱼。

“你说你才多大？就敢吞掉我的饵料……”孔大龙有些无奈地摇了摇头，他一边将小黄鱼从鱼钩上摘下来，一边继续说道，“不管做人还是做鱼，都不能太贪心。上天有好生之德，我送你回去，以后要小心了，别再打渔人饵料的主意了。”

说话的时候，他将小黄鱼重新扔回了大海。点上了一盏小油灯，正准备重新下饵的时候，身后响起来有人说话的声音：“你已经钩坏了这条小黄鱼的嘴巴，放生了，它也活不了多久，还不如索性超度了。”

孔大龙也不回头，微微一笑，说道：“那是它的命，脱钩而生的鱼多了，也不差这一条。再说了，就算这条鱼死了，谁又知道会不会被另一条快饿死的大鱼吃掉，继而救了大鱼的性命？我只管做，至于最后的结果如何，就要看它的命了。”

说罢，小老头孔大龙放下渔竿，转身恭恭敬敬地向身后那人行礼，说道：“您老人家还亲自来了，我这怎么受得起。赶紧的，我得给您磕一个——师祖在上，小徒孙儿给您拜年——不是，徒孙孔大龙见过老师祖。”

孔大龙面前这人三十多岁的模样，不过满头白色的长发，白发整整齐齐地盘了个纂，一支墨玉簪子别在上面。他光着脚，身穿一件古色古香的白色长袍，看起来和孔大龙完全是两个时代的人。

“起来吧。”白发男人坐在船头，看着孔大龙继续说道，“我让你抹掉那些自称方士的人，说好两年为限的，结果你一去就是二十年……二十年就二十年吧，你还弄出来了一个车前子，逢人便暗示是我的儿子……普天之下敢如此消遣我的，也就是你孔大龙了。”

“我也是没有办法。”孔大龙愁眉苦脸地叹了口气，随后继续说道，“您老说车前子他妈把孩子送我身边了，我总不能不管吧？我也是命苦，又当爹又当娘的，还得给他当师父。辛辛苦苦把这孩子拉扯长大，还得想办法给您办事，又怕这孩子吃亏，这才斗胆让他沾点您的光。”

“是啊，我这点光都被你徒弟沾了。”说到这里，白发男人突然想到了什么，莞尔一笑，继续说道，“不过话说回来，这孩子如果真是我儿子，你又是我徒孙……那你得叫他什么了，要不随了你的意，我收他做义子也不是不行。”

“别闹啊……您这么大个大方师，可不能开这样的玩笑。”孔大龙苦笑了一声，继续说道，“那孩子没心没肺，您敢收他做义子，他可真敢管我叫小孔。到时候我还得管他叫作师叔、师叔祖的……”

“天底下除了我之外，没人配做你的师尊。”白发男人低低地说了一句，抬头看了一眼夜空当中的繁星，随后继续说道，“可是我偏偏不能做你的师尊……我徒孙的徒孙都上千岁了，再收一个几十岁的徒弟，吃亏的人是你。”

说到这里，白发男人摊开了手掌，露出来里面一颗黑色的丹药来，说道：“这是给你的压岁钱，拿回去哄孩子玩吧！”

看到了丹药，孔大龙立刻眉开眼笑了起来。他双手接过了丹药，说道：“多谢您老人家了，车前子那孩子真是得了天大的福气。”

“压岁钱到手了，我的事情你也要放在心上。”白发男人看了孔大龙一眼，继续说道，“二十年前我和你说过的事情，你考虑好了吗？”

听了白发男人的话，孔大龙沉默了片刻，摇了摇头，说道：“您出的题太大，我还是接不下来，要不再等几年？”

“你还有几个几年？”白发男人看着孔大龙，微微摇了摇头，继续说道，“好自为之吧，你没多少时间，要快一点了。”

说完，白发男人不再理会孔大龙，转身从小舢板上走了下去。他踩着海水，一步一步向前走去，每一步竟然走出了百八十米的距离，片刻之后便消失在孔大龙的视线里。

目送白发男人离开，孔大龙有些落寞地叹了口气。随后他也开始掉转船头准备离开，孔大龙没有注意到的是，刚才被他扔回海里的小黄鱼已经翻了白肚，漂到了船边。

民调局里，孙胖子差不多已经弄清楚了杜倩的事情。当初她带着三个弟弟搞起了贩毒的生意，后来杜家三兄弟都栽在了任嵘的手里。毒品生意都是杜家三兄弟冲在前面，杜倩在幕后操控大局。出事之后她便潜逃到了国外。

杜家三兄弟嘴巴很硬，始终没将他们大姐供出来。在国外待了一阵子之后，杜倩派人回国打探风声。得知三个弟弟替她扛下了所有的罪名，全部身死之后，她便开始谋划杀死任嵘，要给弟弟们报仇。

因为任嵘身居高位，杜倩没有太好的办法，便想剑走偏锋用邪门歪道之法杀人，到时候既报了仇，还不会惹上什么麻烦。

她托了几位朋友，又花了一笔大价钱，这才请到了一位高人。这位高人只有杜倩见过真面目，旁人根本没有见面的机会。不过听说目标是高级官员，这位高人提了几个要求。他写了几个人名，都是南洋一带有名的术士，其中就包括那一对何家兄妹（夫妻），以及那位用医生身份示人的郝正南。

对这几个人，高人都有安排，说白了就是他的替罪羊。原来事情一直按照他的剧本往前进行着，但到最后时刻，在医院里差点误伤了邵一一。这个时候，高人立刻终止了暗杀计划并拒绝再出手，这让已经准备庆祝大仇得报的杜倩十分失望。

见高人被邵一一吓住了，杜倩决定自己动手。她派了两路枪手，一路去暗杀邵一一好断了高人的后路，另外一路直接杀向民调局。结果两路枪手都是以失败告终，也因为如此，彻底惹怒了高人，高人将她杀死之后，泡在福尔马林溶液里，送到民调局以示诚意……

捋顺了事情的经过之后，孙胖子对任嵘说道：“差不多就是这样了，现在以杜倩为首的犯罪团伙已经彻底肃清了，只剩下他们所说的高人还下落不明。这个人的行踪虽然不明，但是他的行事风格有其鲜明的风格。不是我说，只要以后他再犯案，就有抓住他的机会。”

任嵘看着泡在福尔马林溶液里的杜倩，深吸了口气，说道：“幸好有德胜你，要不然我在医院就被杜老二的鬼魅弄死了。我干警察这么多年，还是第一次遇到这样的事情，现在想起来还是后怕。”

孙胖子笑嘻嘻地说道：“任局你都进民调局了，怕着怕着就习惯了。以前杨书记也是这么一路怕过来的。这都不算事，没事的时候找个野坟地睡两宿练练胆。不是我说，只要不得精神病，胆子就练出来了。”

任嵘干笑了一声，没有接着孙胖子的话题说下去。他岔开了话头，说道：“不管怎么样，总算可以结案了。这个女人罪有应得，我也松了口气。不过她请的那个所谓的高手，你们还要留意一下，什么时候抓到了他，才算是圆满。”

孙胖子点了点头，说道：“这个人不简单，先不说他的术法怎么样，就说这一步一步地设局，把我们调动离开，最后在医院对你下手。如果不是屠黯突然出现，现在任局你恐怕真在太平间里躺着了……行了，既然事情已经结束了，那我们先回去休息了……”说到最后的时候，孙胖子忍不住打了个哈欠。

孙胖子擦了擦眼睛，看了一眼在他身边呼呼大睡的车前子。这小道士昨晚就没有睡好，又折腾了一个白天，终于忍不住坐着睡着了。

孙胖子过去拍了拍车前子的肩头，说道：“兄弟，回家睡去……起来了，要不哥哥我在附近找个酒店，咱们先对付一宿……兄弟，你睁睁眼，长生不老药到了。”

听到长生不老药的时候，车前子这才睁开了眼睛，迷迷糊糊地看了孙胖子一眼，说道：“长生不老……拿身份证领，还是拿户口本领……能不能多领一份，我得留给我们家老登儿……胖子，你先帮我尝尝咸淡。”

“行，还记得你师父孔大龙。”孙胖子笑了一下，拿起桌子上的茶杯。他倒了些茶水在手上，在车前子脸上擦了一把，这才笑嘻嘻地说道：“你先跟我找个地方休息，回头我帮你想想长生不老的招儿。”

车前子被茶水激了一下，醒了过来，当下打着哈欠跟着孙胖子一行人离开了局长办公室。临出门的时候，孙胖子回头对任嵘说道：“还有件事，任局，哥们儿我要是回来给你做副手的话，你打算把我安置到哪个办公室？”

任嵘明白孙胖子话里的意思，他指着面前的办公桌说道：“还哪间办公室？就这间了……原本这里就是你的办公室，正好物归原主了。我好办，随便找个屋子对付一下就行，实在不行，我还可以去老杨（杨书记）屋里，也可以互相壮壮胆。”

拿回了自己办公室的钥匙，孙胖子这才心满意足地离开了局长办公室。先去一室接回了自己的老婆、孩子，看到疲惫不堪的母女俩，孙胖子苦笑了一声，从邵一一手里接过已经睡着的女儿，随后有些内疚地对自己的老婆说道：“一一，我们先找个地方休息吧。这次难为你和孩子了，不过总算办妥了，也不用再担惊受怕了。”

“回家吧，在哪也不如家里踏实。”邵一一挽着孙胖子的胳膊，继续说道，“你在外面办事，不用担心我。我是谁啊……我是吴仁荻的侄女，谁敢得罪我……倒是你啊胖子，别仗着脑袋瓜灵活就大意了。你要时时刻刻记得，你还有老婆、孩子……”

这时候的车前子已经清醒了，见到孙胖子夫妇俩起腻，他有些不好意思地说道：“我不去你们家了，我不是还有个宿舍吗？就去宿舍睡觉了。我这个人识趣，别耽误你们俩生二胎。”

听了他的话，邵一一的脸红了起来，冲小道士说道：“你个小孩子知道什么？净乱说话，走，兄弟你得跟着我们一起回家。我辛辛苦苦替你整理好了房间，可不能就待一天。辣子，你也一起去吧。”

沈辣在后面摇了摇头，看了看手表，说道：“算了吧，我约了小赵明天吃早餐。从你们家去太远了，我还是去小赵家附近找个酒店住下。”

“辣子，你说你怎么这么封建？还不如咱们老兄弟想得开。”孙胖子坏笑了一下，继续说道，“别住什么酒店了，就去小赵家睡一宿。还出去吃早饭？明早让她亲自给你做。”

“大圣，你这么说就下道了啊。”毕竟邵一一还在，沈辣有些不好意思起来。随后他也不管孙胖子了，加快了脚步向民调局大门外走去，边走边说道：“明天我陪着小赵出去走走，没事别找我了。”

“有事也不找。”孙胖子嘿嘿一笑，朝从对面办公室里走出来的屠黯说道：“老屠，你坐我的车一起回吧。不是我说，吴主任临走的时候，没交代什么时候回来吗？”

“他倒是没说，我也没敢问。”屠黯说了一句，又想到了什么，继续说道，“不过对方毕竟不是什么了不得的大人物，估计一天半天的就能回来了。”

“快点回来吧。”孙胖子跟着说了一句，接着带上自己的老婆、孩子出了民调局的大门。几个人上了孙胖子的商务车，回到了孙胖子和邵一一的家。屠黯还和以前一样，不进孙胖子的家门。见邵一一已经安全到家，他也回了楼下自己家休息。

简单对付了一口饭，孙胖子夫妇带着孩子回屋睡觉。车前子也去了专门给他收拾好的房间，躺在床上准备休息。

没想到的是，累极了的车前子躺在床上却睡不着了。明明困得眼皮都抬不起来，脑袋却越发清晰起来，这几天的事情放电影一样在他的脑海中过了一遍。

现在小道士算是明白什么叫作累极了反而睡不着觉了，他在床上翻来覆去怎么也睡不着。折腾了一个多小时，车前子从床上爬了起来。他想起来孙胖子的酒柜里面有上了年份的茅台，睡不着的话还不如去喝一口，也许酒劲上来了就能睡着了。

车前子怕打扰到孙胖子夫妇，蹑手蹑脚地打开了房门，准备摸着黑去找酒喝。没想到的是，刚刚开了门，车前子突然发现房间里面站着一个细高挑的人影。这个人也没有料到会碰上半夜睡不着出来找酒喝的车前子。

两个人对视了一眼，车前子疯狗一样的脾气上来，直接朝人影扑了过去。冲到人影面前的时候，车前子直接下了死手，抬腿向人影的裆下猛踹了过去。

这一脚结结实实地踹到了人影的裆下，不过踹上去的感觉与平常有些不同，好像少了点什么东西……